Yvonne Grifflhs

Anrheg Penblwydd

Oddi-wrth Eifion   Fel Nerthol Wynt

14 - 2 - 05

CW01072650

Fel Nerthol Wynt

Elfyn Pritchard

Gomer

Argraffiad Cyntaf – 2005

ISBN 1 84323 490 4

ⓗ Elfyn Pritchard

Mae Elfyn Pritchard wedi datgan ei hawl dan
Ddeddf Hawlfreintiau, Dyluniadau a Phatentau 1988
i gael ei gydnabod fel awdur y llyfr hwn.

Dymuna'r cyhoeddwyr gydnabod cymorth
Adrannau Cyngor Llyfrau Cymru.

Argraffwyd gan
Wasg Gomer, Llandysul, Ceredigion, Cymru

Prolog

Doedd Stryd y Brenin, Wrecsam, ddim y lle gorau yn y byd i fod ynddo am saith o'r gloch ar fore Mercher oer yng nghanol mis Medi. Roedd hen awel fain yn chwipio rownd y corneli ac yn codi llwch o'r ffordd i lygaid Ifan. Ond gan ei fod wedi gwrthod mynd i mewn i gysgod yr adeilad newydd a godwyd ar gyfer teithwyr ar fysiau, doedd dim i'w wneud ond diodde'r oerni tu allan. Roedd pobman o'i gwmpas yn fwrlwm o bobl yn prysuro i'w gwaith, yn disgyn o fysiau neu'n ciwio am y bws nesaf, a phawb yn lapio'u cotiau'n dynnach amdanynt ac yn codi eu coleri i'w gwarchod rhag y gwynt oer annhymhorol.

Roedd y bws yn hwyr ac Ifan yn ddisgwyliwr aflonydd – mor wahanol i'w natur arferol, tra arhosai Bethan ei wraig – fel arfer yr un fwyaf aflonydd o'r ddau – yn llonydd a thawel, ei chot hithau wedi ei lapio'n dynn amdani, ac yn gwarchod y ddau gês mawr gyda'r labelau arnyn nhw.

Ar y cesys roedd eu henwau a'u cyfeiriadau – Ifan a Bethan Roberts, Blaen y Wawr, Glandŵr, Sir Ddinbych, ac enw'r gyrchfan – French Alps / La Clusaz, a phrin y gallai Ifan goelio ei fod yma, ar ochr y stryd yn aros am y *feeder coach* fondigrybwyll oedd yn mynd i'w dwyn ar ran gynta'r daith bob cam i dde-ddwyrain Ffrainc.

Barnai fod llawer o'r bobl a âi ar wyliau, fel y fo, yn deithwyr anfoddog, ond eu bod hwythau'n mynd o ran dyletswydd teuluol. Oni welodd luniau ar deledu lawer gwaith o deithwyr yn glanio mewn meysydd awyr, yn gorweddian mewn ystafelloedd aros a gorsafoedd bysiau, a'r un peth yn eu nodweddu i gyd, y diflastod amlwg oedd ar eu hwynebau. Yr un olwg o ddiflastod, a phryder hefyd, fe wyddai, oedd ar ei wyneb yntau y bore hwn wrth iddo ystyried, yn feddyliol ddramatig, oblygiadau'r daith, yr antur, y cam i'r byd mawr bygythiol!

I un oedd fel arfer mor hunanfeddiannol, mor dawel a digynnwrf ei ffordd, roedd llawer o gwestiynau ac amheuon yn gwibio drwy ei feddwl. Ofn yr annisgwyl, yr anwybod, oedd o mae'n siŵr, meddyliodd. Wynebu profiadau y tu hwnt i sbectrwm arferol ei fywyd, dyna oedd yn codi ofn arno. Roedd o'n ddiogel o fewn terfynau ei ardal, ei gymdeithas, ei deulu, ei waith; yn ddyn solet, dibynadwy, amyneddgar, sicr o'i siwrnai, yn gweld i ble roedd o'n mynd. Ond y tu hwnt i hynny, roedd o'n ymwybodol o fygythion ac amheuon.

Methu cadw oddi mewn i ffiniau oedd achos holl drafferthion y byd a'i bobl, a mentro y tu hwnt i'r ffiniau oedd achos ei anniddigrwydd o. O fewn ffiniau ei deulu, roedd yna sicrwydd a bodlonrwydd, roedd yna hwyl a llawenydd. O fewn terfynau ei gymdeithas roedd yna gyfle i ddatrys problemau, roedd yna gymeriadau amrywiol a diddan yn byw, roedd yna ddigon o gyfleoedd i dderbyn a rhoi. O fewn terfynau ei gred roedd yna nodded a diogelwch. Ond beth oedd yna y tu hwnt? Y tu hwnt i ffiniau cartref a theulu a chymdogion roedd yna ansicrwydd a diflastod, roedd yna bryder a gofid. Y tu hwnt i ffiniau ei gymdeithas roedd yna broblemau rhy fawr i'w datrys, roedd yna gymeriadau amheus a bygythiol, roedd yna ddiffyg cyfaddawdu. Y tu hwnt i derfynau ei gred roedd yna ffwndamentaliaeth ddinistriol ac athrawiaethau peryglus. Byd nad oedd o erioed wedi ei fforio oedd y tu hwnt i'r ffin, byd hawdd dygymod â'r profiadau ail law ohono drwy raglenni teledu, ac adroddiadau pobl eraill amdano, ond byd y gallai profiadau uniongyrchol ohono fod yn beryglus, ac ar dro yn farwol.

Cofiodd y teimlad a gafodd o pan dderbyniodd, ar funud wan, y gwahoddiad, y gorchymyn yn wir, i sefyll ar ran Plaid Cymru yn etholiad y Cynulliad. Cosb oedd hynny am fod yn selog mewn pwyllgorau a gweithgareddau lleol. A golygai derbyn fynd y tu allan i'w gynefin, i gnocio drysau, i wneud datganiadau, i siarad efo pobol ddiarth, ac roedd hi'n funud olaf arno'n derbyn. A'i synnwyr o ddyletswydd a'i optimistiaeth y gallai wneud yn dda oedd wedi ei berswadio i dderbyn yn y diwedd. Roedd yn rhaid iddo gyfaddef i'r profiad fod yn llawer gwell na'r amheuon, ac unwaith y dysgodd o chwerthin am ben rhai o'r sylwadau rhyfeddol a glywai, fe fwynhaodd ei hun a chael cyfanswm digon da o bleidleisiau hefyd o ystyried yr etholaeth ddiwydiannol Seisnig lafurol yr oedd o'n sefyll ynddi.

Ie, ofn yr anwybod oedd arno. Nid y ffaith ei fod yn troi cefn ar ei waith am ddeg diwrnod. Na, doedd hynny ddim yn ei boeni. Er mai ef oedd pennaeth y cwmni yng Nglandŵr, roedd y ddau gyfrifydd arall oedd yn gyfrannog yn y busnes yn hen ddigon abl a phrofiadol i ymdopi yn ei absenoldeb. A byddai'n beth da iddyn nhw arfer gwneud hebddo gan ei fod o fewn dwy flynedd i'w drigain oed, er nad oedd ganddo ar hyn o bryd unrhyw fwriad i ymddeol, ac yntau'n llawn bywyd ac egni.

Ond, yr arswyd fawr, roedd o'n gwneud llawer gormod o'r peth. Dim ond mynd ar wyliau yr oedd o, yn erbyn ei ewyllys mae'n wir – a doedd hynny ddim yn ei blesio gan ei fod yn hoffi cael ei ffordd ei hun – ond gwyliau oedd o, nid mynd i garchar nac i ryfel nac ar daith genhadol, nid mynd yn gwbl ymwybodol i wynebu perygl. Gwyliau sidêt, saff mewn bws oedd o, nid hyd yn oed saffari. A doedd o ddim yn mynd ar ei ben ei hun; roedd Bethan ei wraig efo fo, wedi trefnu popeth, yn hollol siŵr o'i siwrnai, yn fywiog a phrysur, yn benderfynol o fwynhau ei hun. Ac fe gaen nhw amser da. Gwneud drama o ddim oedd yr holl hel meddyliau gwirion. Ond eto, pan ddaeth y bws roedd ei chweched synnwyr ar waith drachefn, yn ei rybuddio ei fod yn wynebu byd bygythiol a sinistr, a bod y camu i'r bws yn symbol o gamu i'r anwybod mawr, dieithr.

1

'Ddrwg gen i mod i'n gorfod rhuthro. Y teulu'n dod acw i ginio, dech chi'n gweld. Diolch yn fawr iawn am heddiw, ac mi gwelwn ni chi eto flwyddyn nesa.'

'Os byw ac iach, yntê! Rhaid deud hynny yn fy oed i, wyddoch chi.'

'Rhaid inni i gyd ddeud hynny, Mr Hughes. Ond mi ryden ni'n gwerthfawrogi eich parodrwydd chi i ddod yma bob blwyddyn fel hyn. Mae hi'n anodd llenwi'r holl Suliau gwag ers pan adawodd y Parch. Jeffrey Jones am y de, a ninnau wedi mynd yn griw bychan iawn fel y gwelwch chi.'

'Wel tydi o ddim yn bell i mi, ac mae un oedfa'r Sul a chael mynd adre wedyn yn fy siwtio i'n iawn. Mi ddalia i i ddod tra medra i, Ifan, tase ddim ond o barch i'ch tad.'

'Wel, mi den ni'n trysori hynny'n fawr.'

'Diolch i chi am ddeud hyn'na. Ble buoch chi ar eich gwylie leni, Ifan?'

Roedd yn rhaid i'r hen Thomas Hughes fod yn siaradus heddiw o bob diwrnod, ac Ifan dan orchymyn ei wraig i frysio adref y bore hwnnw. Ond roedd yn greadur rhy foesgar i beidio'i ateb.

'Fuon ni ddim yn unman arbennig wyddoch chi, diwrnod yma ac acw yntê.'

'Call iawn. Tydi'r hen Gymru 'ma cyn hardded ag unrhyw wlad? Wn i ddim be mae'r holl bobol 'ma'n ponshio mynd dros y môr o gwbwl a deud y gwir. Pam na fodlonan nhw ar aros gartre dwch?'

'Dech chi'n iawn. Ac mi fydde'n braf dal ymlaen i sgwrsio efo chi, ond rhaid imi fynd neu mi ga' i dafod gan y wraig, gan fod y ferch a'r teulu'n dod acw i ginio.'

'Siŵr iawn, siŵr iawn, maddeuwch i mi am eich cadw chi. A diolch unwaith eto.'

'Diolch i chi.' Ysgydwodd Ifan Roberts law â'r hen weinidog cyn cerdded yn gyflym i'r ffordd ac ymuno â'i wraig oedd yn aros yn ddiamynedd wrth giât y capel.

Roedd hi'n Sul cyntaf o Fedi, diwrnod ola gwyliau haf, a byddai fory'n ddiwrnod cyntaf tymor newydd i bob plentyn; a chan fod tymhorau ysgol yn tra-arglwyddiaethu ar fywyd yn gyffredinol, roedd hi'n ddiwedd a dechrau cyfnod i bawb arall hefyd. A natur, fel pe bai hithau'n ymwybodol o bwysigrwydd y diwrnod, wedi darparu haul disglair yr haf i loywi'r awyr ar y Sul hwn, a rhoi cyfle i bobl gael ailadrodd yr hen ystrydeb y byddai'r tywydd yn siŵr o brafio gan fod yr ysgolion yn ailagor. Ac yn gymysg â'r arlwy hafaidd roedd rhyw gip bach ysgafn o oerni'r hydref yn yr awel er mwyn atgoffa pawb o'r hyn oedd yn eu haros.

Cerddodd Ifan Roberts a'i wraig Bethan ar hyd y ffordd o'r capel, gan ddilyn y ddwy Miss Jenkins, dwy chwaer mewn oed ar eu taith i gyfeiriad eu cartref. O'u hôl roedd y pregethwr am y Sul yn parhau i ddal pen rheswm gyda dau neu dri o'r mynychwyr eraill, a theimlai Ifan braidd yn annifyr ei fod wedi gorfod ei adael mor sydyn.

Wrth gerdded i gyfeiriad eu cartref yn isel ar lethrau'r Berwyn uwchben y dref, a Bethan yn hanner trotian gyda'i chamau byrion wrth ei ochr, geiriau olaf y bregeth oedd yn atseinio yng nghlustiau Ifan, geiriau oedd yn gwneud iddo wenu: 'Ewch i'r holl fyd a phregethwch yr efengyl i bob creadur'. Roedd o wedi gweiddi'r geiriau, a da o beth oedd hynny gan fod dwy o leia o'r naw oedd yn yr oedfa yn fyddar, ond geiriau gwag ac amherthnasol oedden nhw gan nad oedd yr un ohonyn nhw, ar wahân i Ifan ei hun a'i wraig wrth gwrs, mewn stad gorfforol nac mewn oedran pwrpasol i fynd â cherbyd yr efengyl i'r dref agosaf heb sôn am yr holl fyd. Daeth darlun i'w feddwl o ddau neu dri o aelodau'r capel yn gyrru yn eu cadeiriau olwyn o dref i dref yn rhannu beiblau fel fflamiau i bobl, ac yn eu cystwyo'n eiriol am fethu edifarhau a throi at grefydd. Gwenodd cyn sylweddoli bod y meddyliau'n rhai annheilwng. Diolch nad oedd technoleg wedi teithio mor bell nes gallu argraffu meddyliau dirgel pobl ar sgriniau cyhoeddus.

Yn gymysg â geiriau'r bregeth roedd hefyd eiriau gweddi yr hen frawd a'r awydd angerddol a fynegodd i weld unwaith eto ddeffroad crefyddol yn gafael yn y bobl a gwynt Pentecost newydd yn ysgubo trwy'r wlad. Gorffennodd ei weddi gyda geiriau'r emyn am yr Ysbryd Glân a'i weithrediadau megis tân, tra oedd rhan o feddwl Ifan, y rhan ddadansoddol, yn ceisio gwneud synnwyr o'r delweddau a'r rhan ddychmygol yn gallu dirnad y llanast a wnâi cyfuniad marwol o wynt a thân ar fyd a bywyd.

Ac wrth ddringo'r allt uwchben y dref ac aros am ennyd i edrych i lawr ar y rhesi ar resi dibatrwm o dai, ar ruthr y traffig ar y ffordd osgoi yn cyferbynnu gyda throelli hamddenol afon Dyfrdwy wrth iddi lifo'n gysglyd drwy'r dolydd ar gyrion y dref, rhyw ystyried amherthnasedd y cyfan a wnâi Ifan, amherthnasedd y ffaith fod naw ohonyn nhw, a neb o'r rheini'n ifanc, wedi bod y bore hwnnw yn addoli Duw na wydden nhw, yn y diwedd, fawr ddim amdano; yn gwrando ar hen ŵr yn ailadrodd ystrydebau cred, yn deisyf rhywbeth nad oedd o, na neb arall wironeddol ei eisiau. Pe deuai diwygiad i'r fro byddai'r naw oedd yno y bore hwnnw yn dychryn am eu hoedl. Roedd deisyf yn iawn tra nad oedd yna ateb yn cael ei roi i'r deisyfiad hwnnw.

Ond roedd hi'n rhy braf a'r dydd yn addo'n rhy dda i oedi gyda rhyw feddyliau fel yna, a throdd Ifan ar ei sawdl a cherdded yn ei flaen i fyny'r allt i geisio goddiweddyd ei wraig oedd wedi dal i fynd pan safodd ef i edrych ar yr olygfa. Cododd ei olygon tua'r Berwyn, oedd yn anhygoel o hardd a charped porffor y grug yn ei orchuddio, teimlodd wres yr haul a chyffyrddiad tyner yr awel ar ei wyneb, a chofiodd am ymweliad Gwyneth a'r teulu wrth iddo brysuro'i gam i fyny'r allt serth. Roedd bywyd yn braf, yn garedig, a phwy yn ei iawn bwyll fyddai'n deisyf diwygiad i dorri ar fywyd felly?

Roedd Bethan hithau yn ysgafn ei bron hefyd, yn llawenhau na fyddai'n rhaid iddi wynebu dosbarth o blant swnllyd a rhieni cwynfannus drannoeth, plant y byddai eu Cymraeg wedi rhydu cryn dipyn yn ystod chwe wythnos o wyliau haf di-Gymraeg, ac ambell riant fyddai a chŵyn yn erbyn yr ysgol hyd yn oed ar ddiwrnod cyntaf blwyddyn newydd!

Roedd Bethan yn bum deg saith ac yn falch ei bod wedi penderfynu ymddeol o waith ysgol llawn amser. Ond allai hi ddim ymddihatru'n llwyr, allai hi ddim treulio gweddill ei bywyd yn wraig y tŷ fel y byddai cynrychiolwyr yr undebau amaethyddol yn cyfeirio ati hi a'i thebyg, ac felly roedd hi'n falch iddi gael cyfle i dderbyn, o fis Hydref ymlaen, swydd ddysgu ran-amser yn un o ysgolion ardal Wrecsam. Roedd ganddi felly chwe wythnos ychwanegol i fwynhau arafwch bywyd, ymestyniad dwbwl o'i gwyliau haf. Nid bod gwyliau haf wedi bod yn wyliau iddi chwaith, nid fel y rhan fwyaf o'i chyfoedion a'i chenhedlaeth. Na, doedd mynd ar wyliau ddim ar raglen Ifan, a doedd hi erioed wedi llwyddo i'w berswadio i grwydro ymhell. Pan oedd y plant yn fach, fe âi, yn anfoddog ddigon, am wythnos at y môr, ond nid i wlad dramor. Dim pellach na Phen Llŷn neu Aberystwyth. A dyletswydd teuluol oedd mynd i'r llefydd hynny.

Eleni, fel erioed, fe ddaliodd i fynd i'w swyddfa bron drwy gydol mis Awst, i ddatrys problemau ariannol pobl eraill a'u cysgodi rhag gwyntoedd croesion swyddfa'r dreth incwm, a'i gonsesiynau i'r ffaith ei bod yn dymor gwyliau oedd na ddeuai â gwaith adref efo fo yn ystod y mis hwnnw, y treuliai beth amser yn ailaddurno un o ystafelloedd y tŷ, y treuliai fwy o amser yn yr ardd, ac y bodlonai i fynd ar daith ambell ddiwrnod i lecynnau penodol yng ngogledd Cymru. Roedd o wrth ei fodd gartref, ac wrth ei fodd efo'i deulu, cyn belled â bod y rheini'n dod ato fo yn hytrach na'i fod o'n gorfod mynd i aros atyn nhw; a heddiw roedd Gwyneth ei ferch, ei gŵr Eric, a'u plant Dewi a Modlen yn dod i ginio. Roedden nhw wedi meddwl y byddai Aled a'i deulu yn dod hefyd, ond doedden nhw ddim adre o'u gwyliau tan ddydd Sadwrn, ac roedd gwaith i'w wneud i gael eu hunain a'u plant yn barod ar gyfer ysgol drannoeth.

Erbyn un o'r gloch oedd yr amser y cytunwyd arno, ond bod un o'r gloch i Gwyneth yn golygu chwarter i, ond digon o amser i'r ddau i newid i ddillad mwy ymarferol diwrnod efo'r teulu a gorffen paratoi'r cinio gan y byddai pawb ar lwgu erbyn hynny.

Am chwarter i un ar y dot cyrhaeddodd y car y tu allan a rhuthrodd Dewi a Modlen i mewn i'r tŷ.

'Helô Nain, helô Taid,' ac ar unwaith roedd eu presenoldeb a'u sŵn yn llenwi'r lle.

Fel arfer rhedodd Modlen at ei thaid a daliodd yntau ei freichiau allan fel bob amser a'i chodi'n uchel i'r awyr cyn ei thynnu i lawr a'i chofleidio fel pe bai heb ei gweld ers misoedd. Eiliad i'w thrysori oedd hon. Roedd Dewi, ei brawd nawmlwydd oed, yn rhy hen a soffistigedig i wneud rhyw hen sioe fel hyn, ac roedd hynny'n wir hefyd am Angharad a Gwawr, efeilliaid un ar ddeg oed ei fab Aled a'i wraig Eleri.

'Ddoi di i chware "bloc un dau tri" efo ni, Taid?' holodd Modlen bron cyn bod defod y cofleidio drosodd.

'Sgen ti jôc newydd imi heddiw, Taid?' holodd Dewi. 'Mae gen i un i ti. Gawn ni fynd i adeiladu argae ar yr afon ar ôl cinio? A chwarae pêl-droed a mynd am dro wedyn?'

'Dal dy wynt, hogyn,' chwarddodd ei daid. 'Cinio i ddechre. Gawn ni benderfynu be wedyn. Mae gynnon ni trwy'r dydd. Braf yntê! Ond mae gen i jôc i ti.'

'Be ydi hi?'

'Roedd dau dedi yn eistedd yn y cwpwrdd crasu dillad. Pa un o'r ddau oedd yn y fyddin, Dewi?'

'Does gen i ddim syniad, Taid.'

'Yr un oedd yn eistedd ar y tanc!'

'Dydi dy jôcs di'n gwella dim, Dad,' meddai Gwyneth yn sychlyd. 'Dewi, Modlen, golchi dwylo rŵan cyn cinio.'

'Ond mae gen i jôc i'w deud wrth Taid. Ac roeddwn i'n meddwl bod yr un dd'wedodd o yn un dda.'

'Mi faset ti. Tyrd, gei di ddeud dy jôc ar ôl cinio.'

Yn y Drenewydd yr oedd y teulu'n byw ac yn gweithio, Gwyneth mewn swyddfa twrneiod ac Eric yn rheolwr garej ac yn fecanic penigamp. Y fo fyddai'n tendio BMW ei dad-yng-nghyfraith, ffordyn ei fam-yng-ngyfraith a llawer un arall o geir y teulu. Cymro di-Gymraeg oedd o, wedi ei eni a'i fagu yn Wrecsam cyn symud i'r Drenewydd, ond yn deall pob gair o Gymraeg, ac nid deall fel y bydd ci neu gath, ond deall go iawn.

Cymraeg felly oedd iaith y bwrdd cinio er mai Saesneg a siaradai'r plant efo'u tad a Chymraeg efo'u mam, a chyfnewid o un i'r llall yn gwbl naturiol.

Gwyliau haf y teulu oedd testun y sgwrs amser cinio. Roedden nhw wedi bod mewn fflat gwyliau yn Dawlish yn ne Lloegr ac wedi cael amser wrth eu bodd yno. Ac roedd y taid a'r nain wrth eu boddau yn gwrando'r hanesion, nes i Gwyneth gyfeirio ei sylw at eu gwyliau nhw.

'A lle fuoch chi'ch dau eleni tybed? Fel taswn i ddim yn gwybod.'

'Mi gawson ni ddiwrnod yn Eryri,' atebodd Ifan ar unwaith, 'ac mi lawiodd drwy'r dydd. Fase'n well inni adre.'

'Pam na ddowch chi am wyliau efo ni?' holodd Dewi.

'Ew ia,' meddai Modlen. 'Mi faswn i wrth fy modd – a Siwan hefyd, yn baset?' holodd i'w gwningen goch, fudur oedd bob amser yn ei chôl.

'Mi ddysgwn i di i fowlio deg, Taid,' ychwanegodd Dewi. 'Dwi'n siŵr y baset ti'n un da.'

'Does dim rhaid mynd ar wyliau i fowlio deg. Mae digon o lefydd yn ymyl.'

'Ond mi fase'n hwyl tase ni i gyd yn yr un tŷ am wythnos,' mynnodd Dewi.

'Croeso i chi ddod yma am wythnos unrhyw adeg fel y gwyddoch chi.'

'Ie, ond fase hynny ddim yr un fath.'

'Mi wyddost am dy daid,' meddai Gwyneth. 'Ddaw o ddim i aros acw am noson heb sôn am fynd ar wyliau i rywle. Rhaid inni fod yn ddiolchgar ei fod o'n dod draw i'n gweld ni'n weddol aml.'

'Dydi o ddim yn beth da i rywun fy oed i newid gwely,

wyddost ti,' atebodd Ifan. 'Berig y cawn i oerfel neu rywbeth.'

'Gwrandwch arno fo. Yn swnio fel hen gant. Rhywun fy oed i, wir! '

Roedd Bethan wedi bod yn brysur yn tendio ar bawb, yn estyn y llysiau, yn rhannu cyfran deg o'r caserol cig eidion i bawb, yn mynd yn ôl a blaen i'r gegin fel na chafodd hi ran yn y drafodaeth, ond pan eisteddodd hithau wrth y bwrdd o'r diwedd, trodd Gwyneth ei sylw ati hi.

'Mam, be amdani? Gwylie neis i ti a Dad cyn i ti ddechre ar dy swydd newydd yn yr hydref.'

'Gwylie neis wir. Waeth i ti heb â sôn. Mi wyddost nad aiff dy dad i lawr llwybr yr ardd i fynd ar wylie.'

'Wel, mi ddyle feddwl amdanat ti. Rwyt ti wedi bod yn rhy brysur i ymlacio dim yn ystod y blynyddoedd d'wetha ma, a rŵan gan dy fod ti wedi ymddeol o swydd amser llawn, dyma gyfle da i chi'ch dau fynd.'

'Hy. Breuddwyd gwrach. Waeth imi heb â meddwl am y fath beth.'

Bu distawrwydd am beth amser, pawb yn bwyta'n harti, a fu'r caserol a'r llysiau fawr o dro'n diflannu, na'r darten a'r hufen iâ chwaith.

'Wyt ti eisiau clywed fy jôc i rŵan, Taid?' holodd Dewi wrth i bawb adael y bwrdd cinio.

'O, o'r gore 'te, d'wed hi i bawb gael ei chlywed.'

'Roedd bachgen yn dangos ei hun ar ei feic. Pan basiodd o ei ffrindiau y tro cynta dyma fo'n deud: 'Edrychwch, dim dwylo!' Pan basiodd o'r ail dro dyma fo'n deud: 'Edrychwch, dim traed!' A phan basiodd o'r trydydd tro dyna fo'n deud: 'Edrychwch, dim dannedd!' '

Chwarddodd pawb ar wahân i Modlen, nad oedd yn deall yr un o jôcs ei brawd.

Yna, wedi i'r plant gael eu gollwng i'r ardd gyda'r addewid y deuai pawb allan i chwarae yn y man, uwchben paned o goffi, dychwelodd Gwyneth at fater y gwyliau. Fel arfer, roedd hi fel ci ag asgwrn.

'Mi fase Eric a minnau'n trefnu i chi, mae digon o siope gwylie i'w cael a chynigion da ar y we. Be am daith wythnos neu ddwy mewn bws i Ffrainc neu'r Swistir? Mater o benderfynu a chychwyn ydi o. Mi fyddech chi'ch dau wrth eich boddau.'

'Mi fyddwn i wrth fy modd, ond fydde dy dad ddim.'

'Dad, rwyt ti'n hunanol, yn meddwl am neb ond amdanat dy hun. Mi ddylet feddwl am Mam weithiau. Mae hi wedi gneud be wyt ti ei eisiau – sef aros gartref – ar hyd y blynyddoedd. Wyt ti ddim yn meddwl ei bod yn bryd i ti ei hystyried hi am unwaith?'

'Ond mae dy fam yn berffaith hapus adre, on'd dwyt ti, Bethan? Dwyt ti mwy na finne ddim eisiau mynd i ffwrdd. Soniaist ti ddim am y peth ers blynyddoedd.'

'Am y gwyddwn i nad oedd pwrpas imi neud, dyna pam. Ac unrhyw beth am heddwch yntê.'

'Dyna ti, Dad, mae hi wedi hen golli gobaith.'

'*Go for it, Taid*,' ychwanegodd Eric oedd wedi bod yn gwrando'n ddistaw ar y drafodaeth. '*Good heavens man, you spend your whole time looking after other people and their money. It's time you spent some of your own. And don't just go for* a *week, go on a world cruise, nothing less. That's what people who retire do. Go away for the whole month, and when you come back you'll be like new people.*'

Ie, hawdd y gallai o ddweud, meddyliodd Ifan. Mor hawdd ydi trefnu bywydau pobl eraill – yn enwedig os ydech chi'n Sais. Mae'r rheini'n barod i drefnu bywydau

17

pawb ond nhw eu hunain. Ac yna rhoes dro i'w feddyliau. Na, chwarae teg i Eric hefyd, doedd o ddim yn Sais, er nad oedd o'n siarad Cymraeg, 'We the Welsh must stick together' fyddai ei eiriau'n aml, wrth ddod draw ar benwythnosau i helpu i ganfasio dros y Blaid yn ystod etholiad y Cynulliad, a phan fyddai Cymru'n chwarae rygbi, yn enwedig yn erbyn Lloegr.

Ond roedd Ifan yn casáu i rywun arall benderfynu drosto, i geisio trefnu ei lwybr yn y byd, ac yntau wedi cael ei ffordd ei hun gydol ei oes, ei ffordd ei hun efo'i deulu ac efo'i gleientau wrth iddo ddweud wrthyn nhw sut i arbed arian ac arbed talu gormod o dreth incwm. Doedd o ddim yn chwennych y pwll mawr, ond roedd wrth ei fodd yn bysgodyn mawr yn y pwll bach.

Daeth Modlen i'r drws, ei hwyneb yn goch a'i gwynt yn ei dwrn.

'Ydech chi'n dod i chwarae "bloc un dau tri" efo ni?'

'Pwy gyrrodd di?' holodd ei mam. 'Dewi?'

'Ia.'

'Roeddwn i'n meddwl. Ond mi ddown ni rŵan.'

A chododd y pedwar yn ddioglyd a mynd allan i'r ardd.

Roedd hi'n ddiwrnod bendigedig a'r ardd fawr, a ymestynnai am bellter draw at y nant fechan oedd yn derfyn iddi, yn edrych ar ei gorau; y coed a'r llwyni a'r lawnt oedd ar ddwy lefel yn daclus ac yn llawn o liw dwfn yr haf, gydag ambell ddeilen felen ar ambell goeden yn rhagargoel o'r hydref lliwgar oedd ger y drws. Gardd oedd yn lle delfrydol i Ifan i ymlacio ynddi wrth ei thrin ar ôl diwrnod caled yn y swyddfa, gardd ddelfrydol i dreulio pnawn o haf ynddi, a man delfrydol ar gyfer chwarae cuddio.

Drws y cwt oedd y gyrchfan, neu'r bloc, a'r gamp oedd

mynd i guddio ac yna cyrraedd yn ôl at y drws a gweiddi 'bloc un dau tri' cyn i'r sawl oedd yn chwilio gyrraedd yno o'i flaen.

Dewi oedd y cyntaf i roi ei ben i lawr, a gafaelodd Modlen yn llaw ei thaid a mynnu ei fod yn mynd i guddio efo hi.

Erbyn i Dewi gyfri i ddeg ar hugain, roedd pawb wedi diflannu a'r lle'n dawel fel y bedd ar wahân i fwrlwm cyson y nant.

Edrychodd Dewi o'i gwmpas i weld oedd yna rywun yn pipian er mwyn iddo gael ei flocio, ond doedd neb i'w weld yn unman, ond gwyddai yntau, o fynych chwarae'r gêm, mai amynedd oedd piau hi, ac na fyddai ond mater o amser cyn y byddai rhywun yn dangos ei hun – Modlen debycaf, gan na allai hi aros yn hir yn ei chuddfan. Unrhyw funud a byddai'n rhedeg fel ffŵl ar draws y glaswellt gan feddwl y gallai gyrraedd drws y cwt o flaen ei brawd. Doedd profiad pum mlwydd ddim wedi ei dysgu hi i aros a bod yn amyneddgar.

Byddai gwallt brith ei nain a gwallt brown ei daid yn anodd i'w gweld ynghanol yr holl liw, a byddai gwallt melyn ei fam, er ei fod eisoes yn dechrau britho a hithau ond ychydig dros ddeg ar hugain oed, yn toddi i mewn i'r gloddest o flodau oedd yn yr ardd. Na, Modlen fyddai'r hawddaf i'w gweld, a'r gyntaf i ddangos ei hun, ac roedd o'n weddol sicr y daliai ei daid hefyd gan ei fod yn gallu rhedeg yn gynt na fo. Ei dad fyddai'r olaf i ddangos ei hun gan amlaf, gan fod ganddo amynedd Job. Byddai wedi setlo'n gyfforddus braf y tu ôl i ryw lwyn neu'i gilydd, a byddai yno'n hanner cysgu ac yn barod i aros am hydoedd, nes y byddai'r chwiliwr wedi hen flino, ac wedi gorfod mentro ymhell o'r bloc i chwilio.

Roedd Modlen a'i thaid yn llechu y tu ôl i'r goeden dderwen fawr yng nghongl yr ardd a doedd dim modd eu gweld. Gafaelai ei thaid yn dynn yn Modlen rhag iddi ddianc, ond roedd hi'n aflonydd iawn.

'Aros, amynedd piau hi,' meddai ei thaid wrthi. 'Aros di iddo fo symud yn ddigon pell oddi wrth ddrws y cwt ac mi gei di redeg a'i flocio fo wedyn.'

Edrychodd yn llechwraidd heibio'r goeden a gwelai fod Dewi yn dal i sefyll yn agos at y cwt gan edrych o'i gwmpas yn ofalus.

Yn ddifeddwl llaciodd ei thaid ei afael ar Modlen a'r eiliad nesa roedd hi wedi dod yn rhydd ac wedi camu allan o gysgod y goeden a rhedeg yn wyllt ar draws y lawnt. Cyn iddi fynd hanner ffordd daeth y gri arferol 'bloc un dau tri, Modlen,' a hithau, fel arfer, y gyntaf i gael ei dal, yn sefyll yno'n siomedig, ei dwy law wedi eu sodro'n herfeiddiol un bob ochr i'w gwasg a'i hwyneb yn goch fel tân.

Modlen druan, meddyliodd Ifan, ond ar yr un pryd fe wyddai, ryw dro yn y dyfodol agos, y byddai wedi magu dealltwriaeth o ofynion y gêm a fyddai hi ddim mor hawdd i'w dal. Ac fe ddeuai i sylweddoli hefyd nad oedd cau ei llygaid yn ei gwneud hi'n anweledig i bawb arall. Byddai hynny'n llawenydd, ac ar yr un pryd yn dristwch o ryw fath, llawenydd o'i gweld yn datblygu, tristwch o deimlo na fyddai'n eneth fach yn hir ac y byddai diniweidrwydd plentyndod yn troi'n gyfrwystra, ac yn y man i sinigiaeth yr ifanc. Dyna ddrwg pethau, ac yntau, fel taid oedd yn gwirioni, eisiau wyrion fyddai'n fythol ifanc.

Aeth y chwarae ymlaen nes i bawb flino a dod at ei gilydd i gael diod oer. Roedd hi'n ddydd Sul tangnefeddus yn niwedd Awst, bywyd yn braf a phawb yn gysurus ddiogel o fewn côl y teulu.

Fu Dewi a Modlen ddim yn llonydd yn hir, ac fe aethon nhw ati i gicio pêl ar y lawnt isaf ac yna i chwarae yn y nant tra eisteddai'r oedolion yn yr haul i fwynhau glasaid o win.

Edrychodd Ifan ar y ddau blentyn yn chwarae a gweiddi ar ei gilydd. Roedd yr ardd yn llawn llwyni, yn llawn planhigion, yn llawn blodau, a'r rheini wedi eu trefnu'n chwaethus a phatrymog. Ond Dewi a Modlen oedd y ddau flodeuyn harddaf yn yr ardd y Sul hwnnw.

Bythefnos ynghynt roedd teulu ei fab Aled wedi bod yno. Teulu 'niwclear' arall, gwraig a dau o blant, efeilliaid un ar ddeg oed – Angharad a Gwawr, ac roedden nhw i gyd newydd symud i Gaernarfon er mwyn i'r plant gael addysg uwchradd Gymraeg. Yn Coventry, lle roedd eu rhieni'n athrawon, y cawson nhw eu magu, a brwydr barhaus y cartref oedd cadw Cymraeg y plant yn enwedig ar ôl iddyn nhw ddechrau yn yr ysgol gynradd. Ond roedd cymysgedd o berswâd a gorfodaeth gan eu rhieni wedi gwneud y tric ac fe lwyddodd y ddau i gael swyddi o fewn tiriogaeth Gwynedd mewn pryd i roi cychwyn i'r ddwy ferch mewn ysgol uwchradd Gymraeg.

Fu dim chwarae 'bloc un dau tri' y diwrnod hwnnw gan ei bod yn glawio, ond fe gafodd y chwech ohonyn nhw gêm o Fonopoli, ac er gwaetha sgiliau ariannol y taid, y fo oedd y cyntaf i fynd yn fethdalwr.

Pan oedd hi'n chwech o'r gloch safodd Gwyneth ar ei thraed.

'Mi fydd yn rhaid inni fynd adre,' meddai hi. 'Mae hi'n ysgol fory a rhaid i'r plant fynd i'r gawod a golchi eu gwalltiau heno. Fydd dim amser yn y bore.'

Dau anfoddog iawn i gychwyn oddi yno oedd Dewi a Modlen ac un anfoddog o'u gweld yn mynd oedd eu taid. Roedd yna rywbeth yn anfoddhaol mewn gadael, mewn ffarwelio, mewn gweld y car yn mynd i lawr y ffordd a'r corn yn cael ei ganu wrth iddo droi'r gornel yn y gwaelod a diflannu o'r golwg. Y tawelwch oedd y peth oedd yn taro rhywun. Ac roedd o mor wahanol i Bethan. Roedd hi'n falch o gael eu lle, er mwyn clirio a thacluso, yntau'n teimlo rhyw wacter rhyfedd o'u gweld yn mynd.

Arhosodd allan yn yr ardd am beth amser ar ôl i bawb fynd, ond doedd dim cysur yno mwyach; roedd yr haul yn machludo arno a chododd a mynd i'r tŷ a rhoi'r teledu ymlaen er nad oedd fawr ddim o werth arno. Ond roedd o'n benderfynol o wrthsefyll y demtasiwn i fynd ati i weithio gan ei bod yn rhyw fath o gytundeb anysgrifenedig rhyngddo a Bethan na fyddai'n gweitho gartref yn ystod y gwyliau. A doedd y gwyliau ddim ar ben yn swyddogol hyd drannoeth.

Am ddeg o'r gloch fe ganodd y ffôn ac aeth Bethan i'w ateb. Aled oedd yno, gydag un o'i alwadau prin, yn holi eu hynt ac yn adrodd hanes ei wyliau yn Sbaen. Dim ond un ochr i'r sgwrs allai Ifan ei chlywed, ond deallodd yn y man fod y sgwrs wedi symud i drafod eu gwyliau hwy, neu yn hytrach eu diffyg gwyliau, gan fod Bethan yn yngan brawddegau megis: 'o gwmpas y lle 'ma', 'diwrnod neu ddau yn crwydro'r gogledd', ac yn waeth na hynny, 'tria di'i berswadio fo', a 'daiff o ddim ymhell oddi yma hyd yn oed mewn arch'.

Dyna ddrwg mis Awst, meddyliodd Ifan, nid yn unig ei bod yn dymor gwyliau ond fod pawb fel tasen nhw'n credu bod yn rhaid iddyn nhw fynd ymhell oddi cartref i fwynhau eu hunain ar wyliau, ac roedd ei blant o cyn waethed â neb. Rhaid ei fod wedi ei methu hi yn rhywle wrth eu magu!

Ni siaradodd o efo Aled gan y gwyddai y câi ei holl hanes gan Bethan, ac roedd hi'n llawer gwell na fo am gofio beth oedd rhywun wedi ei ddweud wrthi. Ond gwyddai mai hanes eu gwyliau fyddai rhan helaetha'r stori o ddigon, a chan fod ei gydwybod yn ei bigo fo braidd, rywsut doedd arno fawr o awydd clywed y stori honno.

2

Cododd Ifan ar ei eistedd am y degfed tro y noson honno. Roedd o'n methu'n glir â chysgu, a doedd o ddim yn gwybod pam. Pe bai'n gwybod y rheswm gallai wneud rhywbeth yn ei gylch. Pe bai fory a'i gyfrifoldebau swyddfa yn ei boeni gallai godi a mynd at ei ddesg i edrych ei ddyddiadur er mwyn gweld hyd a lled ei ymrwymiadau am y dydd, ac i'w berswadio'i hun nad oedd ganddo ddiwrnod caled o'i flaen. Pe bai'n diodde o syched neu boen bol gallai godi i wneud paned iddo'i hun. Pe bai'n teimlo'n rhy boeth gallai agor mwy ar y ffenest, neu roi mwy o ddillad ar y gwely pe bai'n teimlo'n oer.

Ond nid yr un o'r rhesymau hyn oedd yn ei gadw ar ddi-hun. Beth ynte? Roedd pobman yn ddistaw a dim synau anarferol yn unman, doedd Bethan ei wraig ddim yn chwyrnu: yn wir roedd hi'n cysgu'n hynod o dawel, mor dawel fel y bu'n rhaid iddo unwaith roi ei glust yn agos at ei hwyneb i sicrhau ei bod yn dal i anadlu.

Unwaith, ar ôl codi ar ei eistedd, rhoddodd y golau ymlaen a cheisio darllen, ond doedd y llyfr oedd wrth erchwyn y gwely ddim at ei ddant a doedd wiw iddo geisio darllen un o bapurau'r Sul; byddai troi tudalennau'r *Observer* neu'r *Wales on Sunday* yn sicr o ddeffro'i wraig.

Trodd i edrych arni, yn cysgu fel babi, ei hwyneb heb ei greithio gan y blynyddoedd, ei chroen yn llyfn a glân heb ddim i ddannod ei hoed iddi ond lliw ei gwallt oedd wedi britho llawer yn ystod y flwyddyn neu ddwy ddiwethaf. Edrychodd ar y llun priodas ohonynt ar gongl y bwrdd gwisgo a chymharu'r wraig a orweddai yn y gwely wrth ei ochr gyda'r un yn y llun. Roedd o'n hoffi meddwl nad oedd fawr o wahaniaeth er bod dros ddeng mlynedd ar hugain yn eu gwahanu. Doedd yntau ddim wedi newid fawr chwaith, fe wyddai. Yn wir, roedd o'n gallu cyfaddef wrtho'i hun eu bod yn gwpwl smart. Roedd hi'n fach ond yn siapus a hardd, ei gwallt yn felyn naturiol ac nid melyn potel. Yntau'n dal a chydnerth yr olwg a'i wallt brown yn drwchus a rhan ohono'n disgyn yn gudyn dros ei dalcen.

Cofiodd i un o'u lluniau priodas fod yn ffenest siop y ffotograffydd am rai wythnosau yn rhan o arddangosfa berswadio'r dyn camera. Ond un diwrnod, wrth basio, fe sylwodd Ifan ei fod yn dechrau colli ei liw, ac erbyn drannoeth roedd o wedi mynd, wedi ei daflu i'r bin sbwriel fwy na thebyg. Doedd llun yn dechrau pylu yn fawr o hysbyseb i ffotograffydd.

Cofiodd Ifan iddo, mewn ffit o fyfyrio athronyddol, feddwl bod y llun yn ddarlun o fywyd dyn ar y ddaear. Yn llawn nwyf a iechyd am gyfnod, yna'r blynyddoedd yn graddol ddifrodi'r corff, ac yna'n ddisymwth un diwrnod, y diflannu i fedd. Edrychodd eto ar ei wraig gan astudio ei hwyneb yn ofalus am arwyddion fod ei chroen yn dechrau crebachu. Ond doedd yna ddim. Oni fu hi'n hynod o ofalus dros y blynyddoedd i beidio â gadael i'r haul ei llosgi, yn rhoi'r hufen priodol ar ei hwyneb bob nos cyn mynd i'w gwely? Roedd y gofal hwn wedi talu ar ei ganfed iddi.

Bu yntau yr un mor ofalus o'i groen, wedi dysgu ganddi hi, a byddai yntau'n rhoi hufen ar ei wyneb yn aml, ac ar ei ddwylo hefyd i'w cadw'n feddal, er na fyddai'n fodlon cyfaddef hynny ar goedd. Unwaith yn unig y bu bron iddo roi'r gorau iddi, a hynny pan edliwiodd rhyw ddynes iddo fod ganddo ddwylo fel dwylo merch, ond atebodd yntau mai dwylo meddyg oedd ganddo nid dwylo merch. Bu bron iddo ofyn iddi, mewn ffit anarferol o feiddgarwch, oni fyddai'n well ganddi gael ei byseddu gan ei ddwylo meddal o na chan ddwylo garw ei gŵr, ond ymataliodd mewn pryd. Byddai gofyn y fath beth wedi'i embarasio'n llwyr, ond hwyrach wedi codi ei gobeithion hi, a hynny ar ôl cymanfa bregethu lle'r oedd un o'r pregethwyr wedi bod yn fflangellu chwantau'r cnawd. Doedd fiw iddo dorri'i gymeriad ac yntau'n ddyn o safle yn y dreflan fechan, yn un y gellid dibynnu arno, yn un i droi ato mewn cyfyngder. Cadwodd unrhyw ddyheadau rhywiol oedd ganddo dan glo gan gadw ei hun yn gyfan gwbl i'w wraig, er y cyfrifid hynny gan lawer o'i gyfoedion yn ddiniweidrwydd a naïfrwydd anhygoel. Bellach bodlonai ar edmygu harddwch merch o bell, ac ni fyddai am funud am gyfaddef ei fod wrth ei fodd yn edrych ar *Wedi Saith* pan oedd Heledd Cynwal yn cymryd rhan ynddi, ac ar raglen newyddion *Breakfast* pan oedd Natasha Kaplinsky'n cyflwyno, yn enwedig pan fyddai'n gwisgo sgert.

Yn sydyn, torrwyd ar ei feddyliau pan drodd Bethan a gorwedd ar ei chefn, ac ofnai Ifan am funund ei fod wedi ei deffro, ond yr eiliad nesa roedd ei hanadlu'n ddwfn a rheolaidd a hithau'n dal i gysgu'n drwm ar ôl dydd Sul digon prysur iddi hi.

Diffoddodd y golau a cheisio meddwl am bopeth dan haul i wneud iddo gysgu, a cheisio dyfalu hefyd beth oedd yn ei gadw'n effro, ond doedd o damaid haws o wneud hynny. Nid oedd unrhyw boeni am ei iechyd yn ei anesmwytho, nid oedd swper trwm yn pwyso arno, nid oedd cydwybod euog yn rhuo dan ei fron, ond yr oedd rhywbeth yn aflonyddu arno.

Ac yntau'n slwmbran rywbryd rhwng tri a phedwar o'r gloch y bore fe ddeffrodd Bethan ac eistedd yn syth i fyny yn y gwely. Trodd yntau'r lamp fach ymlaen a throi'r golau i ffwrdd oddi ar ei hwyneb.

'Be sy'n bod?' holodd. 'Wyt ti'n iawn?'

'Ydw. Breuddwydio oeddwn i, dwi'n meddwl. Rwyt ti'n effro hefyd?'

'Ydw, ers oriau. Methu'n glir â chysgu, a dwn i ddim pam.'

'Rhywbeth yn dy boeni di?'

'Dim y galla i feddwl amdano. Wyt ti eisiau paned?'

'Na, dwi ddim yn meddwl.' Ac ymestynnodd Bethan fel cath yn deffro o drwmgwsg, gan wthio'i thraed i waelod y gwely a chodi ei breichiau uwch ei phen.

'Am be oedd dy freuddwyd di?'

'O, Angharad a Gwawr yn mynd i'r ysgol newydd am y tro cynta ac yn cael trafferthion efo rhai o'r plant eraill, a finne'n mynd yno i achub eu cam.'

'Raid iti beidio â phoeni am y ddwy yna, maen nhw'n ddigon 'tebol i edrych ar ôl eu hunain.'

'Wn i, a faswn i ddim yn mynd yn agos i'r ysgol i fusnesa beth bynnag.'

'Wel, na faset siŵr iawn.'

26

Trodd Bethan at ei gŵr a rhoi ei braich am ei wddw.

'Wn i be sy'n dy gadw di'n effro.'

'Wyddost ti?'

'Gwn. Cydwybod euog.'

'Cydwybod euog?'

'Ie. Cydwybod euog am nad wyt ti'n barod i ddod ar wyliau efo fi.'

Ochneidiodd Ifan. Hon eto. Gwyneth i ddechrau, a'r plant yn sôn am eu gwyliau yn Dawlish, yna Aled ar y ffôn, ac yn awr ei wraig ei hun a hynny yn y gwely gefn perfedd nos. Oedd o'n rhan o ryw gynllun? Ai hwy oedd y gynnau mawr yn ergydio'n ddibaid linell ei amddiffynfa?

Doedd dim dwywaith nad oedd Bethan ar ei mwyaf perswadiol. Gwasgodd ei hun yn nes ato gan chwarae'n ysgafn efo'r cudyn gwallt oedd yn sticio'n syth i fyny gan ei fod wedi gorwedd yn gam arno. Yn nyddiau ieuengach eu caru angerddol byddai'n defnyddio'r tactegau hyn i'w gyffroi, ond bwriad arall oedd ganddi y noson hon.

'O ddifri rŵan, Ifan. Mi fase troi cefn ar y lle 'ma am wythnos yn gneud byd o les i mi. Dwi fel taswn i'n teimlo blinder y blynyddoedd rŵan mod i wedi rhoi'r gorau i'm swydd.'

'Ond dwyt ti ddim wedi gweithio ers chwech wythnos. Mae hi wedi bod yn wyliau haf.'

'Wn i. Ond yr hyn sy'n rhyfedd ydi mai rŵan, a'r tymor ar fin dechre, y mae'r teimlad gryfa.'

'Gen ti chwech wythnos eto cyn y byddi di'n ailafael ynddi.'

'Oes, mi wn i. Ond mi wyddost mod i wrthi bob munud pan dwi adre. Bob amser yn gweld rhywbeth isio'i neud, byth yn llonydd. Ac mi rwyt tithe yr un fath. Rwyt ti wedi paentio'r llofft gefn a'r landing y gwylie yma, heb sôn am drin yr ardd bob munud sbâr.'

'Dyna ydi gwylie i mi, Bethan. Mi wyddost hynny'n iawn.'

'Ond mae pawb angen newid weithie. A does gen ti ddim syniad chwaith sut dwi'n teimlo rŵan bod yr ysgolion yn ailddechre.'

'Be wyt ti'n feddwl?'

'Wel, mae o'n deimlad o chwithdod mawr. Fory mi fydd pawb yn ei ôl, y cyffro boreol o bawb yn cyrraedd yr ysgol, athrawon, rhieni a'u plant. Sŵn a thraffig ym mhobman. Pawb â'u stori, pawb â'u helynt.'

Tynnodd Ifan ei hun yn rhydd o'i gafael a throi i edrych arni, yn anghrediniol braidd.

'Ond roeddwn i'n meddwl dy fod yn falch o gael gwared o hyn'na i gyd. Dy ddymuniad di oedd ymddeol.'

'Ie wrth gwrs, ac mi fydda i'n iawn yn y diwedd mae'n siŵr. Ond hen amser annifyr i bawb sy wedi ymddeol ydi dechre tymor fel hyn. Dyna pam bod cymaint yn mynd ar eu gwylie ym mis Medi.'

'Ond mae hi'n rhy hwyr i drefnu gwylie ar gyfer Medi, tydi hi'n Fedi yn barod, ac mi fydd yn rhaid i ti baratoi ar gyfer dy swydd ran amser – ymweld â'r ysgol a phethe felly.'

'Mae yna chwech wythnos tan hynny, ac fe fyddai modd trefnu gwylie fory nesa, dim ond un ymweliad â swyddfa deithio ac mi fyddai'r cyfan wedi ei setlo.'

'Mae yna amryw o nghlientau i'n gorfod cwblhau eu ffurflenni treth ar werth yn ystod y mis yma.'

'Ac mae Steffan a Mererid yn gwbl abl i ddelio efo nhw, ac unrhyw faich ychwanegol o waith allai ddod i'w rhan taset ti ddim yn y swyddfa.'

'Ni sy'n lletya'r pregethwyr y mis yma.'

'Ac mi wyddost yn iawn na fydd yna neb angen na chinio na the. Lleol ydyn nhw i gyd.'

'Ond y fi sy'n cyhoeddi.'

'Y ti sy'n cyhoeddi bob Sul! Mi wnaiff Megan. Hi wnaeth pan oeddet ti dan y ffliw. Cofio? Dim ond mater o drefnu ydi o.'

Roedd tarian ei phenderfyniad yn pylu pob saeth.

Un ymdrech arall.

'Mae pwyllgor y Blaid yn cyfarfod ganol y mis i drefnu ar gyfer yr etholiad cyffredinol ac i ddechre ar y broses o ddewis ymgeisydd.'

'Ac rwyt ti eisoes wedi datgan nad oes gen ti fwriad i sefyll. Mi fyddai dy absenoldeb o'r pwyllgor yn cadarnhau hynny, ac yn cyfleu neges lawer mwy pendant nag unrhyw eiriau o brotest gen ti.'

Ceisiodd dacteg arall.

'Mi rwyt ti ar dy ddela pan fyddi di'n dadlau.' Trodd i'w chofleidio a'i hanwesu, ond gwthiodd ef ymaith.

'Paid ceisio troi'r stori. Mi fydde digon o gyfle i hyn'na tasen ni'n cael wythnos o wyliau dramor yn rhywle. Ond dyna fo, ddoi di ddim felly waeth imi heb â gwastraffu f'anadl ddim. Cyn belled ag y mae gwylie'n bod rwyt ti'n hollol hunanol, yn meddwl dim ond amdanat dy hun, a ddim yn ystyried teimladau neb arall. Falle ei bod yn bryd i ti weithredu rhai o'r egwyddorion crefyddol yr wyt ti'n eu harddel mor gyhoeddus.'

A chyda hynny, trodd yn siarp ar ei hochr, tynnodd y dillad drosti, a'r funud nesa roedd hi'n cysgu'n drwm – neu'n cymryd arni ei bod beth bynnag.

Roedd perswâd trwy deg wedi methu; doedd dim ar ôl felly ond chwarae ar deimladau a phigo cydwybod.

Os oedd Ifan yn methu cysgu cynt, roedd o'n effro fel dydd erbyn hyn. Roedd Bethan ar fai yn chwarae ar ei gydwybod, yn gwneud iddo deimlo'n euog fel hyn. Doedd ganddi ddim hawl.

Oedd o'n hunanol? Oedd o'n meddwl am ddim ond ei deimladau ei hun? Oedd o'n greulon tuag ati? Nac oedd wrth gwrs. Roedden nhw'n hapus efo'i gilydd, wedi bod yn deulu hapus erioed, fel craig safadwy pan oedd priodasau eraill yn dymchwel o'u cwmpas ym mhobman. Sail eu perthynas oedd eu consýrn am ei gilydd, eu cydddealltwriaeth, y ffaith eu bod yn rhannu'r un agweddau â'i gilydd.

Ac yn awr dyma hi'n dechrau edliw iddo ei egwyddorion. Egwyddorion crefyddol yr oedd o'n eu harddel yn gyhoeddus? Dyna oedd ei geiriau. Oedd hynny'n wir amdano? Ni chofiai iddo erioed wneud unrhyw ddatganiad o'i gred yn gyhoeddus. Fu dim rhaid iddo. Dim ond mynd drwy'r mosiwns o groesawu pregethwyr, o gyhoeddi cyfarfodydd, o drafod arian a busnes y cyfundeb, o draddodi ambell weddi llawn ystrydebau; a phan drefnai ambell wasanaeth defnyddiai eiriau a chredoau pobl eraill. Pa egwyddorion, yr oedd o wedi eu cyhoeddi neu eu harddel yn gyhoeddus, yr oedd o yn awr wedi eu bradychu?

Twt, Bethan oedd yn bod yn annheg, yn ceisio ym mhob dull a modd i gael ei ffordd ei hun. Roedd yna haen benderfynol ynddi, fe wyddai hynny, ac roedd hi, mae'n amlwg, am ddefnyddio'r penderfyniad hwnnw i geisio cael y maen i'r wal.

Roedd yna frwydr yn cael ei hymladd ym meddwl Ifan. Doedd yna, a dweud y gwir, ddim rheswm pam na fodlonai i fynd ar wyliau; mater bychan iawn oedd o wedi'r cyfan. Rhagfarn, neu styfnigrwydd, a dim arall oedd o, y ffaith ei fod wedi gwneud ei safiad dros y blynyddoedd a ddim am gyfaddef y gallai'r safiad hwnnw fod yn un cwbl afresymol. Doedd o ddim eisiau cyfaddef y gallai fod yn anghywir. Ac eto, roedd ei gydwybod yn ei boeni, roedd Bethan wedi gwneud yn siŵr o hynny. Ac am weddill y noson bu'n ymgodymu â'r broblem, nes penderfynu yn y diwedd nad oedd ganddo ddewis ond chwifio'r faner wen a bodloni, yn gwbl groes i'w ewyllys a'i farn, i fynd ar wyliau dramor. Dim ond wythnos fyddai o, cyfnod byr iawn yng nghyd-destun oes. Gallai ddygymod â hynny siawns, fel dal ei anadl am ennyd pan ddeuai cyfog drosto. Dyna'r cyfan fyddai o.

Wedi iddo ddod i benderfyniad, fe dybiai y gallai gysgu gweddill y noson, ond nid felly y bu, gan fod yna rywbeth, rhyw chweched synnwyr, yn ceisio'i berswadio, yn ceisio dweud wrtho ei fod yn gwneud camgymeriad mwya'i fywyd.

Ond erbyn y bore, roedd y teimlad hwnnw, teimlad gormesol y nos o bosib, wedi diflannu, a chyhoeddodd wrth ei wraig, gyda chyn gymaint o urddas ag y gallai, ei fod wedi newid ei feddwl a'i fod yn bodloni i fynd efo hi i rywle yn Ewrop – dim pellach, os gallai hi wneud yr holl drefnu.

Ymataliodd hithau rhag gorfoleddu ei bod wedi ennill y frwydr – cam gwag fyddai hynny. Yn hytrach taflodd ei breichiau am ei wddf a'i gusanu, gan ddiolch iddo am fod mor ystyrlon, mor feddylgar ohoni.

Erbyn amser cinio'r diwrnod hwnnw roedd hi wedi bod yn y swyddfa deithio, ac roedd popeth wedi ei setlo.

3

'Be sy'n bod ar Dad 'te?'

'Prysur ydi o.'

'Prysur! A be amdanat ti? Mae gen ti fwy o amser i ti dy hun rŵan nag oedd, does bosib.'

'Rhaid imi aros adre i edrych ar ôl dy dad.'

'Edrych ar ei ôl o! Rwyt ti'n gneud iddo fo swnio fel tase fo'n sâl. Dydi o ddim yn sâl nagydi? Dwyt *ti* ddim yn sâl? Dwyt ti ddim yn celu dim oddi wrtha i gobeithio?'

Roedd Bethan ar y ffôn efo Gwyneth, ac yn cael trafferth efo hi. Doedd hi ddim yn un oedd yn hawdd taflu llwch i'w llygaid. Roedd hi'n ffonio'n aml ac yn gofyn yr un cwestiynau ers wythnosau. Ond arni hi ei hun yr oedd y bai y tro yma gan mai hi oedd wedi ffonio.

'Na, does yr un ohonon ni'n sâl. Gwranda, be am i chi i gyd ddod draw ddydd Sadwrn? Den ni ddim wedi'ch gweld chi ers tro. Mae gen i anrhegion wedi eu prynu i chi yn Ffrainc. Roeddwn i'n meddwl y byddwn i wedi hen ddod acw erbyn hyn.'

'Mae Dewi'n cymryd rhan mewn gala nofio, ond mi gaiff ei dad fynd efo fo, ac mi ddof i a Modlen am dro bnawn Sadwrn, mae hi'n swnian o hyd am gael dod.'

Roedd rheswm da am yr holl holi. Roedden nhw adre o'u gwyliau ers mis a fu dim ymweld, na gwahoddiad draw yn ystod hanner tymor hyd yn oed. Roedd dechrau ar swydd newydd mewn ysgol newydd yn esgus da, ond gwyddai Bethan mai esgus oedd o. Doedd hi ddim eisiau i'w phlant sylwi ar y newid oedd wedi dod dros eu tad ers y gwyliau, a gobeithiai o hyd ac o hyd y byddai'n dod ato'i hun.

Unwaith y cytunwyd ar yr ymweliad fe ddaeth Bethan

â'r sgwrs i ben. Roedd hi wedi penderfynu, ar ôl bod yn petruso a phetruso, y byddai'n gwahodd Gwyneth yno i weld ei thad, iddi gael sylweddoli drosti ei hun ei fod wedi newid. Bu'n meddwl ffonio Aled i'w gael yntau yno ond creadur diamynedd oedd o; rhywsut doedd dim cweit yr un berthynas efo fo ag efo Gwyneth, a sut bynnag roedd o ac Eleri wedi bod yn brysur iawn yn dod â'r tŷ newydd i drefn, a hynny'n anodd am fod y ddau'n gweithio.

Roedd hi'n fore Sadwrn cyn i Bethan ddweud am yr ymweliad wrth ei gŵr. Roedd o'n ddyn gwahanol ers y gwyliau yn Ffrainc, ei ben yn ei blu, yn ddi-sgwrs a golwg bell yn ei lygaid, ac ofnai hi ei fod yn diodde o iselder ysbryd. Daliai i fynd i'r swyddfa'n rheolaidd, ond ni ddeuai â gwaith adref efo fo fel yr arferai ei wneud, ac eto byddai'n treulio ei fin nosau bron i gyd yn ei swyddfa, yn myfyrio, meddai ef, yn ystyried beth i'w wneud, ac roedd Bethan yn ei chael yn anodd iawn i fynd dan groen pethau efo fo.

Ond llonnodd beth pan glywodd fod Gwyneth a Modlen yn dod yno y pnawn hwnnw. A phan gyrhaeddodd y ddwy, a Modlen fel arfer yn rhedeg am ei thaid a'i breichiau allan, daeth peth o'r bywyd yn ôl i'w lygaid, wrth iddo'i chodi'n uchel i'r awyr a'i chofleidio'n dynn.

Gan ei fod dan orchymyn pendant ei wraig i wneud hynny, arhosodd, yn anfoddog, yn y gegin efo nhw i gael paned yn hytrach na diflannu i'w swyddfa, ond doedd ganddo fawr o sgwrs gan nad oedd mân siarad am dywydd a thylwyth a gwaith o fawr ddiddordeb iddo.

Ar ôl yfed ei sudd oren holodd Modlen am gael gweld *Boomerang* ar y teledu, gwledd arbennig iddi hi gan nad oedd ganddyn nhw deledu digidol gartref.

Wedi iddi fynd, a Siwan y gwningen yn ei chôl, fe

ymatebodd Gwyneth i'r sefyllfa yn union fel yr oedd ei mam wedi gobeithio y byddai yn ei wneud.

'Wel,' meddai gan edrych yn syth i wyneb ei thad a heb ragymadroddi dim: 'Be sy'n bod arnat ti?'

Cafodd Ifan sioc pan glywodd y cwestiwn.

'Yn bod?' mwmialodd. 'Yn bod? Does dim yn bod arna i.' Yna trodd yn flin at ei wraig.

'Be wyt ti wedi bod yn ei ddeud amdana i?'

'Dim,' atebodd hithau'n bendant. 'Dwi ddim wedi deud dim wrthi, dim ond ei ffonio i ofyn fasen nhw'n licio dod yma gan nad yden ni wedi eu gweld ers talwm, a ninnau wedi bod yn rhy brysur i fynd draw yno.'

'Mae rhywbeth ar dy feddwl di, Dad,' meddai Gwyneth. 'Dwi'n dy nabod di'n ddigon da. Mi faset ti'n lolian efo Modlen neu'n edrych ar *Boomerang* efo hi taset ti yn dy bethe. Mi faset ti'n sgwrsio a holi. Ond dwyt ti ddim. Rwyt ti'n ddistaw ac yn ddi-hwyl. Rŵan, be sy'n bod?'

'Prysur ydw i.'

'Dyden ni i gyd? Mae pawb yn brysur y dyddie yma, ond dydi pawb ddim yn mynd o gwmpas yn hir eu gwep. Rŵan, dywed wrtha i be sy'n bod. Wyt ti'n sâl? Wyt ti wedi bod at y meddyg? Ydi dy iechyd yn dy boeni di?'

'Nac ydi. Does dim yn fy mhoeni i. Rydw i'n iawn.'

'Mae o'n deud clwydde, Gwyneth,' meddai ei mam. 'Dydi o ddim wedi bod yn ei bethe ers pan fuon ni ar ein gwylie, ers pan fuo fo yn yr eglwys yn La Clusaz a chael rhyw fath o weledigaeth, medde fo. Mi ddaeth oddi yno yn welw ei wedd, fel tase fo wedi gweld ysbryd.'

'Gweledigaeth mewn eglwys? Pa fath o weledigaeth? Oes *religious mania* arnat ti? Wyt ti wedi cael dy achub? Duw a'n gwaredo ni os wyt ti!'

'Paid â gwamalu,' meddai Ifan yn siort. 'Paid â rhyfygu.'

Edrychodd Gwyneth arno mewn syndod. Yn arferol, er na fyddai byth yn trafod crefydd efo hi, byddai ei thad wedi cytuno efo hi mai problem oedd y bobl hynny oedd wedi cael eu hachub ac yn mynd o gwmpas a dweud wrth bawb arall gymaint o bechaduriaid oedden nhw.

'Sori,' meddai. 'Ond mae rhywbeth wedi digwydd i ti felly. Tyrd, dywed wrtha i, ac wrth Mam. Dydi o ddim ond yn deg dy fod yn deud.'

'Does yna ddim byd i'w ddeud.'

'Oes mae 'na,' torrodd Bethan ar ei draws. 'Rwyt ti wedi deud rhai pethe wrtha i, wedi awgrymu rhai pethe, dy fod ti wedi cael gweledigaeth o ryw fath yn yr eglwys, ac y bydd hynny'n creu newid mawr i bawb. Rwyt ti'n mynd o gwmpas yn mwmian rhywbeth am gredu a ffydd a gwybod a rhyw nonsens felly.'

Edrychodd Ifan i lawr ar ei gwpan fel pe bai'n gweld ateb i'r cwestiynau yn nofio ar ben y te, ond doedd dim gwaredigaeth rhag Gwyneth a'i holi yn y fan honno.

'Tyrd, Dad, rhaid i ti ddeud wrthon ni. Ryden ni'n poeni amdanat ti.'

'Do, mi gefais i ryw fath o weledigaeth yn yr eglwys,' meddai Ifan yn anfoddog. 'Mi ddigwyddodd pethe rhyfedd yno, mi welais bethe rhyfedd yno, ac mi ddangoswyd i mi fy mod wedi cael fy newis i neud rhywbeth.'

'Dy ddewis? Dy ddewis? Gan bwy ac i neud be yn enw pob rheswm?'

'Dyna ddau gwestiwn na fedra i eu hateb ar y funud. Mae'n rhaid imi aros am arweiniad pellach. Ond yn sicr rydw i wedi cael fy newis i neud rhywbeth.'

Cododd Gwyneth ac edrych allan drwy'r ffenest gefn ar fynyddoedd y Berwyn fel tase hi'n ceisio cael cadernid i'w geiriau yn y fan honno.

'Rwyt ti'n swnio fel taset ti wedi cael rhyw bwl o wallgofrwydd. Sut ddiwrnod oedd hi pan est ti i mewn i'r eglwys?'

Bethan atebodd. 'Roedd hi'n ddiwrnod trwm, poeth, diwrnod o haul t'rane.'

'Dyna ti, twtsh o'r haul gest ti. Dim byd mwy, dim byd llai. Gweledigaeth, wir. Dy ddewis i neud rhywbeth, wir. Choelia i fawr! Dad bach, rhaid iti anghofio'r cyfan a dod yn ôl i'r ddaear. Fan'ma mae eisiau byw nid i fyny fan'cw. Dwyt ti ddim yr un un ag oeddet ti. Mi fyddet yn treulio dy holl amser y pnawn 'ma efo Modlen taset ti'n iawn.'

'Dwyt ti ddim yn deall, Gwyneth. Dydi dy fam ddim yn deall. Does gen i ddim dewis. Mae rhywbeth yn mynnu deud wrtha i am aros am arweiniad.'

'Wel aros fyddi di. A thra byddi di'n aros ac yn ymddwyn yn od fel hyn mae pawb yn mynd i ddiodde, Mam yn arbennig. Wyt ti'n dal i fynd i'r swyddfa?'

'Wel ydw, wrth gwrs mod i.'

'Ac i'r capel?'

'Ydw.'

'Ac yn deud fawr ddim, dim ond cyhoeddi be sy Sul nesa. Dim anogaeth, dim cyfarch neb, dim byd,' ychwanegodd ei mam.

'Oes gobaith i chi gael gweinidog yn o fuan?'

'Dim gobaith caneri. Biti ar y naw fod Jeffrey Jones wedi gadael, mi fase fo'n gallu pwnio tipyn bach o sens i ben dy dad. Wn i ddim chwaith.'

Roedd Ifan wedi hen flino ar y cwestiynu a'r trafod. Cododd i esgusodi ei hun gan ddweud fod ganddo waith

36

i'w wneud, ac aeth i'w swyddfa, a Gwyneth a'i mam i'r lolfa at Modlen, oedd yn gorweddian yn gysglyd ar un o'r cadeiriau esmwyth ac yn edrych ar gampau swnllyd Tom a Jerry.

Yn ystod swper cynnar cyn iddyn nhw fynd adre ceisiodd Gwyneth godi ysbryd ei rhieni trwy adrodd hanesion digri am Dewi a Modlen, ond doedd fawr o hwyl ar bethau ac am adre yr aethon nhw ar ôl iddi hi a'i mam gytuno y dylai Bethan gael gair efo Jeffrey Jones, y cyn-weinidog yr oedd gan ei thad gymaint o feddwl ohono pan oedd yn yr ardal. Addawodd hefyd y byddai'n ffonio Aled i ddweud wrtho, ond gwyddai na fyddai gan hwnnw fawr o ddiddordeb na chydymdeimlad.

*   *   *

Blaen y Wawr
Glandŵr
Sir Ddinbych
Tachwedd 18fed 2004

Annwyl Mr Jones,

Dyma fi yn ysgrifennu atoch fel yr addewais yn dilyn awgrym Gwyneth a'r sgwrs ffôn gawson ni, ac rwy'n hynod o falch, a diolchgar hefyd, eich bod yn gallu trefnu i ddod i weld Ifan, a chithe'n byw mor bell ac yn ddyn mor brysur efo'r holl eglwysi dan eich gofal. Mae o'n edrych ymlaen at eich ymweliad, ac mae hynny, coeliwch fi, yn gysur mawr.

Mi wyddech ar hyd y blynyddoedd gymaint o feddwl ohonoch sy gan Ifan; wel mi fyddwch yn gwybod yn well, dybia i, ar ôl i chi ei weld. Mor aml yn ystod yr wythnosau diwethaf hyn y mae o wedi bod yn dyfynnu eich geiriau – 'credu nid gwybod sy'n bwysig, cael ffydd nid ffeithiau,' eu dyfynnu fel pe bai'n ceisio ei argyhoeddi ei hun o'r gwirionedd

37

ynddyn nhw, oherwydd y mae o hefyd yn ychwanegu bob tro – 'ond mae gwybodaeth yn cadarnhau cred a ffeithiau yn cryfhau ffydd – neu yn eu tanseilio.' Mae'n od ei weld yn mynd o gwmpas yn siarad efo fo'i hun, yn mwmblan yr un geiriau drosodd a throsodd, yn od ac yn boenus. Meddwl ei fod o'n actio un funud, yn colli arno'i hun y funud nesa, yn mynd yn wallgo efallai. Ond dwi'n sicr y bydd eich ymweliad chi yn llesol ac y bydd y trin a'r trafod a'r perswadio yn tawelu ei feddwl a chodi ei ysbryd ryw gymaint.

Mae o wedi mynd yn isel iawn cofiwch, ac mor wahanol iddo fo'i hun. Dyn y bywyd llawen ydi o wedi bod bob amser fel y gwyddoch, yr optimist penderfynol, yr un nad oedd byth yn gweld problem. Pwy ond optimist fyddai'n sefyll dros y Blaid mewn ardal fel hon – a disgwyl cael ei ethol! Cyn y gwyliau roedd o'n un llawen, difyr, digri, yn cael hwyl efo'i wyrion a'i wyresau, a'r rheini wrth eu bodd yn ei weld. Roedd o'n gweithio'n galed yn ei waith ac yn ei gymdeithas, ac yn mwynhau pob munud. Un yn byw y bywyd llawn ac yn ymhyfrydu yn ei deulu a'i dras. Dwi'n dweud hyn i gyd er mwyn tanlinellu'r gwahaniaeth ynddo fo. Erbyn hyn dydi o prin yn holi am ei wyrion, a phan welodd o Modlen, babi'r teulu, yn ddiweddar, doedd ganddo fawr ddim i'w ddweud wrthi. Mae o'n treulio'i holl amser sbâr yn y swyddfa, ac nid wrthi efo'i waith fel cyfrifydd, o na, mae o wedi peidio dod â'r gwaith hwnnw adref efo fo ers y gwyliau. Na, yno a'i ben yn ei blu, yn myfyrio ac ystyried, meddai o. Dim gwên, dim gwamalrwydd, dim jôcs a chwerthin, dim ond wyneb difrifddwys ac ysgwyddau wedi eu crymu. Ac yna yn y nos mae o'n troi ac yn trosi'n ddiddiwedd. Mi dwi wedi bygwth mynd i'r llofft gefn droeon er mwyn imi gael noson iawn o gwsg, ond does gen i ddim calon i'w adael o chwaith. Wn i ddim wir be ddaw ohono fo. Ac i wneud pethau'n waeth, dwi'n teimlo mai fi sy'n gyfrifol.

Mi wyddoch nad oedd Ifan yn ddyn gwyliau. Newid gwaith oedd gwyliau iddo fo, mynd ati i ffidlan yn yr ardd, i beintio a phapuro'r tŷ yn hytrach nag eistedd yn ei swyddfa. Dyn y bywyd syml, dyn ei gartref a'i deulu a'i gynefin ydi o wedi bod erioed. Fi oedd eisiau mynd, y fi nid y fo, fi oedd yn teimlo olwynion dan fy nhraed. Wedi cael llond bol yn wir ar wneud yr un peth ddydd ar ôl dydd drwy bob wythnos a mis a blwyddyn, a hynny heb doriad na newid. Ysgol a gwaith tŷ, ysgol a gwaith tŷ yn ddiddiwedd ddigyfnewid. Y fi perswadiodd o yn y diwedd mod i angen gwyliau, yn enwedig gan mod i wedi gorffen gwaith llawn amser ddiwedd tymor yr haf ac yn dechrau ar waith rhan amser yng nghanol Hydref. Y fi chwaraeodd ar ei gydwybod nes gwneud iddo deimlo'n euog. Wel, roedd mis Medi yn amser delfrydol i fynd, ac mi lwyddais i'w berswadio y gwnâi toriad felly les iddo yntau hefyd.

Ac fel y gwyddoch mi gawsom ein gwyliau. 'Os do fe' fel y bydd pobl y sowth yn ei ddweud. A'r trip bws i ardal Alpau Ffrainc yr union beth roedd ei angen arnom, neu felly y meddyliwn i wrth drefnu beth bynnag. Allsai dim byd fod yn well. Roedd o'n golygu teithiau hir mewn bws wrth gwrs, ond doedd dim rhaid gorfod meddwl am ddim ond pacio; dim dreifio, dim cynllunio, dim penderfynu beth i'w wneud na ble i fynd heddiw a drannoeth a dradwy, y cyfan wedi ei wneud drosom, wedi ei gynllunio, wedi ei ddarparu ar ein cyfer.

Ond y fath effaith gafodd y gwyliau arnon ni! Arna i oherwydd y fo! Mi fase'n fendith tasen ni heb erioed roi troed ar gyfandir Ewrop, tasen ni heb erioed weld y lle. Wythnosau o fyw mewn rhyw fath o hunlle, mewn arswyd fod Ifan yn mynd yn wallgof, yn colli ei bwyll, yn diodde o ryw salwch meddwl difrifol. Dyna fu'r canlyniad. Dyna yw'r canlyniad. Sôn yn ddiddiwedd am weledigaeth gafodd o. Am aros i gael arweiniad cyn gweithredu. Wn i ddim be i'w feddwl wir! Rydw i'n dweud hyn cyn i chi ymweld gan na fydda i adref i'ch croesawu, ac mae hynny'n fwriadol. Cadw'n glir fydd orau i mi rhag imi gael fy nhemtio i ymyrryd mewn unrhyw drafodaeth rhyngoch chi eich dau.

Unwaith eto, diolch i chi am gytuno i ddod draw, ac fe fyddaf mewn cysylltiad eto ar ôl i chi fod.

Cofion cynhesaf atoch chi a Mrs Jones,

Bethan Roberts.

*   *   *

Blaen y Wawr
Glandŵr
Sir Ddinbych
Rhagfyr 12 2004

Annwyl Mr Jones

Dyma egwyl o'r diwedd i anfon gair atoch yn dilyn eich ymweliad bythefnos yn ôl bellach. Mae'r dyddiau'n gwibio heibio yn tydyn nhw, yn enwedig yr adeg yma o'r flwyddyn.

Alla i ddim diolch digon i chi am ddod gan fy mod yn credu i'r ymweliad fod yn llesol, yn enwedig eich anogaeth, eich gorchymyn yn wir, i Ifan ysgrifennu hanes y profiad gafodd o yn llawn, popeth fel y digwyddodd o yn ei brofiad o. Mae o wedi bod wrthi'n ddiarbed bob munud sbâr yn ysgrifennu, ac mae hynny'n cymryd yn hir iddo ac yn waith mawr a manwl meddai ef, ond o leia mae hynny wedi gohirio unrhyw weithredu ar ei ran. Roeddwn i a phawb arall o'r teulu yn teimlo ein bod yn byw ar ymyl y dibyn rywsut, ac yn ofni beth fyddai o'n ei wneud nesaf, tase fo'n cael yr arweiniad yr oedd o'n ei ddisgwyl o rywle. Ond mae o wedi bod yn brysur iawn, a hwyrach mai rhan o'r wyrth, os gwyrth hefyd, yw ei fod o'n cofio pob manylyn, pob gair lefarodd o, popeth ddigwyddodd fel tase fo'n mynd trwy'r un profiad unwaith eto. Ac i raddau dwi'n teimlo mai dyna sy'n digwydd. Ond mae o'n greadur sy beth yn haws byw efo fo ers iddo fynd ati. Allwn i wneud dim byd o gwbl efo fo cyn hynny, a hyd yn oed rŵan, wnaiff o ddim derbyn fy ngair i mai rhyw fath o hunlle neu ryw storm ymenyddol gafodd o, a tydw innau ddim eisiau gwneud môr a mynydd o hynny. Mae o'n gwbl argyhoeddedig iddo gael neges, iddo gael gwŷs, iddo gael gorchymyn i weithredu, ei fod yn etholedig, ac y bydd o'n cael arweiniad sut i weithredu. Wir i chi, Mr Jones, mae'r geiriau mae o'n eu defnyddio weithiau yn fy nychryn. A dwi'n teimlo mai arnaf fi y mae'r bai.

Ond o leia, diolch i'ch ymweliad chi, mae'n argoeli beth yn well arnon ni erbyn hyn, neu felly mae'n ymddangos ar hyn o bryd beth bynnag. Does ond gobeithio y bydd ysgrifennu'n lles iddo, yn dod â fo at ei goed. Alla i byth fynegi'n llawn mewn geiriau fy niolchgarwch i chi. Mae o wedi lled-gytuno i mi anfon copi atoch chi o'r hyn mae o'n ei ysgrifennu pan fydd o wedi ei orffen, ac mi dalia i o at ei addewid. Cofiwch, pan fydd o wedi gorffen ysgrifennu does wybod beth a ddigwydd wedyn! Rhaid byw mewn gobaith.

Mi fydd ein Nadolig ni eleni yn wahanol iawn i'r arfer ac rydw i'n oedi dweud wrth Ifan beth yw'r cynlluniau, ond mi fydd yn rhaid imi, a dyn a ŵyr beth fydd ei adwaith. Ond gobeithio y cewch chi brofi o lawenydd yr Ŵyl, beth bynnag, ac anfonaf fy nghofion cynhesaf atoch chi a Mrs Jones.

Bethan

4

Roedd hi'n ddydd Sadwrn wythnos union o flaen y Nadolig cyn i Bethan fentro dweud.

'Dwi ddim am neud cinio Dolig leni.'

'O.'

'Nac ydw. Dydi'r plant ddim yn dod yma a pheth gwirion iawn fyddai mynd i'r holl drafferth dim ond i ni'n dau.'

'Wnaiff o ddim gwahaniaeth i mi beth bynnag. Plesia di dy hun. Ond pam nad ydi'r plant yn dod yma? Yma maen nhw wedi bod yn dod ers blynyddoedd, naill ai ddiwrnod Dolig neu'r diwrnod wedyn.'

'Wel, dyma hi o fewn llai nag wythnos i'r Ŵyl a dwyt ti ddim hyd yn oed wedi gofyn be sy'n digwydd eleni. Dwyt ti ddim wedi dangos dim diddordeb yn y paratoadau. Y gwir ydi fod Gwyneth yn meddwl, gan fod y plant yn tyfu, yr hoffen nhw fod adre efo'u pethe ac yn agos at eu ffrindie, ac mae Aled a'i deulu ishio treulio eu Nadolig cynta nhw yn eu tŷ newydd yng Nghaernarfon. Digon rhesymol faswn i'n meddwl.'

Cododd Ifan oddi wrth y bwrdd brecwast a'i chychwyn hi oddi yno.

'Ie, digon teg ynte. Mi fedra i ddeall, a ph'run bynnag fydd gen i ddim amser i neud fawr ddim efo'r Dolig gan y bydd hi'n brysur yn y gwaith tan y funud ola, a mod i eisiau gorffen sgrifennu. Rhaid imi sticio iddi heddiw gan fod gen i drwy'r dydd.'

Ochneidiodd Bethan. Roedd hi wedi llwyddo efo rhan gyntaf ei neges, ac wedi disgwyl, wedi lled-obeithio yn wir, y byddai Ifan yn flin o ddeall nad oedd neb yn dod yno i dreulio diwrnod Dolig, a thrwy hynny'n torri ar arferiad blynyddoedd. Ond rhan o'r newid oedd wedi dod drosto oedd nad oedd o'n malio dim am hynny. Roedd y Nadolig yn arfer bod yn binacl y flwyddyn, ac yntau fel plentyn yn agor ei anrhegion ei hun ac yn dotio at anrhegion pawb arall, ac yn ffidlan ac yn chwarae gemau fel hogyn ysgol drwy'r dydd. Ond fyddai hi ddim felly eleni.

Chafodd hi ddim cyfle i gyfleu ail gymal ei neges, sef bod gwahoddiad taer iddyn nhw i fynd i dreulio'r ŵyl naill ai gyda Gwyneth yn y Drenewydd neu yng

Nghaernarfon gydag Aled a'i deulu. Byddai hon o bosib yn gamfa anoddach i fynd drosti gyda'i gŵr. Yn ei meddwl roedd hi wedi penderfynu mai Aled gâi'r flaenoriaeth eleni ar ddydd Nadolig, ac yr aent wedyn at Gwyneth i'r Drenewydd ar Ŵyl San Steffan. Ond roedd yn rhaid iddi ddewis yn ofalus pryd i ddweud hyn wrtho. Fodd bynnag, gan fod yr amser yn prysur nesáu, byddai'n rhaid iddi fentro rywbryd y diwrnod hwnnw.

Roedd Ifan yn dal i fynd i'r swyddfa yn y dref yn rheolaidd, yn dal i weithio oriau hir, ond rywsut doedd ganddo fawr o ddiddordeb yn ei waith, rhyw weithio bron wrth reddf yr oedd, a'r hyn oedd yn poeni Bethan fwyaf amdano oedd yr olwg bell oedd yn ei lygaid bron drwy'r amser, ar wahân i'r adegau prin hynny pan oedd pethau ymarferol yn gorfod hawlio ei sylw. Roedd eraill wedi sylwi ar y newid ynddo: Steffan a Mererid ei gyd-weithwyr yn y swyddfa wedi holi fwy nag unwaith oedd yna rywbeth yn bod ar Ifan, oedd o'n sâl, yn aros canlyniad archwiliad meddygol efallai, gan ei fod mor dawel a di-sgwrs yn y gwaith a'i feddwl ymhell; ei gyd-addolwyr yn y capel lle'r oedd Ifan yn dal i fynd drwy'r arferiad wythnosol o groesawu'r gweinidog ar y Sul ac o ddiolch iddo ar y diwedd, ond mor ddi-ffrwt a siort, fel pe na bai'n credu'r un gair roedd o'n ei ddweud. Ac roedd yr anogaeth i ddal ati, i gadw'n ffyddlon, i gadw'r lamp yn olau ar yr allor, a geiriau cyfarwydd tebyg wedi hen fynd o'i gyfarchion wythnosol i'r llond dwrn fyddai yn y gwasanaeth.

Anhawster Bethan oedd na allai ddweud wrth Steffan a Mererid, nac wrth aelodau'r capel a'r gymdeithas Gymraeg, nac wrth ei chymdogion chwaith beth oedd yn bod. Allai hi ddim dweud wrthyn nhw, yn rhannol am na wyddai'n iawn ei hun; dim ond creu esgusodion am flinder ac oedran a phoeni am y teulu, ambell jôc ddi-hiwmor am ddynion yn profi'r 'newid' yn ogystal â menywod pan oedden nhw ryw ddeng mlynedd yn hŷn, a phethau felly. Ond gwyddai nad oedd yn argyhoeddi na thwyllo neb efo'i hesboniadau tila.

Yn arferol byddai Bethan wrth ei bodd adeg y Nadolig, wrth ei bodd yn cynllunio a gwario, yn penderfynu beth i'w gael yn anrhegion i bawb. Ac er nad oedd gan Ifan ddiddordeb mewn siopa, ef fyddai'r cyntaf i fod eisiau gweld beth roedd hi wedi ei brynu i bawb a byddai'n byseddu pob anrheg a dderbyniai ei hun lawer gwaith drosodd yn ystod y dyddiau cyn y Nadolig, nes bod ôl traul mawr ar y papur lapio.

Eleni yn fwy nag erioed, byddai Bethan wedi mwynhau ei Nadolig. Roedd hi wrth ei bodd yn ei hysgol newydd a'r trefniant o weithio diwrnod llawn ar y dydd Llun, a thri bore weddill yr wythnos yn ei siwtio i'r dim. Ac yr oedd hi'n ddynes Dolig go iawn. Pan fyddai eraill yn cwyno am yr holl heip, yr holl wario, ac yn mynegi eu hatgasedd at yr holl beth, yn edliw mai diwrnod diflas, tawel, digysur oedd diwrnod Dolig ei hun, roedd hi wrth ei bodd, fel geneth fach heb dyfu i fyny'n iawn a'r gyfaredd hynod, Nadoligaidd, yn dal.

Ond nid eleni. Roedd y newid oedd wedi dod dros Ifan ers y gwyliau anffodus yn Ffrainc yn gysgod tywyll dros y cyfan. Ond byddai'n rhaid iddi ddweud wrtho am y trefniant eleni: roedd y Nadolig ar eu gwarthaf, a llai nag wythnos i fynd, doedd hi ddim ond yn deg ei fod yn cael gwybod. Ac felly, amser swper y noson honno, wedi dadlennu un ffaith amser brecwast, plymiodd i'r dwfn.

'Ti'n cofio imi ddeud y bore 'ma nad oedd Gwyneth ac Aled yn dod yma eleni.'

44

'Ydw, ac rydw i'n deall pam yn iawn.'

'Wel, mae yna wahoddiad i ni'n dau i fynd i Gaernarfon ac i'r Drenewydd.'

'Chwarae teg iddyn nhw.'

Chwarae teg iddyn nhw! Dim protest, dim holi oedd hynny'n golygu aros, a dim gair am newid gwely, yn enwedig yn ystod misoedd y gaeaf. Dim. Aeth Bethan yn ei blaen, wedi ei thaflu braidd gan y diffyg gwrthwynebiad.

'A meddwl oeddwn i, er mwyn cadw'r ddesgil yn wastad, y bydden ni'n mynd at Aled a'r teulu i Gaernarfon ddydd Nadolig ac at Gwyneth i'r Drenewydd drannoeth y Dolig. Mynd a dod yr un diwrnod i'r ddau le wrth gwrs.'

'Wrth gwrs. Syniad da.'

Syniad da? Dim tynnu'n groes, dim dadlau o unrhyw fath, dim ond cyd-weld ar unwaith.

Fe ddylsai Bethan fod yn falch. Roedd trefniadau'r Nadolig wedi eu cwblhau, a hynny'n ddi-ffwdan, ddi-ffŷs. Aeth ymlaen i sôn am fân drefniadau eraill ac Ifan yn cytuno â phopeth.

'Mi awn ni'n syth ar ôl y gwasanaeth yn y bore. Mi fyddwn yng Nghaernarfon ymhell cyn cinio gan mai am ddau o'r gloch y byddan nhw'n bwyta.'

'Iawn, mi weithith hynny i'r dim.'

'Fydd y gwasanaeth am ddeg fel arfer eleni?'

'Dwi ddim yn gwybod, nid fi sy'n gyfrifol y tro yma, a dwi ddim wedi cael cyhoeddiad at fory gan neb eto.'

'O,' atebodd Bethan, a syndod yn ei llais.

Ar fore Nadolig byddai capeli'r fro a'r gymdeithas Gymraeg yn dod at ei gilydd i gael gwasanaeth carolau a'r cyfarfod yn cael ei gynnal am ddeg o'r gloch. Rhyw gwta awr o wasanaeth oedd o ac roedd o'n eitha poblogaidd ymhlith Cymry Cymraeg y dref. Ifan fyddai'n cymryd yr awenau yn arferol, yn gwneud y trefnu ac yn arwain y gwasanaeth.

'Na, dwi wedi gofyn i John Parry, llywydd y gymdeithas Gymraeg, i drefnu eleni, gan mod i'n rhy brysur.'

Yn rhy brysur, meddyliodd Bethan. Roedd cynnal y gwasanaeth heb arweiniad Ifan fel cynnal y Nadolig heb Siôn Corn. Mentrodd ofyn y cwestiwn:

'Fyddi di'n mynd i'r gwasanaeth?'

'Dwi ddim yn gwybod eto. Mae'n dibynnu.'

'Ond dwyt ti byth yn methu. Dibynnu ar be?'

'Ar y gwaith sgrifennu siŵr iawn. Mae o'n cymryd pob eiliad o'm hamser sbâr i ac mae o dragwyddol bwys mod i'n ei neud yn iawn, ac yn ei orffen yn fuan. Rydw i wedi addo i Jeffrey, ac mi fydd yn rhaid imi benderfynu be i'w neud wedyn.'

Ond pan wawriodd bore Dolig, wnaeth o ddim siarad ar y ffôn efo Modlen gyffrous oedd wedi ffonio'n blygeiniol i adrodd am yr hyn a gafodd gan Siôn Corn, ac aeth o ddim i'r gwasanaeth chwaith gan ei fod yn mynnu aros gartref i ysgrifennu.

Ond roedd y sioc fwyaf yn aros Bethan pan ddychwelodd adref wedi'r gwasanaeth. Roedd y car wedi ei bacio'n barod ers y noson cynt ar wahân i rai manion, a'r cynllun oedd y bydden nhw'n cychwyn ar unwaith er mwyn cyrraedd Caernarfon erbyn un o'r gloch.

'Dydw i ddim am ddod efo ti heddiw,' oedd y cyhoeddiad oer a'i hwynebodd pan gyrhaeddodd adref.

'Be!' Roedd Bethan wedi ei syfrdanu. Doedd hi ddim yn synnu na siaradodd o efo Modlen; onid oedd y sylw a dalai iddi hi ar y ffôn wedi lleihau yn syfrdanol ers y gwyliau? Doedd hi ddim wedi synnu gymaint â hynny pan gyhoeddodd nad oedd o'n mynd i'r gwasanaeth; doedd o ddim wedi gwneud dim byd ynglŷn â fo nac wedi dangos unrhyw ddiddordeb ynddo. Hi fu'n rhaid ffonio John Parry i sicrhau y byddai cyhoeddiad yn y capel y Sul cynt. Ond wnaeth hi erioed freuddwydio na fyddai'n dod gyda hi i dreulio'r Nadolig efo'i deulu.

'Be!' meddai drachefn, yn anghrediniol. 'Ddim yn dod! Ddim yn dod i dreulio'r Nadolig efo dy deulu? Alla i ddim credu nghlustiau. Wrth gwrs fod yn rhaid i ti ddod. Yn dy gar di y mae'r paciau a'r presantau.'

'Mi elli fynd â hwnnw, ond dydw i yn bendant ddim yn dod. '

'Ond pam?'

'Am fod gen i ormod o waith sgrifennu a dim llawer o amser i'w neud o.'

'Gormod o waith sgrifennu? Wyt ti'n cyfansoddi nofel neu rywbeth? Rwyt ti wrthi bob munud sbâr fel y mae hi! Faint ar y ddaear wyt ti'n ei sgrifennu dwed?'

'Nid faint dwi'n sgrifennu, ond be a sut sy'n bwysig. A fedra i ddim fforddio'r amser yn mynd i dai pobol eraill i chwarae tŷ bach.'

'Chwarae tŷ bach wir!' Roedd Bethan wedi ei chythruddo a'i llais yn codi. 'A dyna wyt ti'n feddwl o'r Dolig ia? Dyna wyt ti'n feddwl o'r holl Nadoligau yr ydw i wedi eu trefnu dros y blynyddoedd – dim ond chwarae tŷ bach?'

'Paid â chynhyrfu, mi wyddost be dwi'n feddwl.'

'Na wn i wir. Wn i ddim be ar y ddaear wyt ti'n ei feddwl am ddim erbyn hyn. Mae'n hen bryd i ti roi trefn arnat dy hun ac ar dy fywyd.'

'Falle mai dyna dwi'n ei neud. Falle mai allan o drefn ydw i a phawb arall wedi bod ers blynyddoedd.'

'Twt. Byw yn dy fyd bach dy hun wyt ti, yn dychmygu pethe, yn troi a throsi drwy'r nos, mynd o gwmpas â dy ben yn dy blu a dy feddwl ymhell. Be ar y ddaear sy mater arnat ti d'wed?'

Roedd tymer yn gwneud i Bethan lefaru geiriau fu ar flaen ei thafod droeon yn ystod yr wythnosau diwethaf, geiriau yr ymataliodd rhag eu llefaru. Ond bellach roedd y llifddorau'n agor.

'Mi fydd yn rhaid i minne aros adre felly. Alla i ddim dy adael di ar dy ben dy hun. Pwy wnaiff fwyd i ti? Hunanol, dyna wyt ti. Sbwylia di'r Dolig i ti dy hun ac i bawb arall gan mai dyna wyt ti ishio; rwyt ti wedi sbwylio bywyd i ni i gyd ers wythnose beth bynnag.'

'Dwi ishio dim byd o'r fath. Dos di i Gaernarfon ac aros yno dros nos os mynni di. Mi fydda i'n iawn ar ben fy hun. Yn well a deud y gwir.'

'Ac mi fydd pawb yn 'y ngweld i'n rhyfedd iawn yn mynd a dy adael di ar dy ben dy hun.'

'O, poeni am be ddywed pobol eraill wyt ti? Wel, raid i ti ddim. Mi ddweda i wrthyn nhw os bydd raid, mai fi oedd yn dymuno bod fy hun. Oes yna rywbeth mor afresymol yn hynny?'

'Ond does dim cymaint â hynny o fwyd yn y tŷ. Mae angen mynd i siopa.'

'Mae digon o dunie yma, a bwyd parod. Mi fydda i'n iawn.'

Roedd ei styfnigrwydd yn gwneud Bethan yn flin.

'Reit, os wyt ti'n dymuno bod dy hun, mi gei. Mi af fi a mwynhau fy hun hefyd.'

'Da iawn. Dyna dwi ishio i ti ei neud, mynd – a mwynhau dy hun.'

Roedd Ifan mor dawel, ddim wedi codi ei lais, yn

swnio'n hollol resymol, ac roedd hynny'n gwneud Bethan yn saith gwaeth. Roedd hi'n amhosib dadlau efo fo, a'r perfformiad yn gwbl unochrog.

'Mi fase'n drugaredd tasen ni erioed wedi mynd ar y gwylie yna, ac arnat ti mae'r bai am yr hyn ddigwyddodd. Taset ti heb fynnu mynd i'r hen eglwys yna, fase hyn ddim wedi digwydd.'

Tawel neu beidio, roedd Ifan yn ddigon abl i'w amddiffyn ei hun.

'Pwy oedd eisiau mynd ar wyliau, Bethan? Nid y fi yn sicr. Ti fynnodd fynd a'm llusgo i efo ti. A phwy oedd yn mynnu mynd o gwmpas y siope i brynu anrhegion i'r plant cyn dod adre? Ti. Chwarae teg, roedd yn rhaid imi fynd i rywle tra oeddet ti wrthi, ac roedd yr eglwys yn denu.'

'Denu, oedd. Yn gneud mwy na denu ddyliwn i.'

'Oedd. Yn denu gydol yr amser yr oeddwn i yn y pentre. Ond angen llenwi amser yn gneud rhywbeth tra oeddet ti'n siopa oedd y rheswm pam yr es i i mewn iddi. Felly os oes rhywun i'w feio am mod i wedi mynd i'r eglwys, y ti ydi honno. Ond dwi ddim yn dy feio di cofia, dwi'n meddwl fod fy ymweliad i â'r eglwys wedi ei ragarfaethu.'

'Ei ragarfaethu? Pa fath o nonsens ydi credu hynny? Credu bod yna gynllun – neu gynllwyn i dy gael di i'r eglwys?'

'Ie, er mwyn fy nefnyddio.'

'Dy ddefnyddio i be yn enw pob rheswm?'

'Wn i ddim yn iawn eto. Ond dwi'n gobeithio cael arweiniad pellach.'

'Dyna ti wrthi eto. Dwi wir yn meddwl weithie dy fod ti'n dechre colli arnat dy hun. Wn i ddim be ddaw ohonot ti, ohonon ni, na wn i wir.'

Roedd hi wedi rhoi mynegiant i rywbeth oedd yn ei phoeni ers tro.

Safodd Ifan o'i blaen a gafael yn ei breichiau efo'i ddwy law.

'Yli, Bethan, meddai, 'rhaid i ti sylweddoli un peth. Nid fy nymuniad i ydi fod hyn wedi digwydd, nid fy nymuniad i ydi'r hyn sy'n digwydd imi. Dwi'n cael fy ngyrru gan bwerau na wn i ddim be ydyn nhw, nad oes gen i ddim llywodraeth arnyn nhw.'

'Dy yrru neu dy ddefnyddio? P'run tybed? A be ydi'r pwerau yma sy'n dy yrru di, ydyn nhw'n rhywbeth mwy na grymoedd grëwyd yn dy ddychymyg di dy hun a chan y dychymyg hwnnw? Mae un peth yn sicr, rwyt ti'n berson gwahanol iawn heddiw i'r hyn oeddet ti lai na thri mis yn ôl.'

'Ydw, mi wn i hynny, a does gen i mo'r help. Oddi allan i mi, yn sicr, y mae'r grymoedd sy'n ceisio fy rheoli, ond maen nhw'n treiddio i mewn i mi ac yn cymryd gafael ar fy mywyd ac yn fy meddiannu. Dos di i Gaernarfon, cadw di dy draed ar y ddaear a gad imi fod. Mi ddaw popeth yn glir yn y man, a phan ddigwydd hynny, mi fydd popeth yn iawn.'

Gafaelodd ynddi a'i gwasgu ato. Yna trodd ar ei sawdl ac aeth drwodd i'r swyddfa fechan yng nghefn y tŷ at ei ddesg a'i waith ysgrifennu.

Roedd hi'n ddiwrnod braf o aeaf, haul gwannaidd yn disgleirio ar yr eira gwyn oedd ar bennau'r mynyddoedd, a'r wlad ei hun yn llonydd, dawel, fel pe bai natur yn falch o ddiwrnod gorffwys hefyd. Roedd yr awyr yn las a'r amgylchiadau'n berffaith ar gyfer diwrnod o fwynhad, ond gyda chalon drom y gyrrodd Bethan y car i gyfeiriad y gorllewin gan droi ei chefn ar World's End a chreigiau rhyfeddol Eglwyseg i ddilyn y Ddyfrdwy cyn belled â Chorwen, ac yna drwy Fetws-y-coed a Chapel Curig, Dyffryn Mymbyr a Bwlch Llanberis, ac ni allai beidio rhyfeddu at gadernid sicr y mynyddoedd o'i chwmpas, ond ni allai deimlo'r cadernid hwnnw'n sylfaen i'w bywyd hi.

Nadolig digon digalon a phryderus a gafodd Bethan er gwaetha ymdrechion ei theulu yng Nghaernarfon a'r Drenewydd i godi ei chalon. Arhosodd am un noson yn y ddau le, gan deithio yn syth o Gaernarfon i'r Drenewydd ar Ŵyl San Steffan. Allai hi ddim mentro bod oddi cartref a gadael Ifan ar ei ben ei hun am fwy o amser na hynny. Ond roedd Ifan yn rhyfeddol o dda, yn dawel a chytbwys, yn gweithio'n galed ar ei ddogfen yn ystod y dydd, er ei fod yn troi a throsi llawer yn ystod y nos. Ond o leia, erbyn dechrau Ionawr roedd o wedi gorffen, ac roedd yr hyn ysgrifennodd o yn barod i'w anfon at Jeffrey Jones i hwnnw gael golwg arno.

5

Roedd y lle'n fy nychryn, yn rhoi braw i mi, yn codi'r crîps arna i. Ie, dyna'r gair. Dwi wedi meddwl a meddwl am ffordd arall o'i ddweud o, ond does yna'r un ffordd well o ddisgrifio'r profiad, does yr un gair arall yn cyfleu yn union sut oeddwn i'n teimlo. Ac ar y dechrau doeddwn i ddim yn gwybod pam. Ond mi ges i hen deimlad os gwyddoch chi be dwi'n feddwl, ac nid rhyw hen ias fel mae dyn yn ei gael weithiau fel rhywun yn cerdded dros eich bedd oedd o, na, roedd o'n rhywbeth mwy parhaol na hynny. Hwyrach ar y pryd fod y cyferbyniad rhwng y tu mewn a'r tu allan yn ddigon i effeithio arnaf, neu'r ffaith fod y golau'n dod ymlaen mewn gwahanol rannau o'r adeilad wrth imi gerdded o gwmpas. Ond erbyn hyn mi allaf ddweud yn bendant y dylswn i fod wedi cymryd sylw o'r peth. Roedd o efallai'n rhyw fath o rybudd imi, neu o leia'n rhyw fath o brawf arnaf. Pe bawn i wedi cilio o'r lle yn syth efallai mai rhywun arall fyddai wedi ei ddewis, ond dyna fo, wnes i ddim ac felly . . . ond dwi'n crwydro yn barod yn lle dechrau yn y dechrau.

Roedd hi'n ddiwrnod llawn olaf y gwyliau, ac roeddwn i'n treulio'r bore ar fy mhen fy hun gan fod Bethan yn brysur yn mynd o gwmpas y siopau yn prynu anrhegion i'r plant a'u teuluoedd – dau o blant, un mab-yng-nghyfraith, un ferch-yng-nghyfraith, un ŵyr a thair wyres. Wyth o bobl amrywiol eu hoedran a'u chwaeth. Tasg amhosib yn fy meddwl i. Tasg na fedrwn i byth ei chyflawni, na fyddwn i am ei gwneud beth bynnag. Allwn i ddim deall y syniad od o ddod ar wyliau er mwyn anghofio popeth a chael newid a llonydd, ac yna treulio rhan helaeth o'r amser yn meddwl am y teulu ac yn prynu pethau iddyn nhw. Os nad yw Dolig a phen-blwydd yn ddigon, wn i ddim be sy! Nid nad oedd arna innau hiraeth amdanyn nhw i gyd, yn enwedig Modlen, a'm bod yn edrych ymlaen at fynd adref.

Ond roedd yr holl syniad o wyliau yn un gwirion beth bynnag, syniad Bethan nid fy syniad i, ac eto rhaid imi gyfaddef, er na fyddwn am bwysleisio gormod ar hynny chwaith, imi fwy neu lai fwynhau fy hun ar ôl cyrraedd, yn llawer mwy nag a feddyliais erioed y gallwn. Hwyrach wir nad oedd gwyliau, a hwnnw'n wyliau tramor, wedi bod yn syniad mor ddrwg wedi'r cyfan. Beth bynnag am hynny, dyna sut y cefais fy hun ym mhentref La Clusaz yn Alpau Ffrainc, ac ar fore Mercher poeth yn niwedd Medi yn cerdded i mewn i'r eglwys yng nghanol y pentref.

Roedd o'n bentref braf, yn uchel i fyny yn y mynyddoedd, a'r awel, er ei bod yn gynnes, yn boeth yn wir, yn enwedig ganol dydd, wedi bod, tan y bore arbennig hwn, yn bur fel y gwin rywsut efo rhyw gip o oerni gaeaf yr Alpau ynddi. Pentref sgïo oedd o yn bennaf, gyda'r tai yn dai o bren ac wedi eu codi heb fawr o gynllunio canolog gallwn dybio gan eu bod wedi eu hadeiladu yma ac acw ar hyd y bryniau. Yn y pentref ei hun roedd digonedd o siopau'n gwerthu offer dringo ac anrhegion o bob math. Roedd dwy ran i'r pentref, yr hen ran a'r rhan newydd, ac yn yr hen ran roedd sgwâr wedi ei amgylchynu gan siopau, ac o gwmpas ym mhobman yr oedd meinciau, eu hanner yn yr haul a'u hanner yn y cysgod. Yn ganolbwynt i'r sgwâr roedd llwyfan ar gyfer perfformwyr min nos a rhes neu ddwy o seddau o'i flaen. Mae'n anodd imi gyfaddef, y fi oedd gymaint yn erbyn dod ar y gwyliau hwn, imi eitha mwynhau fy hun nes imi ymweld â'r eglwys; camgymeriad mwya fy mywyd. Ond sut oeddwn i i wybod hynny cyn mynd iddi?

Roedden ni wedi treulio'r dyddiau yn mynd ar ambell daith gyda'r bws, i Annecy a phentrefi bychain min y llyn, i Chamonix a Mont Blanc, neu'n crwydro'r llwybrau a'r llethrau o gwmpas y pentref ei hun. Ac yna, ar ôl cinio bob nos roedden ni wedi treulio'r hwyrddydd yn y gwesty, yn mwynhau yfed gwin ar y balconi a hithau'n ddigon cynnes hyd yn oed am ddeg o'r gloch y nos inni allu eistedd allan, cyn neilltuo i'n hystafell i garu'n araf ac angerddol, i ail-fyw yr adegau prin hynny pan gaem gyfle i fynd i ffwrdd am noson neu ddwy pan oedd y plant yn fach. Roedd hamdden a gorffwys wedi ailgynnau nwydau a dyheadau oedd wedi hen grino dan faich prysurdeb byw a gweithio yng Nglandŵr.

Ond gydol yr amser y buon ni yno, roedd un lle wedi dal fy llygaid bob tro yr awn allan, un lle oedd wedi bod megis magned yn fy nhynnu, a minnau, er na wyddwn pam, wedi gwrthsefyll y dynfa honno, y demtasiwn i ymweld. A'r lle hwn oedd yr eglwys. Gwir fod ei thŵr a'i phinacl hirfain i'w weld o bobman yn y pentre, yn gwbl fwriadol felly wrth gwrs, ond nid dyna'r dynfa. Roedd adeiladau eraill oedd yr un mor amlwg ond doedd iddyn nhw ddim tynfa o gwbl.

Eisteddais ar fainc yng nghanol y sgwâr i ladd amser nes y byddai Bethan wedi gorffen ei siopa afradlon am anrhegion. Roedd y bore hwn yn wahanol i bob un arall, yn fwll ac yn drymaidd, ac er bod yr awyr yn dal yn ddigwmwl, roedd storm yn cyniwair yn rhywle ac roedd mawr angen amdani i glirio ac ysgafnhau'r aer. Fûm i erioed yn berson oedd yn hoffi gwres llethol; roedd haul ac awelon Glandŵr yn ddigon i mi, a dyna pam yr oedi hyd ddiwedd Medi yn hytrach na dod ar wyliau ar ei ddechrau. Wedi eistedd am dipyn yn gwylio pawb yn mynd o gwmpas eu pethau, codais a mynd i gaffi i gael diod oer, eistedd yno yn y cysgod am gyfnod, cyn dychwelyd i'r sgwâr a chrwydro'n ddiamcan, ddiflas o gwmpas.

Oedd, roedd bywyd yn normal, yn gyffredin a digyffro yn y fan hon fel ym mhobman arall bron. Roedd gen i o leia ddwyawr o amser i mi fy hun, a dim byd i'w wneud ond cicio fy sodlau. Eisteddais beth ar y fainc wedyn a'r gwres llethol yn codi cur yn fy mhen a'm gwneud yn benysgafn.

A dyna pryd y penderfynais i fynd i mewn i'r eglwys.

Mynd yn niffyg rhywbeth gwell i'w wneud, mynd i ladd amser, mynd i gael cysgod rhag y gwres llethol; ac eto, ac eto, o edrych yn ôl, ai dyna wnes i mewn gwirionedd, neu yn hytrach ymateb i ryw raid, i ryw orfodaeth annelwig i'r dynfa oedd wedi bod yno ers dechrau'r gwyliau? Dwi ddim yn siŵr erbyn hyn. Ydw i'n siŵr o unrhyw beth bellach? Ond mynd wnes i beth bynnag, ac yn ddiarwybod i mi ar y pryd, dyna benderfyniad pwysica mywyd i.

Ac roedd hi'n codi crîps arna i! Roedd hynny'n beth od gan mai eglwys newydd oedd hi, nid un o'r lleoedd hynafol yna sy'n llawn arogl ac awyrgylch y gorffennol ac yn drwm o hanes a thraddodiad, a lle dech chi'n dychmygu weithiau bod llwch holl saint yr oesoedd yn crensian dan eich traed. Na, eglwys sionc, ysgafn, fodern oedd hi. Wal garreg oedd y tu ôl i'r allor a waliau wedi eu lliwio'n felyn ysgafn yng ngweddill yr adeilad. Roedd y seddau yn rhai pren, gweddol fodern eu siâp, wedi eu gosod mewn pedwar bloc. Yn y blaen yr oedd llwyfan ac i'r chwith ohono, yn wynebu'r drws, yr oedd cerflun brown o'r Forwyn Fair uwchben y fedyddfaen, ac ar yr ochr honno o'r llwyfan yr oedd tair cadair a darllenfa fechan. Yn y canol ar y wal yr oedd cerflun o Grist ar y groes yn union y tu ôl i'r allor, ac yn union uwchben y cerflun yr oedd pedair ffenest fechan gyda gwydr melyn a choch ynddynt, a goleuni cryf yr haul yn llifo drwyddynt. Allor bren oedd yr allor ac ar ei blaen roedd cerfiad o Iesu Grist a'i ddisgyblion yn cynnal y Swper Olaf. I'r dde ar y llwyfan yr oedd rhagor o gadeiriau a darllenfa fwy oedd yn debyg i bwlpud bychan. Yr oedd yr organ, organ bîb gymharol fechan, ar y dde, a byddai'r organydd â'i gefn at y gynulleidfa pan fyddai'n ei chwarae.

Ar y naill ochr i'r eglwys yr oedd pedair ffenest liw yn darlunio'r broses o hau, o ddyrnu'r grawn, o bobi'r bara ac o'i fwyta wrth y bwrdd, ac ar yr ochr arall bedair ffenest liw yn darlunio pedair golygfa gydag afon ym mhob un – afon y bywyd. Roedden nhw'n gyfuniad llwyddiannus o'r traddodiadol a'r modern. To pren oedd i'r adeilad, to heb nenfwd ac yn y cefn yr oedd grisiau'n arwain i galeri bychan. O dan y grisiau yr oedd gardd fechan yn llawn blodau gyda golau sbot arni, gardd i goffáu y Crist marw, ac ar y wal gefn hefyd yr oedd tabledi oedd yn coffáu'r milwyr o'r pentref a laddwyd yn y rhyfel, tabledi oedd yn bodoli mae'n amlwg cyn i'r eglwys gael ei hailadeiladu, gan mai hwy oedd yr unig bethau yn yr eglwys oedd yn awgrymu henaint.

Rydw i wedi disgrifio'n fanwl er mwyn pwysleisio nad oeddwn i'n ymwybodol o unrhyw elfen unigol o fewn yr eglwys oedd yn fy mlino, nid ar yr olwg gynta beth bynnag. Ond roedd y lle yn fy nychryn o'r funud y cerddais i mewn iddi. Efallai mai'r ffaith i'r golau ddod ymlaen ar y cerfluniau wrth i mi gerdded i mewn oedd yn achosi hynny ar y dechrau, neu efallai'r arogl; roedd yr arogldarth offrymwyd yn y gwasanaeth y diwrnod cynt yn dal i hongian yn yr awyr.

Ond roedd o'n fwy na hynny, o oedd, yn fwy na'r effaith ar y pum synnwyr. Roedd rhywbeth arall yn ei achosi, roedd yna ryw gyniwair arall yn effeithio arnaf, neu fod gen i ormod o ddychymyg. Byddai Bethan yn dweud hynny weithiau er nad oeddwn yn cyfri fy hun yn fwy felly nag unrhyw un arall, ac eto falle mod i o'i gymharu â hi. Person hollol ymarferol yw Bethan ac mae'n bosib iawn, yn fwy na phosib yn wir, na fyddai hi wedi cael teimlad tebyg yn yr eglwys. O na, pethau arwynebol hollol fel pa mor gyfforddus oedd y seti a faint o olau oedd yn dod i mewn drwy'r ffenestri, pethau felly fyddai'n mynd â'i bryd hi. Ac ar yr un adeg ag yr oeddwn i'n cael y teimladau hyn gallwn ei dychmygu hi'n rhoi ei holl sylw i'w theulu ac i anrhegion pwrpasol ar eu cyfer. Byddai'n wenynen brysur yn crwydro o siop i siop ac o gownter i gownter yn ysgwyd y peth yma ac yn byseddu'r peth arall. Fe geisiai brynu i bob un yn ôl ei oedran a'i ddiddordeb: anrheg unigol ac unigolyddol i bob un o'r wyrion, yna rhywbeth rhwng y ddau i Gwyneth a'i gŵr, ac i Aled a'i wraig – cannwyll mewn llestr lliwgar neu addurn pwrpasol ar gyfer y tŷ. Diolch mod i wedi cael pardwn rhag gorfod ei dilyn yn ddiamynedd a blin ac anfoddog o siop i siop. Ond hwyrach y byddai wedi bod yn well i bawb, gan fy nghynnwys fy hun, taswn i wedi mynd efo hi!

Eisteddais yng nghefn yr eglwys gan deimlo'r anniddigrwydd yn fy ngherdded fel ias o oerni, fel rhewlifiad yn y gwaed, fel eira ar fynyddoedd fy nychmygion. Roeddwn i eisiau mynd allan, allan i awyr iach y bore, allan i'r haul disglair mewn awyr las ddigwmwl, i fwrlwm prysur y stryd a'r sgwâr, ond eto allwn i ddim. Roedd rhywbeth yn fy nal yn dynn wrth y lle. Roedd y dynfa i aros yn fwy na'r dynfa i godi a mynd allan. Beth ar y ddaear oedd yn achosi'r fath deimlad; beth tybed oedd â'i grafangau oer wedi gafael ynof?

Edrychais yn fanwl ar bopeth o'i mewn, yn enwedig y cerfiad pren o'r Swper Olaf ar flaen yr allor. Hwnnw oedd yn denu'r llygad, ond hynny efallai am ei fod yn union yng nghanol yr eglwys a'i fod o'n gyfuniad arbennig o arddull fodern y cerfio a'r syniad traddodiadol o'r swper, gyda Ioan y disgybl annwyl yn pwyso ar fynwes Iesu.

Yna codais fy ngolygon oddi ar yr allor i edrych i ddechrau ar y Forwyn Fair ar yr ochr chwith ac yna ar y Crist croeshoeliedig yn union yn y canol y tu ôl i'r allor. A daeth drosof fel tonnau eto yr un ias, yr un ofn, fel rhyw hen arswyd o ryw orffennol yn rhywle. Hen gyniwair sinistr oedd yn bod cyn fy mod i, yn bresennol yn y fangre hon ac yn ymgordeddu amdanaf nes fy nrysu yn ei rhwydau. Roeddwn i wedi fy nal yn rhaffau symbolau ac eiconau'r cwlt, cwlt oedd wedi goroesi cyfnod o dros ddwy fil o flynyddoedd; y cwlt a'i symbolau, bedydd a chymun; y cwlt a'i eiconau, y Forwyn Fair a'r Crist croeshoeliedig; cwlt oedd wedi gyrru miloedd ar filoedd i'w beddau yn gynamserol, wedi gyrru trueiniaid lu dros ddibyn gwallgofrwydd, wedi peri arteithio'n greulon filoedd o bererinion cefnffordd bywyd, cwlt oedd wedi gosod ffordd o fyw newydd ac annaturiol ar lwythau a chenhedloedd ledled daear.

Arswydais rhag yr ystyriaethau negyddol hyn, rhag yr amheuaeth ddidostur hon a charlamodd fy meddwl i ganolbwyntio ar ochr arall y darlun yr un pryd, i geisio unioni'r glorian, i fod yn deg, yn gytbwys; a meddyliais ei fod hefyd yn gwlt oedd wedi achub ac arbed miloedd, wedi codi pobl o'r gwter, wedi anadlu anadl einioes bywyd newydd mewn hen ysgerbydau, wedi ymladd am gyfiawnder ac wedi ceisio lledaenu cariad a brawdgarwch mewn byd llawn creulondeb a chynnen a chasineb.

Yn ystod brecwast ar yr union fore hwn roeddwn i wedi crybwyll wrth Bethan y byddai'n rhaid imi gofio ar ôl cyrraedd adref i ffonio pregethwr y Sul i'w atgoffa o drefn y daith ac i gael rhifau'r emynau ganddo. A chan ei fod yn dod o bell ac yn y daith am Sul cyfan, ffonio'r llety lle y byddai'n cael cinio a the hefyd. Ac roedd ystyried y pethau hyn yn arwydd sicr fod y gwyliau yn dirwyn i ben a bod yn rhaid meddwl am fywyd y tu hwnt iddo a dychwelyd i reoleidd-dra bywyd gwaith a chymdeithas a chapel.

Ac yn y meddyliau hynny yr oedd yna sicrwydd, sicrwydd angor cartref a chymuned, y sicrwydd oedd yn gwneud mynd oddi cartref ar wyliau yn rhywbeth yr oedd yn bosib ei ddiodde.

Ond roedd y cyferbyniad yn anodd i'w dderbyn, yn anodd i'w ddychmygu, rhwng dewis emynau, sicrhau trefn taith y Sul, nodi'r tonau ar gyfer yr organyddes a'r cwlt cyntefig hwn, cwlt yr oedd ei arteffactau'n addurno'r eglwys hon, yn ormes arni ac yn faen melin ar fy meddyliau i.

A doedd dim y gallwn ei wneud yn gorfforol nac yn feddyliol i dawelu fy anniddigrwydd, y teimlad bygythiol sicr a gawn fod rhyw bwerau nas deallwn yn iawn yn cyniwair yn y fangre hon, ac nad pwerau daionus mohonynt, rhyw hen ymyrryd oedd yn cael yr effaith ryfeddaf arnaf. Allwn i ddim symud o'm sedd i ddianc yn gorfforol o'r lle, allwn i ddim cau fy meddwl rhag yr hyn oedd yn dylanwadu mor drwm arnaf. Fe'm cefais fy hun yn ceisio dwyn i gof ac yn adrodd o dan fy ngwynt adnodau ac emynau oedd yn ddatganiadau cryf o gred a ffydd ddiwyro, yn union fel rhyw offeiriad yn ceisio dal croes o flaen ei wyneb i gadw'r ysbryd drwg draw. Ond yr oedden nhw, yr adnodau a'r penillion, fel cenllysg yn bwrw palmant fy ymennydd ac yn toddi yng ngwres fy anghrediniaeth.

Anghrediniaeth! Beth wnaeth imi feddwl am y gair hwnnw? Anghrediniaeth! Gair nad oeddwn erioed hyd y cofiwn wedi ei yngan a minnau wedi fy magu ar y pwyslais diddiwedd ar gredu, ar ffydd. 'Cred ynof fi,' meddai'r gorchymyn, a chredu wnes i. 'Credaf,' meddai un o rannau pwysicaf y litwrgi Cristnogol, a 'chredaf' meddwn innau Sul ar ôl Sul ar ôl Sul; credu yn ddiamcan, yn ddigwestiwn, efallai yn ddi-sail, yn sicr yn ddifeddwl. Mae'n rhyfedd, o ystyried, mai crefyddwr felly oeddwn i hefyd; dwi'n sylweddoli hynny erbyn hyn. Yn fy ngwaith bob dydd roeddwn i'n oer a dadansoddol. Dyna fyddai fy nghleientiaid ei eisiau, cymryd golwg wrthrychol ddi-sentiment ar eu sefyllfa, ar eu problemau, a chynnig atebion, neu awgrymiadau o leia, a'r rheini wedi eu seilio ar ffeithiau nid ar deimlad. Ac fel gwleidydd o fath roeddwn i'n hynod feirniadol o ddaliadau pleidiau eraill, yn cwestiynu eu holl ddatganiadau, eu holl bolisïau, eu holl athroniaeth, ac yn dewis fy ngeiriau'n ofalus wrth wneud datganiadau fy hun rhag i'r pleidiau eraill, yn enwedig y Blaid Lafur, gael troedle i danseilio'r dadleuon hynny. Nid bod yr holl ofal wedi talu i mi'n etholiadol. Ond dŵr dan y bont yw hynny i gyd bellach. Yr hyn sy'n rhyfedd yw imi dderbyn cred y Cristion yn ddigwestiwn – neu o leia ei harddel heb wir gredu, heb wir ystyried.

Beth bynnag am hynny – ac rwy'n ymwybodol mod i wedi crwydro braidd oddi wrth fy stori – teimladau fel yna roeddwn i'n eu cael yn yr eglwys, teimladau oedd yn cynyddu fy anghysur eiliad wrth eiliad. Roeddwn i fel pe bawn wedi fy hoelio i'm sedd. Roeddwn i mewn rhyw fath o lesmair na allwn ei ddisgrifio'n iawn, fel breuddwyd ond nid breuddwyd oedd o chwaith, fel bod rhwng cwsg ac effro, ac eto roeddwn i'n berffaith ar ddi-hun, fel tase rhan ohonof yn ymwybodol a'r rhan arall wedi colli pob ymwybyddiaeth. Yr oeddwn fel pe bawn yn crogi rhwng rhyw ddeufyd.

Chlywais i neb yn dod i mewn i'r eglwys gan fy mod yn

ddwfn yn fy meddyliau fy hun, ac roeddwn i wedi cael yr argraff wrth gerdded i mewn mod i yno ar fy mhen fy hun; ond yna, yn sydyn, clywais lithriad traed yn troedio'n ysgafn y tu ôl imi, swn a'm rhannol ddeffroes o'm gwewyr, a throis fy mhen i weld pwy oedd yno. Gwelais yr offeiriad yn cerdded yn dawel tuag ataf, fel pe bai wedi dod o unman, wedi dod i mewn a'r drysau ar gau, a dangos ei hun imi yn ei wenwisg batrymog hardd a'i haddurniadau syml llinellog. Gŵr canol oed oedd o, cydnerth yr olwg gydag wyneb caredig, llawn a hwnnw'n frown a rhychiog o fyw mewn hinsawdd o haul tanbaid yn yr haf ac oerni llethol yn y gaeaf. Gŵr byr gyda llygaid glas, treiddgar.

'*Bonjour, monsieur,*' sibrydodd gan ddod i eistedd wrth fy ochr.

'*Bonjour, padre,*' atebais innau yn dawel a thrwsgwl mewn iaith *Get by in French.*

'A! Roeddwn i'n meddwl mai Sais oeddech chi,' atebodd – a'm Ffrangeg carbwl wedi cadarnhau ei dybiaeth mae'n debyg. Roedd ei Saesneg o yn dda os braidd yn stiff a ffurfiol.

'Nid Sais, Cymro,' atebais gyda nodyn o banig yn fy llais. 'Pays de Galles, Ryan Giggs, Bryn Terfel, Esgob Mullins!'

Roedd hi'n amlwg nad oedd yr un o'r enwau'n golygu dim iddo, o farnu wrth yr olwg ddryslyd oedd ar ei wyneb, ac mae'n bur debyg mai fel Sais y byddai'n edrych arnaf tra byddwn.

'Y Tad Joshua,' meddai gan gyflwyno'i hun. 'Ar eich gwyliau ydych chi?' holodd gan godi ei lais ryw ychydig.

Roeddwn i'n ymwybodol o'r arwydd mewn Saesneg a Ffrangeg – 'Silence please' – oedd wedi ei osod yn union y tu mewn i ddrws yr eglwys fel na allai yr un ymwelydd ei fethu, ond gan ei fod o, ac yntau'n offeiriad, yn gallu codi ei lais, mi allwn innau wneud yr un peth.

'Ie . . . y . . . Ifan Roberts. Ar fy ngwylie efo'r wraig. Mae hi wedi mynd i siopa.'

Nodiodd ei ddealltwriaeth.

'Ac mi ddaethoch chi i'r eglwys! Rhywle i ladd amser am ychydig tra mae eich gwraig yn siopa, dim byd mwy na hynny.'

'Na, dim yn hollol. Roeddwn i'n awyddus i'w gweld.'

'O, pam, os caniatewch imi ofyn?'

'Wel, mae o'n arferiad gen i i ymweld â'r eglwys ble bynnag y byddaf yn aros ar fy ngwylie.' Daeth y celwydd yn hawdd.

'Felly'n wir,' atebodd gan edrych yn syth i'm hwyneb fel pe bai'n fy amau. 'A beth ydych chi'n ei feddwl ohoni?'

'Neis iawn, ac yn fodern.' Ymateb cwbl annigonol, ond allwn i feddwl am ddim byd arall i'w ddweud.

'Ydi, y mae hi, yn cyfuno'r hen a'r newydd rwyf yn meddwl, ac yn llwyddo gobeithio i greu awyrgylch arbennig ar gyfer y rhai sydd yn dod yma i addoli, neu fel chi i . . . ymweld.'

Sylwais ar y saib cyn y gair ymweld.

'Mae hynny'n hollol wir. Awyrgylch arbennig iawn.'

'Da iawn. Yr ydych yn teimlo eich hun yn ymlacio yma felly? Yn derbyn rhyw dangnefedd o fod yma?'

'Na, dydw i ddim yn teimlo fy hun yn ymlacio yma o gwbl, i'r gwrthwyneb yn wir. Mae'r lle yn gneud imi deimlo'n anniddig iawn.'

Rhag fy ngwaetha mi gefais fy hun yn dweud hynny wrtho fo. Wn i ddim pam, yn hytrach na chymryd arnaf mod i'n teimlo'n ymlaciol, ond roedd ei wyneb rywsut yn wyneb oedd yn hawlio ymateb a'i lais yn llais oedd yn tawelu ofn. Ac roedd yna rywbeth yn gwneud imi ddweud y gwir wrtho fo, er mod i wedi dweud celwydd yn gynharach. Ond roedd y celwydd diniwed hwnnw hyd yn oed yn llosgi fy nghydwybod.

'Yr wyf yn cael hynny'n ddiddorol iawn. Yn ddiddorol iawn. Pa fath o anniddigrwydd?'

'Wel.' Roedd yn haws dweud nag esbonio'n union beth ydoedd. 'Teimlo rhyw bresenoldeb yn y lle.'

'Ai presenoldeb Duw ydych chi'n ei feddwl? Y mae'r eglwys yn cyflawni ei phwrpas felly. Mi allech chi ddweud mai cael pobl i ymdeimlo â phresenoldeb Duw yw ei hamcan.'

'Na, nid presenoldeb Duw. Nid hynny yn sicr; wel, o leia, dwi ddim yn meddwl. Na, rhywbeth mwy . . . mwy . . . be fedra i ei ddweud, mwy sinistr, mwy bygythiol, fel tase 'na rywbeth yma na ddylai fod yma.'

Bu tawelwch am funud ac yna dywedodd mewn llais tawel: 'Rwyf yn credu fy mod i'n deall.'

Mi drois i edrych arno, a gweld ei lygaid gleision yn edrych arnaf ac yn treiddio i mewn i ddyfnder fy meddyliau. 'Ydych chi? Achos dydw i ddim.'

'Ydwyf.'

Yna, yn sydyn, fe pe bai newydd feddwl am rywbeth, safodd ar ei draed.

'Ydych chi wedi gweld y capel bach sydd ar bwys y brif eglwys – *Chapelle Sainte Fey*?'

'Naddo. Dwi ddim wedi crwydro dim o gwmpas y lle, dim ond dod i mewn ac edrych o gwmpas y prif adeilad cyn dod i eistedd yma.'

'Dewch gyda mi. Gwnaf ei ddangos i chi; bydd yn haws i ni gael sgwrs. Nid oes arwydd tawelwch yno.'

Codais innau a'i ddilyn i'r capel bach.

6

Atodiad i'r prif adeilad ydoedd, ac un bychan iawn oedd o. Roedd deg o feinciau yno, tebyg o ran eu siâp i'r rhai oedd yn yr eglwys ei hun, ond yn llai. Roedden nhw wedi eu gosod yn ddwy res ac roedd lle i ryw hanner cant i eistedd.

Ar y chwith yn y blaen roedd cerflun bychan o'r Forwyn Fair a'i baban, ac yn union oddi tano bum rhes o ganhwyllau, rhai ohonyn nhw ynghyn, wedi eu cynnau i gofio pobl oedd wedi marw, neu'n wael, neu angen bendith. Gyferbyn â'r cerflun roedd cwpwrdd gwydr yn y wal ac ynddo yr oedd y cwpan a'r plât cymun. Wrth ymyl y cwpwrdd yr oedd drws i ystafell arall a'r gair 'Sacriste' arno.

Roedd dwy ffenest liw yn y capel, yn darlunio dau berson – *Sante Fey* a *François de Sales*. Yn union ar ganol y wal rhwng y cerflun a'r cwpwrdd gwydr yr oedd croes bren syml. Ond canolbwynt y capel bychan fel yn yr eglwys ei hun oedd yr allor, allor syml oedd yn un darn o farmor. Ei harbenigrwydd oedd bod rhan ohoni, y rhan oedd yn wynebu'r gynulleidfa, yn gwpwrdd neu sêff gyda drws gwydr iddo, ac yn y cwpwrdd yr oedd blwch mawr haearn – yn dal beth tybed? Ni wyddwn i, llwch neu esgyrn hen sant efallai.

Ond roedd rhyw gyfaredd rhyfedd i mi yn y blwch hwn. Nid cyfaredd chwaith, ond atyniad anesboniadwy oedd yn fy nhynnu ato, yn fy ngorfodi i edrych arno heb dynnu fy llygaid oddi arno. Ac nid dychmygu yr wyf wrth edrych yn ôl, nid fy nghof sy'n chwarae triciau efo mi; rwy'n cofio'n union sut yr oeddwn i'n teimlo ar y pryd.

Erbyn hyn roeddwn i'n berffaith sicr fod y teimlad a gefais wrth gamu i mewn i'r eglwys yn deillio, nid o'r cerfluniau o Grist a'r Forwyn Fair, nid o'r allor gyda'r cerfiad pren o Iesu a'i ddisgyblion, nid o unrhyw beth ym mhrif adeilad yr eglwys, ond o'r capel bach hwn a'r blwch haearn oedd yn yr allor.

Roedd yr offeiriad, fel plentyn efo'i deganau, yn awyddus i ddangos popeth imi, ac roedd o'n amlwg yn falch iawn o'i eglwys ac yn wir roedd ganddo le i deimlo felly. Ceisiais innau fy ngorau i ymateb yn briodol i bopeth a dangos diddordeb ym mhopeth, ond rhag fy ngwaetha roedd fy ngolygon a'm meddwl yn mynnu dychwelyd at y blwch yn y sêff dan yr allor. Roedd o fel magned, a rhywbeth mwy na magned, nid yn tynnu'r corff a'r llygaid yn unig ond y meddwl hefyd.

Fu'r offeiriad fawr o dro cyn sylwi nad oeddwn i wir yn gwrando arno nac yn sylwi'n iawn ar ddim ond yr allor a'r blwch oedd ynddi.

'Mae'r allor yn denu eich sylw,' meddai. 'Nid ydych wedi tynnu eich llygaid oddi arni ers i ni ddod i'r capel yma.'

'Naddo,' atebais. 'Mi gofiwch imi grybwyll bod rhywbeth yma yn yr eglwys na ddylai fod yma, bod rhyw bresenoldeb neu awyrgylch rhyfedd yma na allwn ei esbonio, ac i chithau ddeud eich bod yn deall? Wel, dwi'n iawn, yn dydw i – mai yn y blwch yna sydd yn yr allor y mae y peth hwnnw?'

Edrychodd yr offeiriad arnaf yn hir nes gwneud imi deimlo'n hynod o anesmwyth. Edrych arnaf fel pe bai ei feddwl yn treiddio i ddyfnderoedd fy meddwl i – ac ymhellach na hynny, i ddyfnderoedd fy enaid. Ac yr oedd rhywbeth yn ei edrychiad yntau na allwn farnu'n iawn beth ydoedd. Ofn? Arswyd? Na, dim byd mor gryf ac amlwg â hynny, ond rhyw anniddigrwydd, rhyw bryder.

Yn y man siaradodd, ac yr oedd ei lais yn gynhyrfus ond yn dawel.

'Mae'r blwch yn yr eglwys yma ers deng mlynedd, deng mlynedd a welodd gannoedd, na, miloedd o bobl yn ei mynychu, i gyfarfodydd ffurfiol a dathliadau a gwasanaethau yn ogystal ag i ymweld ar dro. Mae'n fan y bydd llaweroedd o ymwelwyr haf a gaeaf yn troi iddi fel y gwnaethoch chi. Oes, mae miloedd, yn llythrennol, o bob cenedl dan haul wedi bod yn yr eglwys hon, ond does neb, neb hyd y bore hwn wedi adweithio fel hyn, wedi treiddio i ddirgelwch yr hyn sydd yn y blwch.'

'Ond dydw i ddim wedi treiddio i unrhyw ddirgelwch,' protestiais. 'Wn i ddim be sy ynddo – hen grair, llwch rhyw hen sant, dogfen bwysig, gem gwerthfawr? Na, does gen i mo'r syniad lleia, dim ond mod i'n cael y teimlad, yn gynyddol yn wir, yn gryfach bob munud, fod ynddo rywbeth na ddylai fod yma, rhywbeth estron, bygythiol, a rhywbeth sydd o arwyddocâd i mi.'

Edrychodd yr offeiriad yn hir arnaf drachefn, edrych a dweud dim. Daeth dau ymwelydd at ddrws y capel bach a sefyll yno i edrych o'u cwmpas. Ond pan welson nhw fod yr offeiriad yno, fuon nhw fawr o dro yn cilio oddi yno a chlywais y drws allan yn cau wrth iddyn nhw ddychwelyd i'r stryd.

Ac oddi yno, o'r tu allan, bob tro yr agorid y drws, fel rhyw furmur gwenyn, deuai sŵn pobl yn mynd o gwmpas eu pethau, sŵn y byd yn treiddio i mewn i'r eglwys, fel rhyw atgof pell fod bywyd yn mynd yn ei flaen er ei fod i bob pwrpas wedi aros yn llonydd o fewn muriau'r eglwys ei hun. Dyna'r teimlad a gaf bob amser mewn eglwys, y teimlad o gamu'n ôl i ryw orffennol, hynny mae'n debyg am nad oes dim o'i mewn yn newid, a'r litwrgi a'r sagrafen a'r seremonïau yr un heddiw ag yr oedden nhw pan adeiladwyd yr eglwys gyntaf ar y safle.

Ond roedd yr awyrgylch yma yn wahanol. Oddi mewn i'r capel bach, ar ôl i'r ymwelwyr gilio, a'r drws wedi ei gau, roedd yna dawelwch rhyfedd, llawn disgwyl, fel pe bai'r ddau ohonom yn aros am i'r naill neu'r llall dorri ar y tawelwch. Neu'n aros i rywun neu rywbeth arall dorri ar y tawelwch!

Yn sydyn safodd yr offeiriad ar ei draed fel pe bai wedi dod i benderfyniad.

'Yr wyf am fynd i gloi'r drws,' meddai, 'er mwyn i ni gael llonydd, ac fe gewch hanes yr hyn sydd yn y blwch gennyf fi.'

Cerddodd yn gyflym drwodd i'r prif adeilad a chlywais ef yn siarad efo rhywun oedd ar fin ymadael.

'*Au revoir monsieur, au revoir madame, pax vobiscum,*' clywais ef yn dweud, ac yna'n cloi drws yr eglwys cyn dychwelyd ataf i'r capel.

*   *   **

'Mi ddywedais eich bod wedi treiddio i mewn i ddirgelwch y blwch yn yr allor,' meddai pan ddaeth yn ei ôl ac eistedd wrth fy ochr. 'Ac mi rydych chi. Mae o'n cynnwys rhywbeth na ddylai fod ynddo, rhywbeth sydd yn anghydnaws â'r lle yma, rhywbeth sydd ar un olwg yn gallu cryfhau ffydd, ac ar yr olwg arall ei ddinistrio. Ond rhywbeth y mae'n rhaid iddo aros yma sydd ynddi, a ddylwn i ddim dweud wrthych chi beth ydyw. Mae'n un o gyfrinachau mawr yr eglwys hon. Nid oes neb, hyd yn oed y Pab, yn gwybod am ei fodolaeth. Ond . . .'

'. . . y fi ydi'r unig un o blith y miloedd fu yma dros y blynyddoedd i ymdeimlo â'r peth . . .?'

'. . . yn hollol. Ac am hynny mae gennych chi hawl i wybod rhyw gymaint. Na, nid hawl ydi'r gair. Nid hawl i wybod sydd gennych chi, ond anghenraid a osodwyd arnaf fi i ddweud wrthych.'

Safodd ar ei draed a cherdded yn ôl ac ymlaen a'i ben i lawr fel pe bai'n meddwl yn ddwys, neu'n chwilio am ysbrydoliaeth o rywle.

Yn sydyn trodd ataf.

'Ond bydd angen un prawf arall arnaf mai chi yw'r dewisedig un,' meddai. 'A'r anhawster yw na allaf fi gael y prawf hwnnw nes i chi weld beth sydd yn y blwch.'

Doeddwn i ddim yn deall beth roedd o'n ceisio'i ddweud; roedd o'n swnio'n ffwndrus, yn gwbl ddryslyd. Y fi oedd yr un? Yr un beth? Y dewisedig un? Dewisedig gan bwy – ac i wneud beth? A pha brawf ychwanegol roedd o'i angen? A sut brawf fyddai hwnnw? Doeddwn i ddim haws o geisio dirnad, dim haws o ofyn cwestiynau i mi fy hun; byddai'n rhaid imi adael iddo fo ddweud yr hyn roedd o am ei ddweud yn ei ffordd ei hun, ac yn ei amser ei hun. Edrychais ar fy wats. Dim ond hanner awr oedd wedi mynd ers imi ddod i'r eglwys, ond roedd o'n edrych fel oes. Roedd gen i ymhell dros awr arall cyn y byddwn yn cyfarfod Bethan.

Eisteddodd yr offeiriad yn ôl wrth fy ochr a chlywn ef yn anadlu'n drwm, yn union fel pe bai wedi rhedeg neu wedi gwneud rhyw ymdrech fawr.

Ond roedd ei eiriau cyntaf yn rhai cwbl annisgwyl.

'Wyddoch chi ble mae'r Col des Aravis?' holodd.

'Gwn, fel mae'n digwydd,' atebais. 'Mi fûm i yno ddoe dd'wetha yn y byd.'

'Ddoe! Mi fuoch yno ddoe! Ddoe ddiwethaf?' Roedd o'n swnio'n anghrediniol a d'allwn i ddim deall pam. Cyn belled ag y gallwn i ei gasglu yn yr amser byr y bûm i yn y pentref, roedd y bwlch uchel yn lle naturiol i rywun oedd ar ei wyliau yn yr ardal i fynd iddo.

'Do, efo trip bws er mwyn cael gweld Mont Blanc. Ond welson ni mono fo; roedd o wedi ei guddio'n llwyr gan y cymylau.'

'Ddoe ddiwethaf! Ddoe! Hynod iawn. Wnaethoch chi sylwi ar y creigiau anferthol sy'n torsythu uwchben y col?'

'Do, mi sylwais yn arbennig arnyn nhw, ac mae yna reswm da pam y gwnes i hynny. Maen nhw'n debyg iawn i'r creigiau ger fy nghartre i – creigiau Eglwyseg maen nhw'n cael eu galw, creigiau mewn ardal o'r enw World's End.'

Neidiodd yr offeiriad ar ei draed pan glywodd hyn, ac yr oedd ei wyneb dan y lliw haul yn welw.

'World's End,' meddai'n floesg. 'World's End! Rydych chi'n byw mewn ardal o'r enw World's End ac mae'r creigiau yno yr un fath â chreigiau'r Col? Rhyfedd ac ofnadwy!' Ac yna ychwanegodd dan ei wynt '. . . prawf arall mai fo yw'r un.'

Doeddwn i ddim yn deall ei wewyr na'i gyffro.

'Yr ydw i'n byw mewn ardal o'r enw Dyffryn Llangollen yng ngogledd Cymru,' meddwn gan obeithio y byddai hynny'n ei dawelu. 'Mewn tref fechan o'r enw Glandŵr heb fod ymhell o Langollen. Mae'n bosib i chi glywed am y dref honno a'r ŵyl ryngwladol fawr sy'n cael ei chynnal yno bob blwyddyn.'

Ond prin ei fod yn sylwi ar yr hyn roeddwn i'n ei ddweud. Roedd o'n dal i sibrwd fel pe bai'n ceisio ei berswadio ei hun, 'y fo yw'r un . . . y fo yw'r cennad. Mae popeth yn disgyn i'w le. Mae popeth yn disgyn i'w le!'

Yna, adfeddiannodd ei hun a thawelu beth, a daeth yn ei ôl i eistedd ataf, ac yr oeddwn yn gallu teimlo'r cryndod yn ei gorff yn dirgrynu drwy'r fainc yr eisteddem arni.

'Rhaid imi ddweud y stori,' meddai. 'Does dim pwrpas oedi rhagor.'

Doedd gen i ddim dewis ond eistedd yn dawel i wrando'r hyn oedd ganddo i'w ddweud, yn ofni yr hyn yr oeddwn am ei glywed, ac eto'n llawn chwilfrydedd ac yn gwybod bod yn rhaid imi wrando, ac roedd unrhyw beth yn well na'r ansicrwydd yma, o wybod bod rhywbeth yn bod, bod rhywbeth pwysig i'w ddadlennu. Gorau po gyntaf iddo ddweud y cyfan wrthyf.

Roedd o wedi dod ato'i hun yn llwyr erbyn hyn a dechreuodd ar ei stori yn araf a phwyllog. Doedd dim modd ei frysio a doeddwn i ddim ar frys beth bynnag.

'Ddeng mlynedd yn ôl fe ddaeth dau ddringwr o hyd i ogof yn y creigiau uwchben Col des Aravis, ogof ddofn, dywyll oedd wedi bod ynghudd ers canrifoedd gan nad oedd ar unrhyw fap na llyfryn cyflwyno'r ardal, nac ar unrhyw gyfarwyddyd i ddringwyr. Fel mae'n digwydd, dau archaeolegwr oedden nhw, yn gweithio mewn prifysgol yn yr Almaen, ac felly roedd ganddyn nhw ddiddordeb mewn mwy na dringo creigiau er eu bod yn ddringwyr profiadol.

Yn naturiol felly fe aethon nhw ati i archwilio'r ogof, i geisio gweld ei dyfnder a cheisio darganfod a oedd yna ryw olion, rhyw gliwiau o'r gorffennol ynddi. A dyna sut y daethon nhw o hyd i'r hyn sydd erbyn hyn yn drysor neu'n grair amhrisiadwy, neu'n fygythiad real ac sy'n cael ei gadw yn y blwch yma.'

Arhosodd am ennyd i gael ei wynt ato ac i hel ei feddyliau. Mi drois i edrych arno. Roedd y chwys yn tasgu ar ei dalcen er ei bod yn gymharol oer yn y capel bach. Yn sicr doedd gwres mawr y tu allan ddim yn treiddio i mewn i'r eglwys; roedd y waliau carreg trwchus yn cadw'r gwres allan a'r oerni i mewn. Trodd ataf gan newid cyfeiriad ei stori.

'Wyddoch chi sut y daeth y Beibl yn eiddo i ni?' holodd. 'Wyddoch chi sut y daeth geiriau a ysgrifennwyd filoedd o flynyddoedd yn ôl yn berchnogaeth i ni?'

'Gwn, dwi'n meddwl,' atebais, 'neu o leia mae gen i ryw syniad. Fe ddaethon nhw i lawr y canrifoedd fel sgroliau, sgroliau oedd yn cael eu cadw a'u copïo gan feudwyon ac aseticiaid ac yn ddiweddarach gan fyneich o'r Eglwys Gatholig. Fe gafwyd hyd i lawer ohonyn nhw mewn ogofâu, mewn mannau lle bu cloddio, yn yr Aifft, yng nghyffiniau'r Môr Marw a mannau eraill yn y Dwyrain Canol.'

'Mae'r darlun cyffredinol yn ddigon cywir ganddoch chi. Ac fel y gwyddoch chi mae'n debyg, fe gofnodwyd y rhan fwyaf o lyfrau'r Hen Destament mewn Hebraeg a'r Testament Newydd mewn Groeg . . .'

'. . . er mai Aramaeg oedd yr iaith a siaradai Iesu,' torrais ar ei draws.

'Rydych chi'n syndod o wybodus,' meddai, 'ac yn gywir. Ie, yn ôl y dystiolaeth sydd ar gael, Aramaeg oedd iaith Iesu. Ond i ddychwelyd at y meudwyon a'r myneich. Fe fuon nhw wrthi'n copïo a chopïo, yn aml mewn celloedd ac ogofâu ar eu pennau eu hunain, a'r meudwyon yn arbennig yn byw bywyd gwyllt agos i natur, ond yn gwbl ymroddedig yn eu gwaith. A dyna ddod at yr ogof a'r hyn a ddarganfuwyd ynddi. Mae'n gwbl amlwg ei bod yn gell meudwy ganrifoedd yn ôl ac fe ddaeth y ddau ddringwr o hyd i olion y gell.'

'Sut y gwyddai'r dringwyr hynny?'

'Am fod y ddau'n archaeolegwyr wrth eu proffesiwn, ac yn gallu darllen yr arwyddion ac adnabod tystiolaeth.'

'Ac fe ddaethon nhw o hyd i rywbeth heblaw olion?'

'Yn hollol. Rhywbeth cyffrous ac arbennig iawn. Fe ddaethon nhw o hyd i sgroliau hynafol – hanner dwsin ohonyn nhw, a'r ysgrifen arnyn nhw yn berffaith. Doedd yr un o'r ddau yn gwybod pa iaith oedd ar y sgroliau ond roedd un o'r ddau, oedd yn fwy o ieithydd na'r llall, yn rhyw amau mai Aramaeg ydoedd. Doedd gen i ddim syniad chwaith. Mi wn i ddigon o Hebraeg, o Roeg ac o Ladin wrth gwrs o leia i adnabod yr ieithoedd hynny wrth eu gweld mewn print. Ond doeddwn i ddim yn adnabod yr iaith ar y sgroliau.'

'Ond be sy mor arbennig ynglŷn â nhw? Ac os ydyn nhw'n arbennig pam eu bod yn yr eglwys yma ac nid yn yr eglwys gadeiriol yng ngofal yr Archesgob, neu hyd yn oed yn y Fatican? Sut y cawsoch chi afael arnyn nhw a'u cadw yma?'

'Doedd y ddau ddringwr ddim yn siŵr beth i'w wneud efo'r sgroliau. Yn naturiol mi gawson nhw eu temtio i fynd â nhw adre a'u cyflwyno i'r brifysgol yn yr Almaen, eu gosod yn rhan o greiriau'r hen fyd yn y coleg hwnnw. Ond roedd eu cydwybod yn eu poeni ormod iddyn nhw wneud hynny, a chan eu bod yn amlwg yn greiriau crefyddol dyma ddod at gynrychiolydd yr eglwys fyd-eang yn y pentre hwn, sef y fi.

Ar ôl eu derbyn a heb wybod beth oedd eu cynnwys, dyma fi'n eu rhoi yn y blwch haearn yma a'u gosod yn y sêff dros nos. Hwn oedd y lle diogelaf yn yr eglwys. Roeddwn i eisiau amser i feddwl beth i'w wneud efo nhw, sut i'w harchwilio a beth ddylai ddigwydd iddyn nhw wedyn. Ac yna, yn ystod y noson honno, ganol nos a bod yn fanwl, fe ddigwyddodd.'

'Fe ddigwyddodd beth?'

'Y wyrth, neu'r weledigaeth, neu'r ddeubeth. Fe ddaeth llais i siarad â mi yn unigrwydd fy ystafell wely, llais a dim byd ond llais. Mi godais i droi'r golau ymlaen ond doedd neb yno, neb gweledig beth bynnag. Dim ond y llais, llais oedd yn atseinio drwy fy ystafell fel na allwn ddirnad yn iawn o ble yn union yr oedd o'n dod – oddi mewn i mi falle. Ac meddai'r llais wrthyf:

"Y mae'r hyn sydd yn dy feddiant yn drysor amhrisiadwy. Y mae'n drysor, ond y mae hefyd yn fygythiad i Gristnogaeth ac i'th eglwys. Yn y dwylo anghywir fe allai danseilio ugain canrif o draddodiadau crefyddol. Mae'n fwy o fygythiad i Gristnogaeth na hyd yn oed grefyddau megis Moslemaeth a Hindŵaeth, mae'n fwy o fygythiad nag unrhyw esgeulustod neu amheuaeth. Yr hyn y mae'n rhaid i ti ei wneud yw darllen y sgroliau'n ofalus, ac yna eu cadw dan glo heb ddweud amdanynt wrth neb nes y daw un arall atat fydd yn gallu eu darllen ac a gaiff arweiniad ar sut i weithredu."

'Roeddwn i wedi cael braw fel y gallwch chi ddychmygu. Doedd dim byd tebyg wedi digwydd imi o'r blaen er fy mod yn credu ym myd yr ysbryd ac yn credu hefyd y gellir, dan rai amgylchiadau, gael cyswllt efo'r byd hwnnw.

'Roedd yn rhaid imi ateb er fy mod yn crynu fel deilen, a'm hofn yn sicr o ddangos yn fy llais.

'"Sut y byddaf yn gwybod pwy ydyw?" holais.

'"Fe fyddi'n gwybod, fe fyddi'n gwybod pan ddaw," oedd yr ateb. "Ond cofia nad wyt i ddweud wrth neb am y sgroliau tan hynny, dim hyd yn oed wrth uchel arglwyddi dy eglwys. Os gwnei di hynny does wybod beth a ddigwydd i ti nac i'th eglwys."

'Ac yna fe aeth, ac er imi alw allan a gofyn rhagor o

gwestiynau a cheisio dweud wrtho nad oeddwn yn deall yr iaith yn y sgroliau, ddaeth o ddim yn ei ôl, a chlywais i ddim byd ganddo, pwy bynnag ydoedd, o hynny hyd y dydd heddiw.

'Drannoeth mi ddois yn gynnar yma i'r eglwys, yn gynnwrf i gyd a datgloi drws y sêff a chaead y blwch ac estyn y sgroliau allan i'w harchwilio'n fanylach. Roeddwn i'n hanner gobeithio na fydden nhw yno, mai wedi breuddwydio'r cyfan neu ei ddychmygu yr oeddwn i. Ond yno yr oedden nhw a phan agorais i'r sgrôl gyntaf ac edrych arni, mi gefais sioc fy mywyd, sioc a wnaeth imi bron iawn lewygu yn y fan a'r lle. Roedd y cyfan oedd arni yn ddealladwy i mi! Roedd y cyfan wedi ei ysgrifennu mewn Ffrangeg, a hwnnw'n Ffrangeg modern!'

Rhaid mod i wedi gwenu rhyw wên o anghrediniaeth pan glywais i hyn achos fe gododd ei law i fyny.

'Na,' meddai, 'peidiwch cymryd y peth yn ysgafn. Rwyf yn gwybod ei bod yn anodd credu, ond rwyf yn adrodd wrthych yn union fel y digwyddodd pethau, a gallwch efallai ddychmygu fy mraw, fy syndod. Nid rhith oedd llais y noson cynt felly; roedd rhyw wyrth yn digwydd o flaen fy llygaid. Meddyliais efallai fy mod i wedi agor sgrôl wahanol pan ddaeth y dringwyr â hwy imi, ond mi gofiais fy mod i wedi agor pob un ohonyn nhw a'r un oedd y marciau neu'r iaith ar bob un.'

'A be oedd wedi ei gofnodi arnyn nhw?' holais, gan deimlo mod i'n siarad yn stiff ac yn annaturiol fel yr oedd o. Ond hwn wedi'r cyfan oedd y cwestiwn pwysig, y cwestiwn tyngedfennol.

'Mae'n ddrwg gennyf, ond allaf i ddim datgelu hynny i chi. Rhaid imi aros nes cael yr arwydd pendant cyn imi eu dangos i neb. Yr wyf i wedi gwneud copi o'r hyn sydd arnyn nhw yn fy llawysgrifen fy hun. Ond gan i chi ymdeimlo â rhyw bresenoldeb pan ddaethoch yma i'r eglwys, gan i chi fynd cyn belled â dweud mai'r hyn oedd yn y blwch oedd achos eich anesmwythyd, fe gewch weld y sgroliau, ond rhaid i chi roi eich gair y cadwch chi hyn i gyd i chi eich hun.'

'Mi wnaf hynny wrth gwrs, gallwch ddibynnu arnaf.'

'Roeddwn i'n meddwl hynny.'

Cododd ar ei draed, tynnodd allwedd o blygion ei fantell ac agorodd ddrws y sêff. Estynnodd y blwch allan a'i agor, ac yno yn gorffwys o'i fewn yr oedd chwe sgrôl hynafol yr olwg. Cododd un allan a'i hagor yn dringar, ofalus i'w dangos i mi, ond roedd o'n ei dal yn rhy bell oddi wrthyf imi allu darllen beth oedd arni, na hyd yn oed allu dyfalu pa iaith ydoedd. Yna rowliodd y sgrôl i fyny yn ofalus a'i dychwelyd at y lleill i'r blwch, cyn tynnu allan swp o bapurau a'u dangos i mi.

'Fel y dywedais i, rydwi i wedi gwneud copi mewn Ffrangeg i mi fy hun a dyma fo, a hynny rhag imi orfod gafael yn y sgroliau o hyd gan eu bod mor fregus. Nid mod i angen copi chwaith gan mod i'n cofio pob gair a ysgrifennwyd, ac mi allaf i roi rhyw syniad i chi beth sydd yn y ddogfen, ond heb ddatgelu gormod chwaith.'

Eisteddodd y ddau ohonom drachefn ar y fainc ac fe gefais yr argraff ei fod yn fwriadol yn dal y papurau fel y gallwn i eu gweld, ac yn naturiol edrychais dros ei ysgwydd ar ei gopi o. Roedd o wedi ei gofnodi ar nifer o dudalennau mewn llawysgrifen ddestlus, dwt, glir.

Yna, cefais sioc. Sioc fy mywyd. Pe bawn i'n sefyll ar fy nhraed rwy'n siŵr y byddai fy nghoesau wedi gollwng oddi tanaf. Roedd y ddogfen wedi ei chofnodi yn Gymraeg, yn fy iaith i, ac yr oeddwn yn gallu ei darllen yn rhwydd.

'Mae'r ddogfen yma wedi ei sgrifennu yn y Gymraeg, yn fy iaith gyntaf i. Dwi'n gallu ei darllen yn iawn,' meddwn gan deimlo fod fy llais wedi mynd yn fach, fach ac yn dod o rywle yng nghefn fy ngwddw.

Yr eiliad nesaf disgynnodd yr offeiriad yn glewt i'r llawr mewn llewyg gan wasgaru'r tudalennau i bob cyfeiriad. Rhuthrais i'w godi a gosod ei draed a'i goesau yn uwch na'i ben fel bod y gwaed yn llifo yn ôl i'w ymennydd. Cymerais un o'r tudalennau a'i hysgwyd o flaen ei wyneb er mwyn creu drafft, ac yn raddol daeth ato'i hun. Cododd yn araf ar ei eistedd tra oeddwn innau'n casglu'r papurau oedd wedi eu gwasgaru ar hyd y llawr ym mhobman.

Fe ddaeth ato'i hun yn gyflym iawn, o feddwl ei fod funud ynghynt yn gorwedd ar y llawr mewn llewyg, gan fy sicrhau nad oedd o damaid gwaeth.

'Mae'n wirioneddol ddrwg gen i imi wneud ffŵl ohonof fy hun fel yna,' meddai. 'Ond mi roisoch chi sioc fawr imi er fy mod i hefyd yn disgwyl hynny. Mi roisoch imi'r arwydd mai chi yw'r un y bûm yn aros amdano ar hyd y blynyddoedd hyn, yr un y dywedwyd wrthyf fyddai'n dod i ddweud beth ddylid ei wneud â'r hyn a gofnodwyd yn y sgroliau, a phan ddigwyddodd hynny, er fy mod i bron yn sicr y gwyddwn i mai chi oedd o, roedd y sioc ar y funud yn ormod i mi!'

'Be dech chi'n ei feddwl, arwydd?' holais. 'Roddais i ddim arwydd o unrhyw fath i chi?'

'Na, nid unrhyw beth wnaethoch chi, ond y ffaith eich bod yn gallu darllen y ddogfen yn eich iaith eich hun. Dyna'r arwydd yr wyf wedi bod yn disgwyl amdano. Fe ddywedwyd wrthyf y byddwn yn gwybod pan ddeuai'r un oedd i fod i weithredu ar sail y ddogfen, a chi yw hwnnw.

Gwyrth y Pentecost efallai yn cael ei ailadrodd ydych chi'n gweld, pawb yn deall ei gilydd. Ac eto wn i ddim chwaith. Mae'n anodd credu mewn Pentecost os ydych chi'n credu'r ddogfen yma. Na, efallai mod i'n ei chamddehongli. Ond mae'r ffaith eich bod chi'n gweld y geiriau fel petaen nhw wedi eu hysgrifennu yn eich iaith chi yn brawf pendant i mi mai chi yw'r anfonedig un. Ac mi fyddwch chi'n gorfod gweithredu ar ôl ei darllen.'

Dyna fo wrthi eto, yn sôn am yr anfonedig un. Anfonedig! Doedd ond un anfonedig yn ôl fy nealltwriaeth i o'r grefydd Gristnogol, a Christ oedd hwnnw. Pam defnyddio'r gair? Ac anfonedig gan bwy? Gan Dduw?

Arswydwn wrth feddwl y fath beth. Ond roedd y gyfrinach yn y ddogfen, a siawns na fyddai darllen honno'n goleuo peth ar y sefyllfa ryfedd ac ofnadwy hon.

'Ond be fydd yn rhaid i mi ei neud? Be fydd y gweithredu yma?'

'Wn i ddim. Wyddoch chithau ddim eto chwaith. Bydd yn rhaid i chi aros i glywed y llais a gwrando arno. Fe ddywed ef wrthych beth ddylech chi ei wneud.'

'Ac os na chlywaf y llais?'

'O, mi glywch chi'r llais. Does dim byd sy'n fwy sicr na hynny. Byddwch yn amyneddgar.'

'Gaf i fynd â'r ddogfen, eich copi chi ohoni, oddi yma efo fi i'r gwesty, i'w darllen wrth fy mhwysau heno a'i dychwelyd i chi fory cyn gadael?' holais gan geisio canolbwyntio ar ymarferoldeb y sefyllfa.

'Na chewch yn bendant. Fiw i'r ddogfen fynd allan o'r eglwys yma. Rhaid i chi ei hastudio yma, yn awr. Ni chymer fawr o dro i chi i'w darllen. Fe fyddwch yn darganfod yn syth nad ei deall a'i chael yn eich iaith eich hun yw'r unig wyrth, ond y byddwch chi hefyd yn gallu ei darllen yn gyflym, yn gyflym iawn, bron mor gyflym ag y bydd y cyfrifiadur yn darllen ffeil, ac o'i darllen fe fyddwch yn cofio pob gair ohoni fel pe baech chi wedi ei dysgu ar eich cof. Neu dyna fy mhrofiad i beth bynnag. Ac wedi ei darllen, a myfyrio ynghylch ei chynnwys, fe ddaw y llais i'ch arwain.'

Roeddwn i'n ceisio ymlid o fy meddwl arwyddocâd ei eiriau, ei ddewis o eiriau – dewisedig, anfonedig, ac ar ôl dod i ben â'i darllen, y byddwn yn aros am arweiniad. Wyddwn i ddim paham mai i mi y datgelwyd ei chynnwys, ond roedd hi'n ddogfen ryfeddol, doedd dim dwywaith am hynny, a gallwn weld ei phwysigrwydd yn sicr. Ond oedd hi'n dweud y gwir? Oedd hi'n cofnodi gwirionedd? Oedd yna wirionedd ynddi o gwbl ynteu ai cynnyrch dychymyg rhywun oedd hi?

Tra oeddwn i'n ei darllen yn swyddfa'r offeiriad, roedd o yn brysur yn mynd o gwmpas ei bethau. Daeth yn ei ôl fel yr oeddwn i'n gorffen a chymryd y papurau a'u gosod yn ôl yn ofalus yn y blwch a chloi'r sêff.

Wnaeth o ddim gofyn i mi am fy adwaith, diolch am hynny. Yn wir fe ges i'r argraff nad oedd o eisiau gwybod fy meddyliau na'm penderfyniad beth i'w wneud. Fyddwn i ddim yn gwybod beth i'w ddweud wrtho pe bai o wedi gofyn. Yn hytrach fe'm harweiniodd o'r swyddfa ac at ddrws yr eglwys. Roedd o'n awyddus i mi fynd dwi'n meddwl, yn falch o roi'r cyfrifoldeb am y ddogfen ar ysgwyddau rhywun arall a chael gwared o'r cyfrifoldeb ei hun. Ond doedd drama'r bore ddim ar ben eto! O nac oedd!

Cerddodd y ddau ohonom yn araf at ddrws yr eglwys a sefyll yno i ffarwelio.

A dyna pryd y digwyddodd! Yn ddisymwth, ddirybudd, fel taranfollt, fe agorodd drysau dwbwl yr eglwys led y pen fel pe bai rhyw ysbryd dieflig wedi eu hyrddio'n agored, a rhuthrodd corwynt dychrynllyd i mewn gan fy nhaflu i a'r offeiriad i'r llawr. Chwyrlïodd a rhuodd y gwynt o gwmpas yr eglwys fel anifail gwallgof neu bentecost afreolus. Am eiliad neu ddau roedden ni mewn cymaint o sioc fel na allem symud, fel pe baen ni wedi ein taro gan ryw rym anhygoel. Yna llwyddodd y ddau ohonom i godi'n afrosgo araf ar ein traed a chilio i'r gornel i swatio, ac oddi yno gwelsom y cerflun o'r Forwyn Fair yn cael ei hyrddio o'i silff yn wal bella'r eglwys nes y disgynnodd yn glec ar y fedyddfaen a chracio honno yn ei hanner. Roedd fel pe bai llaw gref rhyw berchennog lloerig, arallfydol yn bwrw ei ddialedd ar y lle, fel pe bai rhyw gawr anweledig, rhyw ddiafol yn sarnu a chwalu'r cyfan oedd yn yr adeilad. Yr eiliad nesaf hyrddiwyd y Crist ar ei groes i lawr ar ben yr allor nes hollti honno'n ddau. Chwythwyd y cwareli allan o'r holl ffenestri fel pe bai bom anferth wedi ffrwydro yng nghanol yr adeilad a chwalwyd y gwydr yn ddarnau mân fel conffeti i bob cyfeiriad, i mewn ac allan. Maluriwyd yr organ a'r seddau yn union fel pe bai bwyell rhyw ynfytyn ar waith arnyn nhw. Yr oedd dinistr neu ddialedd arswydus ym mhobman. A thrwy gydol yr amser tra oedd yr anrheithio'n digwydd, swatiai'r offeiriad a minnau ar ein cwrcwd yng nghongl yr adeilad gan godi ein breichiau rhag y grym afreolus, rhyfedd hwn oedd wedi ymosod ar yr eglwys.

Ac yna, yr un mor ddisymwth ag y dechreuodd, fe beidiodd. Tawelodd y sŵn a daeth llonyddwch annaturiol i derynasu dros y fan, y llonyddwch hwnnw a ddaw wedi galanastra lle nad oes dim yn digwydd, dim yn symud am rai munudau, dim ond llwch yn codi'n llesmeiriol ddistaw o adfeilion. Cododd yr offeiriad ar ei draed a cherddodd yn araf i lawr i flaen yr eglwys ac astudio'n agosach yr alanas o gwmpas yr allor, i edrych mewn syndod a rhyfeddod ac arswyd a gofid ar y dinistr a wnaed i'w eglwys, i eglwys oedd cyn y chwalfa fawr yn batrwm o drefn a glanweithdra, o chwaeth ac awyrgylch. Ond yr oeddwn i wedi cael mwy na digon, ac ar yr adeg honno roedd yr awydd i ffoi yn gryfach na dim arall, a doedd dim llyffethair yn fy nal yn ôl bellach. Felly ymlwybrais yn simsan megis dyn meddw allan drwy'r drws o'r eglwys gan ymbalfalu fel dyn dall am un o'r meinciau oedd yn y sgwâr tu allan. Eisteddais arni gan fwmblan geiriau a ddysgais rywdro o waith Cynan dan fy ngwynt:

Pan ddaw yr ysbryd sanctaidd
Fe ddaw fel nerthol wynt . . .

Ac yno yr oeddwn i, yn eistedd yn syfrdan lonydd ar y fainc, yn mwmian i mi fy hun fel gwallgofddyn pan ddaeth Bethan o hyd imi, a'i llais hi ddaeth â mi ataf fy hun.

'Be ar y ddaear sy'n bod arnat ti? Rwyt ti'n edrych fel taset ti wedi gweld ysbryd!'

'Mi rydw i, Bethan, mi rydw i!'

7

Rwy'n cofio pob gair o'r ddogfen, er mai yno, yn yr eglwys yn La Clusaz y darllenais hi. Doedd dim cyfle hyd yn oed i wneud nodiadau, ac yn y diwedd doeddwn i mo'u hangen. Na, rhan o'r wyrth, fel y crybwyllodd y Tad

Joshua, oedd cofio pob gair, ac fe ddylai hynny ynddo'i hun fod yn brawf o'i dilysrwydd. Felly dyma hi, air am air fel y darllenais i hi yn Gymraeg, er mai mewn Ffrangeg y cofnododd y Tad Joshua hi, ac mai mewn Aramaeg neu ryw iaith ddieithr arall y cyfansoddwyd hi'n wreiddiol.

Does dim rhaid imi bwysleisio ei bod ar hyn o bryd yn ddogfen gyfrinachol. Gan iddi gael ei hymddiried i mi, rwyf am iddi barhau yn gyfrinach nes y byddaf wedi penderfynu beth i'w wneud a sut i weithredu ar sail ei chynnwys.

Gorfodaeth a osodwyd arnaf i gofnodi'r gwir a dim ond y gwir, i gofnodi yr hyn ddigwyddodd fel y digwyddodd heb ymatal na gorliwio, i beidio celu dim, canys bûm yn glust i ddichell, i gynllwyn dieflig, ac rwy'n defnyddio'r gair dieflig yn fwriadol, er mai i bob ymddangosiad, pobl dda, pobl yr oedd gan lawer ymddiriedaeth lwyr ynddynt oedd yn gyfrifol amdano, a bwriadau da oedd ganddynt mae'n debyg.

Ond y gwir a saif, ac os byth y daw yr hyn a ysgrifennaf i ddwylo darllenydd neu ddarllenwyr, fe fyddan nhw'n gwybod mai dyma'r gwir am yr hyn ddigwyddodd yn Jerwsalem yr wythnos fythgofiadwy honno. Mae'n bosib wrth gwrs nad fy fersiwn i o'r stori wêl olau dydd ac a ddaw i feddiant pobl, ac y bydd fersiwn arall sy'n rhan o'r ddichell wedi cylchdroi a gwasgaru drwy'r byd yn hytrach na fy un i. Ond yr ydw i yn gredwr cryf mewn dweud y gwir, mewn adrodd am bethau yn union fel y digwyddon nhw, ac os yw hynny'n mynd i arwain at fy marwolaeth i yn y diwedd, bydded felly. Hwyrach ryw ddiwrnod y gwêl rhywun y ddogfen hon a dod i wybod, nid yn unig beth ddigwyddodd yn Jerwsalem, ond beth ddigwyddodd i mi.

Wn i ddim oes gen i'r nerth i ysgrifennu chwaith. Mae misoedd ers pan fu'n rhaid imi ffoi am fy mywyd o Jerwsalem, ac maen nhw wedi bod yn fisoedd o hunlle ac anobaith, o grwydro diamcan, digyfeiriad. Na, nid o grwydro diamcan chwaith ond o guddio ar y ffordd, o symud yn llechwraidd o lech i lwyn, o edrych i'r dde a'r chwith, ôl a gwrthol, rhag ofn bod rhywun yn fy nilyn, rhag ofn imi gael fy nal. Ac nid wyf am geisio dwyn i gof na chofnodi hunllefau'r teithiau ar y môr, nes cyrraedd o'r diwedd i'r wlad fawr wastad hon. Crwydro hon wedyn i chwilio'n ddyfal am fynyddoedd, am greigiau, am le i lechu dros dro neu'n barhaol ynddo, nes dod o hyd yn y man i nodded yn yr ogof hon yn uchel i fyny yn y mynyddoedd. A rhaid imi ymdrechu i ysgrifennu cyn i'r nerth ballu a chyn i'r meddwl fynd ar chwâl.

Mae fy mywyd ar ben, welaf i byth mo ngwraig na'm plant eto. Chaf i byth adrodd cerddi Seion wrthyn nhw na throsglwyddo treftadaeth gyfoethog ein Hiddewiaeth iddyn nhw. Chaf i byth ddathlu Gŵyl y Bara Croyw na'r Pasg efo nhw eto, byth fwynhau'r Shabbat yn y synagog, byth ddarllen sgroliau'r Torah. Ni fydd Yom Kippur a'r Sukkot a Rosh Hashanah ond atgofion pell yn nyfnderoedd annelwig fy mhrofiadau.

Ond gorfodaeth a roddwyd arnaf, rwy'n teimlo hynny ym mêr fy esgyrn, gorchymyn i adrodd yr hyn ddigwyddodd yn union fel y digwyddodd.

Rwy'n weddol gysurus yn yr ogof yma, yn uchel i fyny yn y mynyddoedd, yn cael fy nghynnal gan y bywyd gwyllt sydd o'm cwmpas. Mae rhyw gymaint ohono o fewn fy ngafael, mae hi'n dymor ffrwythau ar ambell goeden gam, ac mae llysiau o fath yn tyfu o gwmpas hefyd ar gramen ddidostur y graig; mae rhai anifeiliaid bychain yn byw yma, hawdd eu dal a digon blasus eu cig, ac mae ffynnon o ddŵr yn tarddu ym mhen draw'r ogof. Mi fyddaf yn burion. Ac yma yn yr ogof, fel pe baent wedi eu darparu ar fy nghyfer, y mae crwyn sychion anifeiliaid, i'm cadw'n gynnes yn y tywydd oer, a rhai wnaiff y tro fel sgroliau i ysgrifennu arnynt, a gallaf yn hawdd gynhyrchu inc a chwilsen fy hun o'r deunydd crai sydd ar gael yma. A yw llaw rhagluniaeth yn rhoi'r pethau hyn imi, ynteu ai ffawd sy'n gyfrifol tybed? Nid wyf well o geisio dyfalu. Mae'r deunydd crai yn bod, a gallaf felly fynd ati i gofnodi'r hanes fel y digwyddodd o yn Jerwsalem yn ystod wythnos fawr y Pasg.

Ac yn awr am fy stori, na nid stori, fy nghronicl, fy adroddiad ffeithiol, fy nhestament o'r hyn ddigwyddodd.

Roeddwn i wedi bod yn ddilynwr o bell i Iesu ers peth amser. Wedi clywed llawer o sôn amdano yn y pentref yr oeddwn i'n byw ynddo, wedi ei weld yn cerdded y wlad gyda chriw o ddilynwyr, wedi ei glywed fwy nag unwaith yn pregethu. Wedi clywed hanesion amdano'n iacháu, hyd yn oed yn codi'r meirw o'u beddau, yn herio rhai o gyfreithiau sanctaidd yr Iddewon, ond doeddwn i'n rhoi fawr o goel ar y rhan fwyaf o'r hanesion hyn, yn enwedig y rhai anhygoel, pethau oedden nhw a sibrydid yn y glust ac a oedd yn cael eu hailadrodd ar bennau'r tai, a phawb yn dod i wybod amdanynt wedyn. Rhyw greadur ar ymylon y dorf oeddwn i a chwilfrydedd yn fwy na chred ynddo oedd yn fy ngwneud yn ddilynwr o bell. Fûm i erioed yn agos ato, ddim yn ddigon agos ato i gyffwrdd ei wisg er bod hynny'n uchelgais y rhan fwyaf o'r rhai oedd yn ei ddilyn cyn belled ag y gallwn i weld.

Ond doedd o, wedi'r cyfan, yn ddim ond un o liaws o broffwydi hunan-apwyntiedig eraill oedd yn crwydro'r wlad gyda'u dilynwyr, yn damcaniaethu a thraddodi fel pe bai'r goleuni am fywyd a'i bwrpas a'i bosibiliadau ganddyn nhw. Roedden nhw'n lleng yng Ngwlad Canaan, a'u dilynwyr yn lluosog. Ac eto roedd hwn yn wahanol. Fel pe bai ei holl raglen wedi ei chynllunio'n well rywsut. Roedd ganddo nifer fechan o ddilynwyr ffyddlon a rhaid gen i mai y rheini oedd yn gwneud y cynllunio drosto, ac yn sicrhau bod ei weithrediadau a'i weithgareddau yn cyd-fynd â'r hyn oedd wedi ei ysgrifennu yn y proffwydoliaethau. Dyna oedd ymgais y crwydrwyr gwlad hyn i gyd ond roedd hi'n ymddangos fod dilynwyr hwn yn llwyddo'n well na'r lleill i wneud i'r cyfan swnio'n ddiffuant, ac i ledaenu straeon anhygoel amdano'n iacháu cleifion a gwneud pob math o driciau a gwyrthiau.

Roeddwn i wedi penderfynu ers tro y byddwn yn mynd, pan allwn i, i Jerwsalem i ddathlu'r Pasg, a phan ddaeth yr alwad mi ymatebais iddi'n syth. Ie, galwad ydoedd. Daeth drosof ryw ddiwrnod yr awydd angerddol yma i fynd, awydd a mwy nag awydd, rhyw orfodaeth fel pe bai'n cael ei gosod arnaf oddi allan i mi fy hun. Allwn i ddim disgrifio'r peth, dim ond ymateb, gadael fy ngwaith, fy nheulu, y cyfan, a mynd. Fel mae'n digwydd roeddwn i wedi colli golwg ar Iesu am ei fod wedi symud i'r de, i Jiwdea, a minnau'n byw yn y gogledd yng Ngalilea, yn Cesarea Philipi. Yn ôl y sôn roedd o'n symud tuag at Jerwsalem am ei fod yntau, mae'n debyg, am fynd yno i ddathlu'r ŵyl, ac roeddwn i'n ymwybodol fod a wnelo'r alwad a gefais rywbeth i'w wneud â'r ffaith ei fod yntau ar ei ffordd i'r brif ddinas.

Mi gyrhaeddais yno mewn da bryd, cyn y dydd Saboth gan fod yna gyfyngu ar deithio y diwrnod hwnnw, a chlywed, fel y clywodd llawer ohonom yn y ddinas, o fewn rhai cylchoedd beth bynnag, fod y Meseia yn gorymdeithio i Jerwsalem ar ddydd cyntaf yr wythnos.

O'r diwedd, efallai, roedd gwawr rhyddid yn torri ar ein cenedl, a'r iau estron ar fin cael ei symud oddi ar ein hysgwyddau. O, fel yr oedden ni wedi bod yn dyheu am y Meseia i ddod i'n harwain i ryddid, i'n harwain i fuddugoliaeth. Yr oedd yna ddisgwyl mawr amdano, y rhyfelwr gwych, yr arweinydd cadarn oedd yn mynd i ddileu'r gwarth a'n codi'n genedl fyddai'n gallu sefyll ar ei thraed ei hun yn y byd. Oedden, yr oedden ni, y rhai oedd yn Iddewon brwd a chenedlaeth-olwyr cadarn, yn dyheu am weld gwawr ein rhyddid yn torri dros orwelion ein bywydau ac yn goleuo cwmwl ein goresgyniad.

Naddo, rhaid imi gyfaddef, wnes i ddim am eiliad ddychmygu mai yr Iesu yr oeddwn i'n ddilynwr o bell iddo oedd y Meseia arfaethedig. Yn ôl a glywais, gŵr y dadleuon a'r ymresymu oedd o, gŵr y cydymdeimlo a'r iacháu, nid rhyfelwr ar farch yn barod i arwain cenedl i faes y gad. Ac felly pan ddilynais i'r dyrfa oedd yn mynd yn gynhyrfus tua phorth y ddinas i ddisgwyl y Meseia, roeddwn i'n disgwyl clywed sŵn trybestod march yn carlamu ar hyd cerrig y ffordd a ieuenctid milwriaethus strydoedd cefn Jerwsalem yn aros yn swnllyd ac afreolus i'w groesawu.

Ond torf lednais fonheddig oedd yno gyda changhennau'r palmwydd ac nid arfau rhyfel yn eu dwylo. Gwir ei bod yn ddiwrnod eitha poeth, ond dim mor boeth â hynny chwaith, dim digon poeth i fod angen cysgodi dan ddail palmwydd.

Yna, fe ddaeth, yr un y bu hir ddisgwyl amdano ac roedd sŵn a chyniwair ymysg y dorf ac ambell un oedd yn sefyll ar le manteisiol uwchben y ffordd yn gweiddi, 'Dacw fo'n dod. Mi rydw i'n ei weld o.' Ac fe ddaeth, ond nid yn rhyfelwr ar farch, yn gorfod ymladd yn erbyn tuthio carlamus ceffyl porthiannus, ond yn ddyn dinod ar gefn ebol asyn, yn marchogaeth yn araf a distaw fel unrhyw deithiwr cymharol dlawd arall ar ei ffordd i'r ddinas. Gwelais ar unwaith mai Iesu oedd o, doedd dim modd camgymryd yr wyneb main hir a'r clogyn oedd amdano'n wastadol. O'i ôl yr oedd nifer o ddynion garw eu gwisg a'u gwedd ac fel yr oedden nhw'n dynesu at borth y ddinas dyma rai ohonyn nhw yn dechrau gweiddi: 'Bendigedig yw yr hwn sydd yn dyfod yn enw yr Arglwydd.' Wrth gwrs dyna'r dyrfa yn dechrau gweiddi wedyn. Mor hawdd yw arwain tyrfa i wneud unrhyw beth, a chyn pen dim roedd pawb yn gweiddi 'Bendigedig yw yr hwn sydd yn dyfod yn enw yr Arglwydd' a 'Hosanna i Fab Dafydd' ac yn taflu'r canghennau palmwydd yr oedden nhw'n eu cario ar y llawr o flaen traed yr asyn. Ac yn sŵn y bonllefau hyn y marchogodd Iesu i Jerwsalem a'r dail palmwydd yn garped gwyrdd dan draed yr asyn.

Tyrrodd yr holl bobl i'r ffordd wedyn i ddilyn Iesu i mewn i'r ddinas a chefais fy ngadael yn bell y tu ôl.

Doedd gen i ddim diddordeb arbennig mewn dilyn beth bynnag, gan y gwyddwn bron i sicrwydd mai i'r deml yr âi Iesu a'i ddilynwyr ar eu hunion, gydag amryw ohonyn nhw mae'n ddiamau yn cael eu cip cyntaf ar y deml. Dyna oedd gweithred gyntaf y rhan fwyaf o'r pererinion a ddeuai i'r ddinas adeg y Pasg. Mynd yno i gyfnewid arian, i brynu anifeiliaid ac adar ar gyfer eu hoffrymu, mynd yno i sawru'r awyrgylch a hynny hyd yn oed cyn chwilio am eu llety.

Yn hwyrach y noson honno fe glywais yn union beth ddigwyddodd. Nid wedi mynd i'r deml i brynu colomen neu i gyfnewid arian, nac i bregethu chwaith yr oedd Iesu, ond wedi mynd yno i godi twrw. Roedd o, yn ôl yr hanes, wedi achosi anhrefn llwyr yno, wedi dymchwel byrddau'r cyfnewidwyr arian, wedi herio awdurdodau'r deml, wedi creu cythrwfl oedd yn ei wneud yn debycach i Feseia, ond mai yn erbyn awdurdod y deml a'r Sanhedrin yr oedd yn brwydro nid yn erbyn y Rhufeiniaid. Mi fuasai'n llawer gwell iddo ddefnyddio ei sêl a'i frwdfrydedd yn eu herbyn nhw nag yn erbyn pobl o'i genedl ei hun. Roedd o fel pe bai'n herio'r awdurdodau i'w gymryd i'r ddalfa, yn dymuno i hynny ddigwydd.

Wrth gwrs, fe fyddai'r holl broffwydi bach a mawr a ddeuai i Jerwsalem gyda'u dilynwyr yn tynnu sylw atynt eu hunain, ond ar yr un pryd yn cadw'n ofalus yr ochr iawn i'r gyfraith, yr ochr iawn i'r sefydliad, gan nad oedd carchardai Jerwsalem, yn ôl y sôn, yn lleoedd y byddai unrhyw un eisiau treulio awr heb sôn am ddyddiau ynddyn nhw.

Fe glywais hyn oll gan gyfeillion. Roeddwn i wedi cael lle cyfleus i aros, a fin nos wrth eistedd ar ben y tŷ yn mwynhau'r gwmnïaeth, roedd yr hanesion a'r straeon yn llifo gymaint â'r gwin, ac yn mynd yn fwyfwy eithafol fel yr âi'r nos yn ei blaen.

Drannoeth mi roedd ffawd o'm tu, os oedd hi hefyd. Ffawd neu fwriad y tu hwnt i'm deall i. Ond os ffawd ydoedd, fe allwn i ddadlau mai yn fy erbyn i yr oedd, gan mai drannoeth y digwyddodd yr hyn a roes gychwyn i'r holl broses a arweiniodd yn y diwedd at y ffoi gwallgof i'r fangre hon rhag imi gael fy lladd. A hyd yn oed yn y fan yma dydw i ddim yn teimlo'n ddiogel; yn gwrando ar bob smic, ar bob hyrddiad o'r gwynt, ar bob carreg sy'n treiglo i lawr y llethr, yn enwedig yn y nos pan nad oes ond düwch yn cau amdanaf ac unigrwydd yn rhywbeth mor sylweddol fel y gallwn bron afael ynddo.

Ond yn ôl at fy stori. Roeddwn i'n cerdded trwy un o erddi Jerwsalem, gardd ychydig o'r neilltu o ganol y ddinas, gardd oedd yn tyfu'n wyllt. Chwilio am lwybr hwylus yn ôl i'r canol yr oeddwn i ac wedi colli fy ffordd. Fel arfer mae gen i synnwyr cyfeiriad ardderchog; yn wir, oni bai amdano, mae'n sicr na fyddwn wedi llwyddo i ddod i'r ogof yma, wedi llwyddo i ddod i'r wlad yma yn y lle cyntaf, efallai.

Beth bynnag am hynny, wrth imi wthio fy ffordd drwy'r drain a'r drysi yn yr ardd fe glywais leisiau, lleisiau oedd yn swnio fel pe baent yn cynllwynio rhywbeth, lleisiau tawel, bygythiol. Arhosais i weld o ba gyfeiriad yr oedd y sŵn yn dod a phwy oedd yn siarad. Gan fy mod i'n greadur llawn chwilfrydedd gwthiais fy ffordd yn ofalus drwy'r llwyni i gyfeiriad y lleisiau, ac yna fe'u gwelais. Iesu a'i griw bach o ddilynwyr oedd yno, yn eistedd ar y glaswellt mewn llannerch glir yng nghanol y prysgwydd, yn plygu eu pennau ymlaen ac yn trafod rhywbeth o bwys mawr mae'n amlwg.

O, na faswn i wedi mynd oddi yno y funud honno, wedi sylweddoli nad oedd o ddim o'm busnes i i wybod am beth y siaradent. Ond roedd yna rywbeth yn gyfareddol yn yr Iesu hwn, rhywbeth oedd yn ei wneud yn wahanol i unrhyw un arall a gyfarfûm erioed; roedd yna ryw ddiniweidrwydd, rhyw galedwch, rhyw benderfyniad, rhyw styfnigrwydd ynddo oedd yn ei osod ar wahân i bawb arall. Ac yr oedd rhyw rym yn mynnu fy mod yn aros yno.

Y fo oedd yn siarad mewn llais nad oedd fawr uwch na sibrydiad, ond, yn awyrgylch dawel yr ardd, gallwn glywed a deall pob gair a lefarai.

'Os na chymerodd yr awdurdodau fi i'r ddalfa am ddinistrio marchnad y deml, am beth y maen nhw'n debyg o wneud 'te? Rwy'n siomedig, yn siomedig iawn. Mae ein cynlluniau wedi mynd i'r gwellt.'

'Dim o gwbl, dim o gwbl,' meddai un o'r dilynwyr. 'Rhaid inni ddal i drio. Rhaid inni ddyfalbarhau. O'm rhan fy hun rydw i'n falch na ddigwyddodd dim. Mi wyddost fy nheimladau i, Iesu. Fynnwn i er dim i rywbeth ddigwydd i ti; mae'r cynllun i gyd yn un gwallgo taset ti'n gofyn i mi.'

'Mi wn i, Ioan,' atebodd Iesu. 'Mi wn sut yr wyt ti'n teimlo. Ond rydw i wedi penderfynu, ryden ni i gyd wedi penderfynu sut mae pethau i fod ac mae hi'n rhy hwyr i droi'n ôl yn awr. Rhaid inni gyflawni'r hyn ddywedodd y proffwydi. Mae geiriau Sechareia am yr orymdaith i Jerwsalem eisoes wedi ei chyflawni, a'r deml wedi ei glanhau. Rhaid cynllunio ymlaen ar gyfer y dyddiau nesaf a'r proffwydoliaethau eraill.'

'Wela i ddim ond un ffordd,' meddai un arall o'r dilynwyr. 'Rhaid i ti fynd o dy ffordd i wrthwynebu'r Sadiwceaid, yr Herodoniaid, y Phariseaid, pob sect sy'n perthyn i'r sefydliad. Rhaid i ti ymosod ar eu safbwynt, ar eu syniadau, a rhaid i ninnau ledaenu'r neges drwy'r ddinas dy fod yn dweud mai ti yw'r Meseia, mai ti yw Brenin yr Iddewon. Ac os daw hi'n fater o lys barn rhaid i ti beidio gwadu mai'r Meseia wyt ti.'

'Wna i ddim gwadu, ddweda i ddim, rwy'n bwriadu cyflawni proffwydoliaeth Eseia – "fel y tau dafad o flaen y rhai a'i cneifient, felly nid agorodd yntau ei enau." '

'Da iawn, Iesu,' meddai un arall. 'Syniad da oedd inni fynd ati o'r dechrau i gyflawni proffwydoliaethau. Mae o'n gwneud i bopeth swnio gymaint yn fwy dilys. Y cam nesa felly yw gwneud digon i ffyrnigo'r awdurdodau fel y byddan nhw am dy ddwyn i'r ddalfa.'

'Ie, Iago,' meddai un arall. 'A dyna pryd y bydd yn rhaid i ti, Jwdas, chwarae dy ran a mynd at yr awdurdodau i ddweud wrthyn nhw ble i gael gafael ar Iesu. Fyddan nhw ddim eisiau gwneud rhyw sioe fawr a mynd o gwmpas y tai yn taflu pobl o'u gwlâu gefn nos. Mi fyddan nhw eisiau gwneud popeth yn dawel, yn y dirgel.'

'Ac yna?' holodd un o'r lleill, oedd wedi cadw'n dawel hyd yn hyn.

'Yna, mi fyddaf yn ymddangos gerbron y Sanhedrin,' atebodd Iesu. 'Ac os byddwn ni'n llwyddiannus fe gaf fy nedfrydu i farwolaeth a chaf fy nghroeshoelio.'

'Marwolaeth gïaidd. Y farwolaeth fwyaf cïaidd y gall dyn ei dychmygu. Wyt ti'n siŵr dy fod yn mynnu mynd ymlaen â'r cynllun? Dydi hi ddim yn rhy hwyr i dynnu'n ôl, i newid cynlluniau.'

'Does yna yr un ffordd arall. Dyma'r unig ffordd y gallaf brofi mod i'n wahanol i bawb arall.'

'Wnaiff hynny ddim digwydd wrth iti farw. Mae yna ddigon wedi marw gan feddwl eu bod yn wahanol i bawb arall. A beth yw eu hanes erbyn hyn? Dim sôn amdanyn nhw. Rhaid iti atgyfodi hefyd.'

'Mae'r cynlluniau ar gyfer hynny eisoes wedi eu gwneud. Ond cofiwch, bydd yn rhaid imi fynd gerbron y rhaglaw Rhufeinig i gadarnhau'r ddedfryd, i gael fy nhraddodi i'm croeshoelio.'

'Fydd dim problem yn y fan yna. Unrhyw beth i gael llonydd a bywyd tawel; dyn felly yn ôl y sôn yw Peilat.'

Dyna pryd y sathrodd fy nhroed ar frigyn crin nes creu twrw oedd yn swnio'n fyddarol yn nhawelwch yr ardd.

'Beth oedd y sŵn yna?' holodd un yn gyffrous.

Trodd Iesu a'r criw i edrych yn syth i'm cyfeiriad, a chefais eiliadau o arswyd gwirioneddol. Pe bawn i'n cael fy nal, a hwythau'n tybio fy mod i wedi clywed yr hyn oedd yn cael ei drafod, mi fydden nhw'n siŵr o'm lladd.

Yn ffodus, ar yr union eiliad honno, cododd y gwynt, a daeth awel i siglo'r coed a'r llwyni.

'Dim ond siffrwd y gwynt yn y dail,' atebodd un arall o'r criw, a throdd pawb yn eu hôl i barhau'r drafodaeth. Gollyngais innau ochenaid o ryddhad.

Ond roedd yn hen bryd i mi encilio o'r fan. Roeddwn wedi clywed digon, ac roedd yna berygl gwirioneddol y byddwn yn cael fy nal. Felly, gan nad oedd unrhyw rym yn fy nghadw yno, yn ofalus, gam wrth betrus gam, llithrais drwy'r drysni nes fy mod yn ddigon pell oddi wrthynt, ac yn ffodus ddiarwybod i mi, dilynais lwybr oedd yn arwain yn syth allan o'r ardd ac i un o strydoedd y ddinas.

Rhyw achlust o beth ddigwyddodd ddaeth imi yn ystod y dyddiau nesaf. Clywed am Iesu'n pregethu, yn dysgu'r bobl, straeon yn tyfu ar strydoedd Jerwsalem fod yr Iesu hwn yn galw ei hun yn Feseia, yn Frenin yr Iddewon, clywed amdano ef a'i ddilynwyr yn mynd i edrych am ffrindiau mewn pentref y tu allan i'r ddinas ac yna am ei ddilynwyr yn paratoi gwledd ar ei gyfer mewn ystafell arbennig yn y ddinas. Minnau, wedi cael gwared â'r teimlad o reidrwydd, yn mwynhau'r rhyddid i grwydro'r ddinas ac ymweld â'i llecynnau hanesyddol fel y mynnwn.

Ar y nos Fercher, mi fûm i'n ffodus ac yn anffodus, mi gefais lwc ac anlwc. Mi glywais y byddai Iesu a'i ddilynwyr, ar ôl iddyn nhw fwyta'r wledd, yn mynd i ardd Gethsemane, un o erddi enwog y ddinas. Mynd yno i weddïo a myfyrio yn ôl y sôn, mynd yno i gynllunio a chynllwynio meddyliais innau, a chan imi deimlo'r orfodaeth i ddilyn yn dychwelyd, fe benderfynais y byddwn yn gwneud hynny ac yn ceisio clustfeinio drachefn ar yr hyn oedd yn cael ei drafod.

Ond mi fûm i'n anlwcus hefyd. Yn ystod y nos collais fy nillad i gyd. Fe'u lladratwyd gan rywun cwbl anystyriol fel nad oedd gen i yr un cerpyn i'w wisgo, nac oedd, yr un cerpyn, ac yr oedd fy arian yn brin, wedi dod â digon i'm cynnal am yr wythnos ond dim ar gyfer rhywbeth fel hyn. Mi gefais fenthyg darn o liain gan ŵr y tŷ lle'r oeddwn i'n aros, digon, o leia i guddio fy noethni. A fyddai neb yn sylwi llawer arnaf wrth imi fynd o gwmpas y ddinas gan fod tlodion a gwehilion y gymdeithas yn gwisgo rhywbeth yn debyg wrth grwydro'r strydoedd, ac roedd digon o bobl felly mewn dinas fawr boblog fel Jerwsalem. Gartref yn Cesarea Philipi byddai pethau'n wahanol a phawb yn edrych arnaf mewn syndod. Gellir bod yn ddyn gwahanol mewn dinas fawr. Ond diolch nad oedd y tywydd yn oer.

Aros i mewn wnes i yn ystod y dydd, a dim ond picio allan pan oedd raid. Ond erbyn y min nos, roeddwn wedi gosod fy hun mewn cilfach dywyll, gysgodol ger y fynedfa i ardd Gethsemane. Wyddwn i ddim a ddeuai Iesu a'i ddilynwyr y ffordd honno; doedd gen i ond un o amryw straeon a chleber y ddinas i ddibynnu arni.

Ond yn wir i chi, a hithau'n dechrau nosi dyma'r criw yn dod, Iesu ar y blaen a'i ddisgyblion y tu ôl iddo. Minnau'n dilyn yn llechwraidd tra ceisient hwythau lannerch agored – debyg i'r un yn yr ardd arall, cyn eistedd yn gylch ar y glaswellt.

'Ai hwn yw'r lle, Jwdas?' holodd Iesu.

'Ie, hwn yw'r lle.'

'Chefaist ti ddim anhawster felly?'

'Dim o gwbl.'

'Roedden nhw'n credu dy stori?'

'Oedden, mi ddwedais i wrthyn nhw fy mod wedi fy siomi ynot ti, nad oeddwn i'n gweld fawr o siâp arnat ti fel arweinydd. Mi ddwedais hefyd dy fod yn fygythiad i'r genedl, i'r deyrnas, ac yn mynd o gwmpas yn meddwl amdanat dy hun fel Brenin yr Iddewon.'

'Ydyn nhw wedi penderfynu fy nghymryd i i'r ddalfa?'

'Ydyn. Ac mi ddaw'r milwyr i dy gyrchu yn y nos heno. Mae yna gytundeb fy mod i i ddangos pa un wyt ti drwy dy gusanu – er y bydd pawb yn dy nabod siŵr o fod.'

'Pryd yn union maen nhw'n dod?'

'Yn fuan ar ôl iddi dywyllu; does gynnon ni fawr o amser i aros.'

'Ac y mae gweddill y cynlluniau wedi eu gwneud?'

'Ydyn,' atebodd un arall o'r criw. 'Mae un o'th ddilynwyr yn Jerwsalem – Joseff o Arimathea – wedi addo benthyg ei fedd i ti, am dridiau, digon o amser i ni drefnu i ddwyn dy gorff a'i gladdu mewn man arall, a lledaenu'r stori am dy atgyfodiad. Ond mae o'n torri nghalon i i drafod dy farwolaeth fel hyn mewn gwaed oer fel tase fo'r peth mwya naturiol yn y byd.'

'Mae marwolaeth yn rhywbeth naturiol, ac mae'r achos yn bwysicach na'r unigolyn, Pedr,' atebodd Iesu.

'A pha achos ydi hwnnw sy mor bwysig 'te?'

'Pedr, Pedr, wyt ti wedi bod efo fi cyhyd heb ddeall? Achos cariad – dangos mai cariad yw Duw.'

'Wel tydw i ddim yn deall sut mae dy ladd di a dy gladdu di a chynllwynio dy atgyfodiad yn mynd i ledaenu achos cariad.'

'Nac wyt, Pedr, mae llawer o bethau nad wyt ti'n eu deall. Ond rhaid i bobl gael y prawf gweledol bob amser, dyw syniad ddim yn ddigon ganddyn nhw, rhaid cael ffeithiau caled. A chreu ffeithiau er mwyn iddyn nhw gredu rhywbeth sy'n wir, dyna ydyn ni yn ei wneud.'

Roedd hi'n mynd yn hwyr, yn ganlle'r nos erbyn hyn, a chiliais beth oddi wrthyn nhw wedyn rhag ofn imi gael fy ngweld, ac roedd hi'n amlwg nad oedd camau pellach mewn cynllwynio yn digwydd ac mai ceisio perswadio Iesu i beidio mynd ymlaen â'i fwriad i roi ei hun yng ngafael yr awdurdodau yr oedden nhw.

Yna, a minnau wedi hepian cysgu o dan lwyn mewn lle cysgodol cyfforddus, fe'm deffrowyd yn llwyr a sydyn pan glywais drwst arfau, a martsiodd nifer o filwyr i mewn i'r ardd a mynd yn syth at y criw yn y llannerch.

Euthum yn ôl i fy nghuddfan flaenorol a gwelais yr un oedd yn cael ei alw'n Jwdas yn taro cusan ar foch Iesu a'r milwyr yn ei ddal a'i glymu cyn ei hanner llusgo allan o'r ardd. Ffoi i bob cyfeiriad wnaeth y dilynwyr – ffoi am eu bywydau, ffrindiau tywydd teg meddyliais i mi fy hun, ond y tebyg oedd y bydden nhw rywle yng nghyffiniau'r llys y noson honno, yn cymryd arnynt nad oedd a wnelo nhw ddim ag o. Ac eto pwy oeddwn i i'w beirniadu? Onid felly yn union y byddwn innau wedi ymddwyn pe bawn i'n un o'i ddilynwyr agos?

Dilynais y milwyr er mwyn cael syniad i ble roedden nhw'n mynd â fo a beth oedd yn mynd i ddigwydd, ond mi es yn rhy feiddgar, yn rhy esgeulus, yn rhy fentrus. Digwyddodd un o'r milwyr droi ei ben a'm gweld.

'Hei!' gwaeddodd. 'Aros ble rwyt ti.'

Ond i ffwrdd â mi fel ewig a doedd ganddo ddim gobaith fy nal yn ei lurig trwm. Ond mi faglais a disgyn ar fy hyd ar lawr ac erbyn imi godi ar fy nhraed roedd o wedi fy ngoddiweddyd. Codais a chychwyn oddi yno ac estynnodd ei law i'm dal. Cafodd afael ar y lliain a wisgwn a daeth hwnnw i ffwrdd yn ei law a'm gadael yn noeth. Ond mi lwyddais i ddianc a chuddio nes y teimlwn ei bod yn ddiogel i fynd oddi yno, ac yna ymgripian yn llechwraidd noeth yn ôl i'm llety yn ddiweddarach y noson honno.

Roedd y llety'n llawn a phawb yn cael hwyl am fy mhen wrth imi gerdded i mewn yn noethlymun. Ond chwarae teg, mi fu pawb o'r gwesteion yn garedig iawn, a chefais ddigon o ddillad rhyngddyn nhw i'm gwisgo nes fy mod i'n edrych yn weddus o leia. Achos doedd y nos ddim ar ben i mi. Roeddwn i'n weddol sicr mai i lys y Sanhedrin y bydden nhw'n mynd â Iesu i ddechrau, ac roeddwn i'n awyddus i wybod beth oedd yn digwydd. Ond erbyn imi gyrraedd roedd y cyfan drosodd ac yntau ar ei ffordd i ymddangos gerbron Peilat y rhaglaw. Cefais wybod gan un o'r dyrfa oedd yno yn gwylio'r cyfan i'r llys ei gael yn euog, iddyn nhw ei ddedfrydu i farwolaeth, ac na ddywedodd ddim drwy gydol y gwrandawiad i ateb eu cwestiynau, dim ond dyfynnu o'r ysgrythyrau.

Erbyn hyn roedd hi'n dechrau dyddio a dilynais y dyrfa at lys y rhaglaw. Roedd hi fel ffair yno, fel ganol dydd a phobl yn crwydro o gwmpas y lle, neu'n sefyll yn dyrrau o dri neu bedwar, yn siarad a thrafod a dadlau yn gynhyrfus ddisgwylgar.

Daeth Peilat allan i wynebu'r dyrfa a'n hannerch.

'Israeliaid,' meddai, 'rwyf wedi gwrando'n astud ar y dystiolaeth, wedi pwyso a mesur yr hyn a gyflwynwyd i mi, wedi ystyried yn ddwys a difrifol, a rhaid imi gyfaddef nad wyf fi yn cael yn y dyn hwn, yr Iesu hwn, ddim bai. Ni allaf dderbyn ei fod wedi gwneud unrhyw beth i haeddu ei gosbi, yn sicr ddigon nid â marwolaeth. Ond nid yw'n fwriad gennyf fynd yn groes i'ch dyheadau chi, yr Israeliaid. Fodd bynnag, ar ŵyl y Pasg mae'n draddodiad i ollwng un carcharor yn rhydd. Y mae yna lofrudd yn y carchar ar hyn o bryd yn aros ei dynged, Iesu arall, sef Iesu Barabbas. Bu'n arwain gwrthryfel gwaedlyd yn erbyn ein teyrnas ni, yn erbyn Rhufain, ac fe laddodd un o'n milwyr. Yr wyf felly am roi'r dewis i chi rhwng Iesu a Barabbas. Pa un o'r ddau fynnech chi i mi ei ollwng yn rhydd ar uchel ŵyl y Pasg?'

Roedd yr archoffeiriad ac arweinwyr y deml ymhlith y dyrfa, yn gwneud eu gorau glas i godi'r teimlad a natur y dyrfa yn erbyn Iesu er mwyn iddyn nhw fynnu gollwng Barabbas. Roedd eraill, cenedlaetholwyr brwd, yn gweld Barabbas yn arwr ac yn ceisio perswadio'r dyrfa i wneud merthyr ohono, gan y byddai ei ferthyrdod yn rhoi hwb sylweddol i'r mudiad cenedlaethol.

Gwaeddodd Peilat ei gwestiwn uwchlaw trybestod y dyrfa.

'Pwy ydych chi am i mi ei ryddhau heddiw, ar ŵyl y Pasg, Iesu Barabbas neu'r Iesu a elwir yn Frenin yr Iddewon?'

Ac fe waeddodd y mwyafrif yn y dyrfa, 'Iesu, Brenin yr Iddewon.'

'Beth fynnwch chi i mi ei wneud â'r hwn a elwir Iesu Barabbas?'

Daeth yr ateb yn don o sŵn: 'Croeshoelia ef.'

Yna daeth milwyr Peilat â Iesu i'r golwg, datod ei rwymau a'i ollwng yn rhydd ac fe'i hamgylchynwyd ar unwaith gan ei ddwsin dilynwyr a ddaeth ato o'r conglau tywyll lle roeddent wedi bod yn cuddio, a chan ambell wraig a'i cofleidiodd cyn ei arwain oddi yno.

Ciliais innau i ymylon y dyrfa a sleifio oddi yno i'w dilyn. Roedd yn bwysig iawn, yn hanfodol yn wir, fy mod yn awr yn cael gwybod beth fyddai eu bwriadau, gan fod eu cynllun neu eu cynllwyn gwreiddiol yn deilchion.

Allan o'r ddinas yr aethon nhw, tua'r dwyrain ac i odre mynydd y tri goleuni a'i ddringo nes dod i gysgod y coed olewydd oedd yno. Lle delfrydol i guddio oddi wrth y dyrfa, lle delfrydol i minnau i guddio a chlustfeinio ar eu bwriadau.

Erbyn hyn roedd gwybod beth oedd eu cynlluniau wedi dod yn rhyw fath o obsesiwn i mi, yn rheidrwydd arnaf. Teimlo bod yna bethau'n digwydd dan fy nhrwyn oedd yn mynd i gael effaith bell-gyrhaeddol ar fywyd. Falle mai fi oedd yn credu gormod yn fy mhwysigrwydd fy hun, neu fod grym oddi allan yn fy ngyrru, ond teimlwn ei fod yn ddyletswydd arnaf i ddarganfod beth fyddai cynlluniau pellach y rhain yn wyneb methiant eu cynllun gwreiddiol.

Felly, am y trydydd tro mewn dau ddiwrnod fe'm cefais fy hun yn ymgripio drwy ddrain a drysi a choed a glaswellt i fynd yn ddigon agos at y criw oedd wedi mynd i fan arbennig ar ochr y mynydd. Roedd hi'n olau dydd erbyn hyn, y wawr wedi hen dorri a'r goleuni'n golygu nad oedd tân allor y deml yn disgleirio ar ochr y mynydd fel y byddai yn y nos. Roedd hi'n rhy olau i mi; byddai tywyllwch wedi bod yn llawer diogelach, ond doedd dim y medrwn i ei wneud ynglŷn â hynny, dim ond bod yn ofalus.

Roedd y fan yr aeth Iesu a'i ddilynwyr iddo, llecyn creigiog ar ochr y mynydd yng nghanol y coed, yn amlwg yn fan y gwyddent amdano'n dda. Mae'n eitha posib mai yma, yn ystod y ddwy flynedd y bu Iesu yn crwydro'r wlad, y crëwyd y cynllun oedd wedi bod yn gymaint o fethiant oherwydd awydd y dyrfa i gosbi Barabbas neu i wneud merthyr ohono.

Roeddwn i'n iawn. Roedd yna gynnwrf mawr

ymhlith dilynwyr Iesu, er yr edrychai ef ei hun yn dawel a hunanfeddiannol iawn yn wyneb y siom. Dichon ei fod, yn ddistaw bach, yn falch na fu'n rhaid iddo aberthu ei fywyd. Yn sicr dyna sut y buaswn i'n teimlo 'taswn i yn yr un sefyllfa â fo.

'Dyna'n cynlluniau ni yn deilchion,' meddai'r un yr oedd Iesu wedi cyfeirio ato ynghynt fel Pedr, gan gerdded yn ôl a blaen yn wyllt. 'Mae hi wedi darfod arnon ni rŵan. Be wnawn ni?'

'Ffoi oddi yma cyn gynted ag y gallwn ni,' atebodd mwy nag un ohonyn nhw, rhai oedd yn amlwg yn falch o'r hyn ddigwyddodd.

'Ond i ble?'

'Yn ddigon pell oddi yma,' oedd ateb Ioan, yr un oedd wedi dangos fwya o gonsýrn am Iesu. 'I'r gogledd i rywle. I Gesarea Philipi neu ymhellach na hynny, i Sidon neu ardal Mynydd Lebanon. Yn sicr rhaid inni ymbellhau oddi wrth Jerwsalem a Môr Galilea, y mannau lle rwyt ti, Iesu, mor adnabyddus.'

'A be wnawn ni ar ôl cyrraedd fanno?' holodd un.

'Penderfynu ar ôl cyrraedd, siŵr iawn, Iago,' oedd yr ateb. 'Ffoi i ddechre. Meddwl wedyn.'

Roedd hi'n amlwg fod methiant eu cynllun wedi eu taflu'n llwyr oddi ar eu hechel. Doedden nhw ddim wedi meddwl am y posibilrwydd o fethiant felly dim ond un cynllun oedd ganddyn nhw, a phan fethodd hwnnw, roedden nhw ar goll yn llwyr.

Yna cododd Jwdas ar ei draed.

'Mi wn i beth i'w wneud,' meddai. 'Mynd ymlaen efo'r cynllun i ysgrifennu'r hanes. Mathew, ti ydi'r un benodwyd gynnon ni i ysgrifennu. Rho i lawr ar gof a chadw bopeth ddigwyddodd, ac yna pan ddoi di at benderfyniad Peilat, ei ysgrifennu fel pe bai'r dyrfa wedi dewis Iesu i'w groeshoelio. Adrodd yr hanes fel pe bai hynny wedi digwydd, y claddu ym medd Joseff o Arimathea, a'r atgyfodiad ar y trydydd dydd. Cofnodi yn ôl ein cynllun nid yn ôl yr hyn ddigwyddodd. Mae'r peth yn hawdd. Ond, ac y mae yna un ond . . .'

'A beth yw hwnnw, Jwdas?' holodd Pedr. 'Rwyt ti'n gwneud i'r holl beth swnio'n syml iawn.'

'Mae o yn syml iawn, ond rhaid i'r ysgrifennu beidio cael ei wneud ar hyn o bryd, Mathew; rwyt ti'n ddigon ifanc i aros am o leia ugain mlynedd cyn mynd ati i ysgrifennu. Erbyn hynny mi fydd y cof am yr hyn ddigwyddodd wedi hen bylu ac fe ddaw dy waith di i olau dydd fel rhywbeth newydd sbon, ac fe fydd yna bobl yn sicr fydd yn cydio ynddo ac yn lledaenu'r neges. Wedi'r cyfan, pryd o'r blaen yr adroddwyd am atgyfodiad, am fywyd ar ôl marwolaeth?'

'Iawn, cytuno. Os caf fi fyw, fydd gohirio ddim yn broblem. Ond beth amdanon ni i gyd, a beth am Iesu?'

'Rhaid i Iesu gilio i ogledd y wlad, a ninnau efo fo. Bydd yn rhaid iddo fyw gweddill ei fywyd fel meudwy yn y mynyddoedd,' atebodd Ioan. 'Yna wedi i beth amser fynd heibio mi ddychwelwn ni i Jerswsalem a dechrau sôn a phregethu am yr atgyfodiad. Pererinion wedi dod i Jerwsalem ar gyfer y Pasg yw mwyafrif y dyrfa sy wedi bod yn dystion i'r hyn ddigwyddodd yr wythnos hon. Does gan bobl y brifddinas fawr o ddiddordeb mewn pethau fel hyn. Hysteria'r pererinion fydden nhw'n galw'r cyfan, hysteria pobl ansoffistigedig y wlad, gwerinwyr diddeall, di-ddysg.'

Sylwais fod Iesu yn dawel iawn yn ystod y drafodaeth hon. Roedd golwg wedi blino'n llwyr arno, fel pe bai'r profiadau emosiynol a chorfforol wedi bod yn ormod iddo, a methiant y cynllun wedi sigo ei ysbryd.

Bernais fod y drafodaeth ar fin dod i ben, ac yr oeddwn i, beth bynnag, wedi clywed digon. Felly penderfynais ei bod yn bryd imi fynd oddi yno cyn iddyn nhw ddechrau symud a gadael y fan.

Ar yr union adeg y sefais i ar fy nhraed fe benderfynodd un o'r criw sefyll ar ei draed i ystwytho'i goesau a cherddodd yn araf i ganol y prysgwydd yn union tuag ataf. Eiliad neu ddau arall a byddai wedi rhoi ei droed arnaf a'm dal. Felly neidiais ar fy nhraed yn union o'i flaen, ac am eiliad a deimlai fel oes, safodd y ddau ohonom wyneb yn wyneb gan edrych ar ein gilydd gyda chymysgedd o fraw a syndod.

Yna trois ar fy sawdl a ffoi oddi yno cyn gynted ag y gallwn, ac fe'i clywais yn gweiddi ar y lleill i ddod i'm hymlid. Unwaith y bydden nhw'n sylweddoli y gallwn i fod wedi clywed y cyfan fu rhyngddyn nhw, fe fydden nhw am fy erlid, am fy nal, am fy lladd rhag imi ddatgelu yr hyn a benderfynwyd ganddyn nhw.

Wnes i ddim dychwelyd i'r ddinas, ond dod o hyd i fan diogel a chysgu allan dan y sêr, a'i chychwyn hi gyda'r wawr drannoeth i gyfeiriad Jopa yn unswydd er mwyn ffoi o'r wlad. Doedd gen i ddim dewis; roedd y grym yn fy ngyrru ymlaen. Roedd yn rhaid imi adael fy nheulu, fy ngwraig a'm plant, fy mhentref a'm gwaith a'm cymdogaeth a'm cyfeillion, gadael y cyfan, ffoi â'm cyfrinach gyda mi, cyfrinach yr oedd yn bwysig iawn fy mod yn ei chofnodi, fel bod y rhai a ddeuai ar fy ôl i yn cael gwybod yn iawn beth ddigwyddodd yn ystod wythnos y Pasg yn Jerwsalem y flwyddyn arbennig hon.

A dyma fi wedi cofnodi. Mae hi wedi bod yn anodd. Rwy'n teimlo'n llesg a blinedig a'm corff yn brifo drosto. Ymdrech, ymdrech galed fu'r ysgrifennu erbyn y diwedd. Brwydr yn erbyn blinder affwysol, yn erbyn diffyg cwsg, yn erbyn unigrwydd llethol, yn erbyn gwallgofrwydd. Ond mae'r gwaith wedi ei wneud. Bellach rhaid i'r cyfrifoldeb am weithredu ddisgyn ar rywun arall, rhywun fydd yn dod o hyd i'r ddogfen hon pryd bynnag y bydd hynny, ac a fydd, o'i darganfod a'i ddarllen, yn gallu penderfynu beth i'w wneud, oherwydd y gwir a saif.

8

Blaen y Wawr
Glandŵr
Sir Ddinbych
Chwefror 7fed 2005

Annwyl Mr Jones,

Mae Ifan wedi cyflawni ei addewid o'r diwedd, a dyma finnau'n amgáu'r canlyniad. Mae'n ddogfen eitha hir a bu wrthi am ddyddiau lawer, wythnosau yn wir, yn ysgrifennu. Rwy'n amgáu copi gan ei bod braidd yn hir i'w chysylltu â'r e-bost, a byddai'n ormod disgwyl i chi ei hargraffu, chwarae teg. Fe wn yn fras beth yw'r cynnwys wrth gwrs, ond nid y manylion i gyd, dim ond yr hyn y dewisodd Ifan ei ddweud wrthyf.

Rwy'n mawr obeithio ei fod wedi cael iachâd o ryw fath wrth ysgrifennu, ac eto dydw i ddim yn siŵr. Ar un olwg bu'n ollyngdod iddo, ond fe ddaeth â'r cyfan yn ôl yn fyw iddo, ac yn awr wrth gwrs mae o'n mynd o gwmpas â golwg bell ar ei wyneb, ddim yn gwrando ar neb. Na, dydi hynny ddim yn wir. Gwrando y mae o, gwrando, gwrando o hyd, nid arna i na neb arall, ond fel tase fo'n aros am ryw neges.

Fe wn i yn rhannol beth yw'r rheswm. Fe awgrymodd wrthyf fi fod yr holl brofiad gafodd o yn golygu y bydd yn rhaid iddo wneud rhywbeth, yn rhaid iddo weithredu, ac y caiff o arweiniad ynglŷn â hynny. Pa weithredu, wn i ddim, ond mae'r peth yn fy nychryn i. Beth allai gweithredu ei olygu wedi'r cyfan?

Efallai y bydd gennych chi well syniad ar ôl darllen y ddogfen. O leia rydw i'n meddwl mod i wedi ei berswadio i beidio gwneud dim yn fyrbwyll, i beidio gwneud dim yn wir nes y byddwch chi wedi darllen y cyfan, ac wedi ymateb iddo. Ond mae yna un peth y dylwn ei ddweud wrthych, er tegwch i chi – ac mi wn na chrybwyllwch chi ddim am y peth wrtho gan nad ydi o'n gwybod dim byd amdano.

Mi gysgodd Ifan am weddill y dydd ar ôl iddo fod yn yr eglwys. Mi aethon ni yn ôl i'r gwesty, gwesty Alpen Roc, i gael tamaid o ginio, ond fwytaodd o fawr ddim, dim ond pigo'i fwyd, sy'n beth anarferol iawn iddo fo. Yna mi aethon ni i'n hystafell ac mi gysgodd Ifan bron ar unwaith, cysgu'n anesmwyth a swnllyd ac annaturiol, yn enwedig ar y dechrau. Rywdro ganol pnawn ac yntau wedi tawelu, mi adewais nodyn wrth ymyl ei wely i ddweud mod i wedi dychwelyd i'r pentref i orffen fy siopa, ac mi es i mewn i'r eglwys. Mi ddywedodd wrtha i iddo gyfarfod y Tad Joshua ac i'r ddau ohonyn nhw fod yn dyst i'r gwynt cryf a faluriodd y cyfan oedd ynddi, yr allor a'r Forwyn Fair a Christ ar y Groes a'r ffenestri. Ond pan es i yno ddiwedd y pnawn roedd popeth ynddi yn berffaith. Yn wir roedd hi'n eglwys hardd a thrawiadol iawn. Fe ddaeth yr offeiriad heibio, Sbaenwr ifanc a'i Saesneg yn berffaith. Mi ddwedodd wrtha i mai tair blynedd oedd er pan oedd o'n offeiriad yno, ar ôl gorffen ei brentisiaeth yn giwrad yn Chamonix.

Mr Jones bach, gwnewch a fynnoch â hyn oll, ond os yw'r hyn ddwedodd Ifan wrtha i yn wir, mae o ymhell iawn o fod yn debyg i fy mhrofiad i yn yr eglwys honno.

Beth tybed ddigwyddodd? Ai cael gw: eledigaeth neu storm

ymenyddol wnaeth o? Ydi o'n dechrau colli ei bwyll? Rwy'n arswydo wrth feddwl am y posibilrwydd hwnnw. Mi wn fod pobl gymharol ifanc yn gallu diodde o glefyd Alzheimer neu dementia, y clefydau hynny sy'n effeithio ar y meddwl. Gobeithio'r nefoedd nad yw hynny'n wir am Ifan.

Ond rhaid imi roi'r gorau iddi a pheidio hel hen feddyliau a'ch blino chi efo truth gymysglyd fel hyn. Mae'r plant, fel y gallwch ddychmygu, yn poeni'n fawr amdano, yn enwedig Gwyneth. Mae hi ar y ffôn yn ddiddiwedd yn holi amdano, ac yn bygwth trefnu i ddod draw efo Aled i setlo pethau. Pa setlo wn i ddim. Ond dwi wedi gallu ei darbwyllo i beidio ar hyn o bryd nes y byddwch chi wedi cael cyfle i fwrw golwg dros yr hyn mae Ifan wedi ei roi ar bapur. Fydd o byth yn agor fy llythyrau, ond mae o'n nabod eich llawysgrifen. Falle y byddai'n syniad i chi anfon eich ateb i'r ysgol; rwyf yn gwneud gwaith llanw yno bedwar diwrnod yr wythnos ac fe nodaf y cyfeiriad isod. Gwell i chi beidio ffonio hefyd ar hyn o bryd, ond falle y gallaf berswadio Ifan i'ch ffonio chi.

Byddaf yn edrych ymlaen at glywed gennych pan fydd hynny'n gyfleus.

Cofion gorau atoch ac at y teulu,

Bethan

*   *   *

Tan y Graig
Bryn Rhondda
Rhondda Cynon Taf
Mawrth 8fed 2005

Annwyl Bethan,

Diolch i chi am y llythyr yn amgáu yr hyn sgrifennodd Ifan. Mae'n ddrwg gen i imi fod cyhyd yn ateb, ond mi fyddwch chi'n sylweddoli wrth gwrs fod mynd trwy yr holl mae o wedi ei ysgrifennu a cheisio'i ystyried a'i ddadansoddi wedi bod yn waith mawr, ac rwyf wedi bod yn anarferol o brysur yn ddiweddar.

Wn i ddim yn iawn beth i'w ddweud wrthych chi chwaith. Mi wyddoch fod yna ddwy ran i'r ddogfen, sef hanes Ifan yn ei eiriau ei hun a chopi Cymraeg o'r ddogfen y daethpwyd o hyd iddi yn yr ogof yn Col des Aravis, os dyna'r gwir.

Cyn belled ag y mae darllen am brofiadau Ifan yn bod, mae'r hyn ddwetsoch chi yn eich llythyr am yr eglwys a'r offeiriad yn ddiddorol iawn yn y cyd-destun hwnnw. Dydi gweledigaethau neu ryw fath o *brainstorm* fel hyn ddim yn bethau anarferol; maen nhw wedi digwydd i bobl ar hyd y canrifoedd. Mi wn fod Ifan yn weithiwr caled, ac, fel y dwedsoch chi, nad oedd o erioed wedi bod ar wyliau. Fe aethoch chi hefyd i le lle'r oedd y tywydd yn boeth yn ystod y dydd, i ymlacio wedi gwaith caled – amgylchiadau perffaith ddwedwn i i gael rhyw fath o storm ymenyddol, neu weledigaeth o fath.

Rwy'n cael enw'r offeiriad yn ddiddorol iawn – Joshua. Holwch fwy arno am hynny. Roddodd yr offeiriad ei enw cyntaf tybed? Tybed ai . . .? Na rhaid imi beidio dilyn y trywydd yna'n rhy bell, ond byddai'n dda cael gwybod gennych chi, Bethan, beth oedd dyddiad y digwyddiad yma yn yr eglwys. Mi wn mai ganol neu ddiwedd Medi yr aethoch ar eich gwyliau. Tybed ai y nawfed ar hugain oedd o? Rhyw ffansi'r funud falle, o weld mai Joshua oedd enw'r offeiriad, ond hwyrach y byddai'n arwyddocaol os dyna'r dyddiad cywir.

Cyn belled ag y mae'r ddogfen yn bod mae yna nifer o bethau digon amheus ynddi, y ffaith ei fod yn cofio pob gair ohoni ac wedi ei chynhyrchu heb ei chopïo yn un peth, yr arddull yn rhywbeth arall. Fe'i hysgrifennwyd mewn Cymraeg diweddar, Cymraeg heddiw, ond wrth gwrs y ddadl yw mai mewn Cymraeg felly y byddai'n ymddangos pe bai gwyrth wedi digwydd, fel yr ymddangosodd i'r offeiriad mewn Ffrangeg modern. Ond wrth gwrs pe bai hi yn greadigaeth Ifan ei hun, yna mewn Cymraeg cyfoes y byddai wedi ei hysgrifennu beth bynnag, a byddai hynny'n esbonio sut y llwyddodd i ysgrifennu 'fel tase fo'n cofio pob gair ohoni'.

Rwy'n amheus iawn o'i chynnwys. Mae'n dilyn bron air am air yr amgylchiadau fel y disgrifir hwy yn y Testament Newydd, yn enwedig yn Mathew a Marc. Marc yw'r efengyl a ysgrifennwyd gyntaf – mae ymchwil ac ysgolheictod yn gwbl gytûn ar hynny, a'r un mor gytûn nad y rhai y priodolir yr efengylau iddyn nhw yw'r gwir awduron. Ai nodi yr hyn ddigwyddodd yn ôl yr efengylau gan roi tro yng nghynffon y stori pan ddeuir at Peilat a wneir? Mae'r ysgrifennwr yn cyhuddo Crist ei hun a'i ddilynwyr o weithredu er mwyn cyflawni proffwydoliaethau neu ymateb i rywbeth sydd yn yr ysgrythyrau, ond onid dyma'n union a wneir yma, yn enwedig pan mae'n ceisio ei ddarlunio ei hun fel y dyn ifanc oedd bron yn noeth y sonnir amdano yn Efengyl Marc.

Ar y llaw arall, mae yna bethau dilys yn y ddogfen hefyd – y cyfeiriad at fynydd yr Olewydd fel mynydd y tri golau, er enghraifft – golau allor y deml oedd yn disgleirio arno yn y nos, golau ddydd yn disgleirio ar ei ben bob bore a'r golau yr oedd y lampau olew yn ei roi – olew o goed y mynydd ei hun. Wel, os ydw i'n gwybod hynny, onid oedd yn bosib i bwy bynnag sgrifennodd y ddogfen wybod hynny hefyd? A hwyrach y byddai Ifan yn gwybod; mae'n siŵr i bregeth gael ei thraddodi ar y tri golau gan rywun dros y blynyddoedd. Felly dyw dilysrwydd rhai ffeithiau ddim o angenrheidrwydd yn profi dilysrwydd y ddogfen.

Mae'n amhosib hefyd benderfynu ar ddyddiad ysgrifennu'r ddogfen yma gan nad dyma'r gwreiddiol. Fe honnir ynddi mai twyll yw'r efengylau; mae hi'r un mor bosib, yr un mor debygol, yn wir, mai twyll yw hon hefyd.

Dydw i ddim yn credu felly bod angen i Ifan wneud dim ar sail na'r ddogfen na'r weledigaeth. Yn sicr nid yw'n sail iddo i newid ei gred. Rydw i'n amheus iawn o unrhyw ymyrraeth dwyfol, fel y gwyddoch os ydych chi'n cofio fy mhregethau. Gwell gen i bragmatiaeth crefyddol a dylanwad yr efengyl ar agweddau cymdeithasol, a'r gred, fel un yr athronydd J R Jones, i Dduw ymyrryd unwaith yn nhrefn bywyd ac yna cilio draw a gadael i ni weithio'n hiachawdwriaeth a gwneud o'n byd y stomp a fynnwn heb unrhyw ymyrraeth ganddo fo. Ond wrth gwrs alla i ddim diystyru'r posibilrwydd y gall eraill gael gweledigaethau a rhyw fath o arweiniad 'dwyfol'. Ond yn bendant, fy nghyngor i fyddai i wneud dim. Derbyn y cyfan fel math o brofiad a gafwyd, oherwydd yr haul, oherwydd straen gwaith efallai, a cheisio perswadio Ifan i ddychwelyd i'r bywyd normal, buddiol oedd ganddo cynt. Gwnewch eich gorau. Fe ddylech rwy'n credu ystyried dweud wrtho am eich profiad chi yn yr eglwys hwyrach y byddai hynny'n ddigon i'w berswsadio mai breuddwyd neu hunlle gafodd o.

Byddaf yn edrych ymlaen at gael dyddiadau eich gwyliau gennych a chlywed beth yw hanes Ifan, a chofiwch, os bydd angen ymweliad arall, er fy mod yn byw ymhell, byddaf yn fwy na pharod i drefnu i ddod draw acw.

Cofion gorau atoch,

Jeffrey.

*   *   *

Blaen y Wawr
Glandŵr
Sir Ddinbych
Mawrth 11fed 2005

Annwyl Jeffrey Jones,

Diolch am eich llythyr. Rwy'n ymateb iddo'n syth cyn imi anghofio. Dyddiadau ein gwyliau oedd Medi 22 i Hydref 2 2003. Mi aeth Ifan i'r eglwys ddiwrnod cyn inni gychwyn ein taith am adref, sef dydd Mercher, Medi 29ain.

Roeddech chi'n hollol iawn – sut gwnaethoch chi ddyfalu tybed? Dirgelwch arall? Cyn belled ag y mae enw'r offeiriad yn bod chlywais i mono fo'n cyfeirio ato fel dim ond y Tad Joshua felly wn i ddim beth yw ei enw cyntaf. Y Tad Sebastien oedd enw'r offeiriad ifanc wnes i ei gyfarfod yn yr eglwys.

Ai fi neu fo sy'n drysu dwedwch?

Cofion, Bethan.

O.N. Mi wna i ystyried dweud wrtho yr hyn welais i yn yr eglwys, ond rwy'n ei chael yn anodd, ac fe fydd yn rhaid imi ddewis fy amser yn ofalus, os o gwbl. B

9

'Mi wyddost pa ddiwrnod ydi hi heddiw?' Cododd Bethan ei phen i edrych ar ei gŵr, oedd, gan ei bod yn ddydd Sul, yn cael brecwast yr un amser â hi.

Gwyddai Bethan ei bod yn swnio fel tase hi'n rhoi prawf arno, rhyw brawf deallusrwydd neu ddealltwriaeth o leia, i weld oedd o'n dal yn ymwybodol o dreigl amser a digwyddiadau cyffredin bywyd bob dydd. Rhyw drawiad ysgafn efo morthwyl ei chwestiynau i weld a oedd ei gyhyrau ymenyddol yn adweithio.

Nid dyna oedd ei bwriad, er y gellid bod wedi maddau iddi am wneud hynny gan fod Ifan yn byw mewn byd arall, yn ymddwyn fel pe bai'n bodoli mewn dimeniswn arall, ac am a wyddai hi, felly yr oedd hi hefyd.

Doedd yr wythnosau diwethaf ddim wedi bod yn rhai hawdd iddi. Hiraethai weithiau am y cyfnod pan oedd yn gweithio llawn amser, ac ysgol ar ei meddwl yn ddyddiol;

bellach roedd ganddi ormod o amser gartref, a gormod o amser i feddwl. Tra bu ei gŵr yn ysgrifennu'r hanes ac yn cofnodi'r ddogfen roedd pethau'n weddol; daliai i fynd i'w waith yn y swyddfa yn gyson, ond unwaith y daeth hynny i ben ganol Ionawr ac yr anfonwyd y dogfennau at Jeffrey Jones, dechreuodd esgeuluso ei waith yno. Ar y dechrau mynd i'r swyddfa yn hwyr y byddai, ac yna dechreuodd ddod adre'n gynnar, yna'n fuan iawn byddai'n colli hanner diwrnod gan fynd ar ôl cinio neu ddod adre am y pnawn. Roedd y cynnydd yn oriau a dyddiau ei esgeulustod yn fynegbyst clir i deithi ei feddwl. Ac erbyn mis Mawrth roedd o'n colli dyddiau cyfain, a mynychu'r swyddfa yn eithriad yn hytrach nag yn rheol, a threuliai ei amser yn crwydro o gwmpas, neu yn ei swyddfa gartref a'r un olwg bell, syfrdan ar ei wyneb.

Ond y bore hwn, wrth y bwrdd brecwast, roedd o ddigon o gwmpas ei bethau i ateb ei chwestiwn.

'Gwn, mae'n ddydd Sul.'

'Ydi.' Llusgodd Bethan y gair i'w lawn hyd fel pe bai'n swnio'n amheus.

'A chyn i ti holi dim rhagor, na dydw i ddim yn mynd i'r capel heddiw chwaith. Dos di os lici di.'

'Mi af i fel arfer, ac mi wnaf yr esgusodion arferol. Mi wyddost mai'r Parch. Gwylfa Lewis, Llywydd yr Henaduriaeth, sy'n pregethu heddiw?'

'O, y fo?'

'Ie, y fo. Wyt ti am ddod? Mi fase'n falch o dy weld di. Mae o'n ddyn dymunol iawn.'

'Ydi. Mae o'n gallu gwenu ar bawb, ond dydi o'n gefn i neb.'

'Ifan. Rhag dy gywilydd di yn deud y fath beth. Mae

o'n dal i fynd i'r capel beth bynnag, yn dal i gredu, dydi o ddim yn *drop out* crefyddol run fath ag ambell un dwi'n 'i nabod.'

Anaml y byddai Bethan yn defnyddio min ei thafod ar Ifan, yn enwedig yn y misoedd diwethaf, ond roedd ymatal yn amhosib weithiau.

'*Drop outs* crefyddol ydi'r rhan fwyaf o'r Cymry taset ti'n gofyn i mi.'

'Digon gwir. Falle'n bod ni i gyd angen diwygiad. Mae hi'n gan mlynedd ers y dwetha.'

Am eiliad gwelodd Bethan ryw olau rhyfedd yn llygaid ei gŵr, ac arswydodd.

Doedd o ddim wedi bod yn y capel ers y Nadolig. Ar y dechrau byddai'n defnyddio gwaith fel esgus, yna salwch a blinder, ond bellach doedd dim angen esgus arno, doedd o jyst ddim yn mynd. Ac roedd eglwys oedd eisoes yn wan, yn llawer gwannach oherwydd ei esgeulustod o, ac olwynion rhydlyd yr achos ym Methel bron stopio'n stond.

Ond roedd unrhyw arwydd o normalrwydd yn galondid i Bethan oedd mwy neu lai wedi anobeithio y dychwelai yr hen Ifan i'w bywyd hi. Y rhan fwyaf o'r amser byddai'n dawel a myfyrgar, a golwg bell yn ei lygaid, ond pan fyddai'n ymateb, byddai gwawd a choegni'n llwytho ei eiriau, mor wahanol iddo fo. Ond roedd ganddi amynedd di-ben-draw. Roedd Ifan yn byw efo santes tase fo ond yn sylweddoli hynny.

'Na,' meddai'n bwyllog, 'doeddwn i ddim yn disgwyl y byddet ti'n dod efo fi i'r capel, a fydda i ddim yn dy annog di eto. Dy benderfyniad di ydi mynd neu beidio. Ond ar wahân i fod yn Sul mae hi'n ddiwrnod arbennig hefyd.'

'Ydi hi? O mi wn i, Sul y Blode. Neu falle y dylwn i ddeud Sul y siope blode.'

'Be wyt ti'n feddwl?'

'Neu ddiwrnod cofio'r meirw. Yr un peth.'

'Ia?'

'Ia. Pawb yn gosod blode ar fedde fel tasen nhw'n disgwyl i'r rhai sy yn y bedde hynny weld y sioe liwgar a chodi i ddiolch. Mi fase pawb yn cael sioc tase hynny'n digwydd. Trio dangos i bawb arall eu bod nhw'n cofio maen nhw, yr un fath â llongyfarch eu plant eu hunain yn y papur newydd pan fyddan nhw wedi cael gradd, fel tase'r plant hynny ddim yn byw yn yr un tŷ â nhw.'

Roedd Ifan mewn hwyliau drwg, gwaeth nag arfer.

'Wel dwi'n meddwl 'i fod o'n beth braf iawn gweld bod pawb yn cofio am y rhai annwyl fu yn eu bywyde. Does dim byd gwell gen i na gweld y mynwentydd yn llawn o flode; mae o'n arwydd rhywsut o fywyd a gobaith a hynny mewn lleoedd sy mor aml yn symbole o anobaith. Ac mi fues i 'nôl adre ddoe yn rhoi blode ar fedd fy rhieni, ac yn y fynwent yma yn rhoi blode ar fedd dy rieni dithe hefyd. Ond wrth gwrs wnest ti ddim sylweddoli mod i wedi bod i ffwrdd drwy'r pnawn.'

'Doedd dim rhaid i ti. Ac mi fuest adre yn Sir Feirionnydd hefyd?'

'Do, ac roeddwn i'n teimlo fel aros yno. Be sy'n bod arnat ti heddiw? Duw ŵyr, rwyt ti'n od bob dydd, ond rwyt ti'n odiach heddiw.'

'Od! Od faset tithe hefyd taset ti'n aros drwy'r amser am rywun i ddod i siarad efo ti, yn aros am ymwelydd a hwnnw byth yn dod. Yn ofni yr hyn y bydd o'n ei ddeud pan ddaw o, yn ofni ei fygythiade.'

'Ymwelydd? Rhywun yn dod i dy fygwth? Am bwy wyt ti'n sôn dwed?'

Roedd llais Bethan yn llawn pryder, ac roedd hi'n

edrych ar ei phlât ac yn chwarae efo'i thost yn hytrach na'i fwyta. Onid oedd gweld rhywun arall, dychmygu personau nad oedden nhw'n bod yn rhan o glefyd y sgitsoffrenig?

'Wn i ddim am bwy yr ydw i'n sôn.'

'Wel am dy gydwybod debyg iawn. Mae gan bawb gydwybod debyg, ac mae o'n poeni pawb o dro i dro.'

'Na dwi ddim yn meddwl mai 'nghydwybod i ydi o. Dydi o ddim wedi dod eto. Wyddost ti ddim byd amdani, Bethan. Wyddost ti ddim be di bod yn gaeth i alwad, i orchymyn, yn gorfod aros am yr arwydd, am y cyfarwyddyd, ac yn gwrando rhag ofn iddo ddod, gwrando ddydd a nos rhag ofn i mi ei fethu. Wyddost ti ddim be ydi cael cyfrifoldeb sy'n ormod i ti i'w ysgwyddo, baich sy'n rhy drwm i'w gario. Does gen ti ddim syniad.'

Nac oedd. Doedd ganddi ddim syniad, a doedd hi ddim elwach o geisio ymresymu efo fo chwaith, ac felly ceisiodd ei ddwyn yn ôl at arwyddocâd y diwrnod.

'Wyddost ti be 'di'r dyddiad heddiw 'te?'

'Gwn, mae hi'n ganol Mawrth – tua'r ugeinfed?'

'Ar ei ben. Yr ugeinfed ydi hi, ac mae'r ugeinfed o Fawrth yn ddiwrnod arbennig iawn, Tyrd, tria feddwl, Ifan. Canolbwyntia am unwaith.'

Crychodd Ifan ei dalcen yn ei ymdrech i feddwl gan godi ei gwpan de yn araf at ei geg. Yna goleuodd ei wyneb am eiliad.

'Wn i, diwrnod Alban Eilir, cyhydnos y gwanwyn, y *Vernal Equinox*.'

Rhoddodd Bethan ochenaid fechan yn gymysgedd o ryddhad ac o rwystredigaeth.

'Ydi mae hi yn gyhydnos y gwanwyn,' meddai mewn

112

llais blinedig. 'Ac mi rwyt ti wedi bod yn esbonio bob blwyddyn fod y dydd a'r nos yr un hyd ar y diwrnod yma ac mai dyna ystyr cyhydnos.'

'Yn union fel canol Medi – cyhydnos yr hydref.'

'Yn hollol. Ac rwyt ti bob amser yn atgoffa dy wyrion o hynny.'

'Rhaid i ti ailadrodd ac atgoffa o hyd ac o hyd. Wnân nhw ddim cofio oni bai dy fod yn gneud hynny. Ac yna mae gen ti'r dydd hiraf, Alban Hefin neu heuldro'r haf a'r dydd byrraf, Alban Arthan. A phan fydd Modlen yn hŷn mi fydd yn rhaid dysgu hyn iddi hi hefyd.'

'Yn hollol. Modlen yn hŷn! Faint ydi oed Modlen?'

'Modlen? Pump wrth gwrs. Mi dwi'n cofio hynny. Dydw i ddim yn drysu, wyddost, er y gwn i dy fod ti'n meddwl fy mod i. Pethe eraill sy gen i ar fy meddwl, dyna'r cyfan, a methu gweld y ffordd ymlaen. Unwaith y caf i afael ar honno, mi fydd popeth yn iawn.'

Anwybyddodd Bethan yr esboniad.

'A phryd mae Modlen yn chwech oed?'

'Yn chwech oed?'

Yn sydyn, trawodd Ifan ei gwpan i lawr ar ei soser gyda chlec.

'Wrth gwrs, heddiw. Heddiw. Sut gallwn i anghofio?'

'Sut gallet ti wir! Dwyt ti 'rioed wedi anghofio o'r blaen.'

'A dydw i ddim wedi anghofio heddiw chwaith. Dwi newydd gofio rŵan.'

'Do, ar ôl i mi brocio a phrocio.'

'Rhaid inni gael anrheg iddi, rhaid inni gael cerdyn iddi. Wyt ti wedi trefnu iddi ddod yma heddiw? Wyt ti wedi trefnu parti iddi?'

'Dwi wedi prynu anrheg a cherdyn, ac wedi eu hanfon

ers dydd Gwener. Roeddwn i wedi meddwl dangos yr anrheg i ti, pethau *Groovy Chick* gan mai dyna ydi hi y dyddie yma, ond doeddwn i ddim eisiau tarfu arnat ti, ac roeddwn i'n tybio na fydde gen ti ddiddordeb. Roeddwn i am i ti sgrifennu yn y cerdyn hefyd, ond roeddet ti wedi mynd i grwydro; mi rois i dy enw di arno fo.'

'Ac mi rwyt ti wedi trefnu iddyn nhw ddod yma heddiw?'

'Na, dydyn nhw ddim yn dod yma heddiw, mae ganddyn nhw wasanaeth arbennig yn y capel.'

'Paid â deud, gwasanaeth arbennig am ei bod yn Sul y Blode debyg?'

'Ie.'

'Falle nad ydi hynny'n beth drwg, achos fase gen i fawr o amser iddyn nhw heddiw a finne efo cymaint i'w neud.'

A hithau'n gwybod nad oedd o'n gwneud dim ond pensynnu.

Cododd oddi wrth y bwrdd a chan fwmblan rhywbeth am wasanaeth Sul y Blodau, a sylw i'r pethau dibwys, aeth i'w swyddfa. Aeth hithau i hwylio ar gyfer mynd i'r capel.

*   *   *

Roedd bwyta cinio fel cael cymun, yn llawn distawrwydd annifyr.

Doedd Ifan ddim yn mwynhau ei fwyd, ond o leia roedd o'n dal i fwyta, a doedd Bethan ddim yn mwynhau chwaith, a chinio dydd Sul hyd yn oed, o'r holl brydau yn ystod yr wythnos, wedi mynd yn faich a gorthrwm yn hytrach na phleser.

Bu'n ystyried fwy nag unwaith dorri ar yr arferiad a

chael brechdanau yn unig, ond drwy wythnosau'r gwewyr fe geisiodd ddilyn yr un patrwm, yr un arferion bychain teuluol ag arfer rhag i unrhyw newid darfu arno.

O'r diwedd methodd ddal y tawelwch ddim rhagor.

'Roedd Gwylfa Lewis yn dda iawn y bore 'ma.'

'O.'

'Oedd, yn dda iawn.'

'Ac mi fydd y papur bro yn adrodd iddi fod yn genadwri rymus ac amserol mae'n siŵr.'

'Wel mi roedd hi.'

'Tydi pob un.'

Anwybyddodd y coegni.

'Oedd, roedd o'n dda iawn, ac mi dynnodd o'n sylw ni at gyfarfod arbennig o'r Henaduriaeth nos Fawrth.'

'Cyfarfod arbennig? Ymhle?'

'Yn y Tabernacl.'

'Cyfarfod arbennig i be? I drafod strategaeth debyg, beth bynnag ydi hwnnw.'

'Nage wir. Cyfarfod i gofio diwygiad 04–05 ydi o, ac mae o'n agored i bawb. Mae 'na ryw Gwallter P Davies o Goleg Bangor yn dod i siarad.'

Ac yn sydyn, clywodd Ifan rywbeth yn dweud wrtho: 'Dyma dy gyfle di i gychwyn ar dy genhadaeth i greu Cristnogaeth newydd yn seiliedig ar gariad, nid ar chwedlau, i ddatgelu neges y ddogfen a'r storm yn yr eglwys.'

Cafodd drafferth i guddio'r cyffro mewnol oedd yn codi megis ton yn ei fynwes. Ar ôl wythnosau o aros, roedd y neges wedi dod. Neges oedd nid yn unig yn dweud wrtho am weithredu ond ar yr un pryd yn mynegi iddo beth oedd ei genhadaeth. Amynedd oedd piau hi wedi'r cyfan, ac roedd fel petai rhywun wedi cynllunio popeth ar ei gyfer a bod yr amser cymeradwy wedi dod.

Hwn oedd ei gyfle mawr i gymryd y cam cyntaf syfrdanol yn ei genhadaeth. Fe âi i'r cyfarfod ac fe synai bawb gyda'i ddatganiad. Yn y cyfarfod hwn a oedd, mae'n debyg, yn mynd i nodweddiadol gofio'r gorffennol a nodweddiadol fynegi hiraeth am y dyddiau a fu, y deuai ei gyfle i symud crefydd ymlaen, i greu'r chwyldro, i ddymchwel holl sylfeini sigledig ffydd. Byddai'n rhaid iddo baratoi yn fanwl a gofalus ar gyfer yr achlysur, a doedd dim amser i'w golli gan fod y cyfarfod ymhen deuddydd.

Cododd cyn gorffen ei ginio a'i nelu hi am y swyddfa ac fel roedd o'n mynd fe ganodd y ffôn yn y lolfa.

Dewisodd ei anwybyddu gan fwriadu mynd yn ei flaen o'r gegin ac ar ei union i'w swyddfa, ond clywodd Bethan yn gweiddi arno.

'Fedri di ateb, mae gen i lond fy ngheg.'

Yn anfoddog aeth at y ffôn a'i godi:

'Blaen y Wawr.'

'Helô, Taid.' Llais siriol Modlen.

'Helô, Modlen, sut wyt ti?'

'Iawn diolch.'

'O, y . . . ia . . . pen-blwydd hapus i ti.'

'Diolch, Taid.'

Fe fyddai'r hen Ifan wedi canu 'Pen-blwydd hapus' dros y ffôn iddi gan gogio dynwared llais dwfn a chlir Bryn Terfel. Ond nid yr hen Ifan oedd wedi ateb y ffôn.

'Ffonio i ddiolch am yr anrheg ydw i, Taid. Sut gwyddet ti be oeddwn i ishio?'

'Wel . . . y . . . dy nain, wyddost ti. Hi sy'n gwybod y pethe yma i gyd. Mi gei di air efo hi.' Rhoddodd ei law dros y ffôn a gweiddi: 'Bethan!'

Daeth hithau drwodd o'r gegin ac roedd hi'n amlwg fod Ifan yn ysu am gael trosglwyddo'r alwad iddi. Aeth yn ei flaen i'r swyddfa a chlywai Bethan yn y cefndir yn dweud; 'Helô, mach i, sut wyt ti heddiw?'

Na, doedd cael y ffôn oddi arno ddim yn broblem fel y bu. Erstalwm byddai'n mynnu siarad efo holl aelodau'r teulu, yn mynd o un i'r llall a byddai popeth wedi ei holi a'i ddweud cyn iddi hi gael cyfle. Roedd hi wedi bod yn braf dros yr wythnosau diwethaf i gael sawl cyfle iawn am sgwrs, yn braf ond yn bryder, gan fod y colli diddordeb hwn yn ei deulu yn arwydd arall nad oedd pethau'n iawn a bod Ifan yn diodde.

Ond yr oedd yna olau newydd yn ei lygaid y pnawn hwnnw, a sicrwydd newydd yn ei gerddediad gan ei fod bellach wedi ei osod ar ben ei lwybr.

10

'Ydech chi'n well, Mr Roberts?'

'Yn well?

'Ia. Y'ch colli chi o'r capel yn fawr, a hynny ers misoedd rŵan. Bethan yn deud nad ydech chi wedi bod yn dda.'

Ann a Gertrude Jenkins oedd yn gofyn, dwy o selogion eglwys Bethel yng Nglandŵr, dwy fusgrell yn ymlwybro'n araf tua capel y Tabernacl ar ôl dod ar y bws i'r cyfarfod.

'Y . . . dwi'n well, ydw, diolch. Pethe garw 'di nerfau yntê? Ond dwi 'di mentro heno beth bynnag, a gobeithio y bydda i'n gallu dod yn ôl i'r capel yn fuan.'

'Gobeithio wir. Mae hi'n golled fawr heboch chi. Ond ewch chi yn eich blaen, peidiwch aros amdanon ni.'

Y cachgi, meddyliodd Ifan wrth gamu heibio iddyn nhw i gyfeiriad drws agored y capel. Os na fedri di ddeud yr hyn sy ar dy feddwl di wrth y ddwy yna, pa obaith sy gen ti o ddeud wrth neb arall? Ond na, meddyliodd, roedd hi'n haws gwneud datganiad cyhoeddus na siarad wyneb yn wyneb efo rhywun. Dyna wnaeth chwyldroadwyr crefyddol i lawr yr oesoedd gan gynnwys Martin Luther a John Calvin heb sôn am Howell Harris a Daniel Rowland. Y nefoedd fawr, meddyliodd, oedd o'n cymharu ei hun efo'r rheini? Oedd o'n dechrau cael rhyw rithdybiau o fawredd? Oedd o'n dechrau dioddef o fegalomania?

Prysurodd ei gam fel tase'r awel a greai wrth wneud hynny'n mynd i ymlid y syniadau hyn o'i feddwl, a chadwodd ei ben i lawr rhag gorfod cyfarch neb arall cyn cyrraedd y capel.

Roedd o'n adeilad mawr, ond roedd y galeri bellach wedi ei gau yn enw iechyd a diogelwch ac aroglau lleithder yn amlwg i bob ffroen yn dilyn gaeaf hir, gwlyb. Rhyw ddeugain, gan gynnwys Ifan, oedd yno, pob un bron, hyd y gwelai, yn hŷn na fo. Cyfarfod y pennau gwynion oedd hwn eto.

Doedd Bethan ddim efo fo: ar y funud olaf penderfynodd yn erbyn dod ar ôl newid ei meddwl sawl gwaith. Ar un llaw teimlai y byddai bod yno wrth ochr Ifan yn ei gadw efallai rhag dweud neu wneud rhywbeth gwirion; ar y llaw arall, gallai fod yn brofiad hynod o annifyr – gallai hi, o bosib, fethu ymatal pe bai'n mynd dros ben llestri, a byddai hynny'n gwneud pethau'n waeth. Ac felly, yn y diwedd, gan deimlo'n euog a chan ffieiddio'i hun am hynny, dewisodd ffordd y llwfrgi gan droi ei chefn ac aros gartref.

Dewisodd Ifan ei sedd yn ofalus, un o'r seddi ochr,

rhyw chwech i lawr o'r cefn, fel y gallai hanner troi i wynebu'r rhan helaethaf o'r gynulleidfa pan fyddai'n gwneud ei ddatganiad, os yn wir y câi gyfle, neu y llwyddai i greu cyfle i siarad. A dweud y gwir, roedd o'n dechrau gwanio yn ei benderfyniad yn awr gan fod yr achlysur ar ddigwydd. Ceisiodd ganolbwyntio ar yr hyn yr oedd am ei ddweud, ond ni allai beidio edrych o'i gwmpas a gweld arwyddion dadfeiliad ym mhobman, dadfeiliad llythrennol yr adeilad ei hun, a hynny yn ei dro yn cynrychioli'r dadfeiliad mewn crefydd, mewn cred yng Nghymru. Roedd hi'n ddyletswydd arno i ddymchwel y delwau a chynnig ffocws newydd i grefydd yng Nghymru, a rhoddodd meddwl am hynny nerth iddo i wneud yr hyn roedd ei angen.

Sylwodd ar y darnau o blaster oedd wedi disgyn oddi ar y waliau, y tamprwydd mewn sawl man ar y nenfwd, a phren y seti yn edrych yn ddi-raen a heb weld na pholish na dwster ers cryn amser. Arwyddion amlwg o esgeulustra a diffrwythedd aelodau nad oedden nhw'n malio. Edrychodd ar y gynulleidfa hynafol, eu hanner gyda'u ffyn, y rhan fwyaf yno pan ddylsen nhw fod gartref ond yno am y dalient eu gafael yn rhaffau'r addewidion a'r rheini'n rhai pydredig. Yr oedd y darlun yno yn berffaith o flaen ei lygaid, y darlun o farwolaeth crefydd gyfundrefnol heb ddim ar ôl ond cyfuniad o bydredd sych y seddau ac esgyrn sychion y saint.

Pan oedd hi'n nesu at saith, daeth chwech drwodd o'r festri i'r sêt fawr, gan gadw at arferion capel llawn hyd yn oed yn nyddiau'r trai: y Parch. Gwylfa Lewis, y llywydd; Gwynfor Daniel, ysgrifennydd yr Henaduriaeth; Gwallter P Davies y darlithydd, a thri o flaenoriaid yr eglwys, dau ddyn ac un ferch. Pwtyn byr, tew a'i ben yn foel oedd y

Parch. Gwylfa Lewis, ac ymddangosai ei goler gron fel pe bai'n rhy dynn iddo ac ar fin ei dagu. Dichon mai dyna pam fod ei wyneb yn goch. Eisteddodd ef mewn cadair yn wynebu'r gynulleidfa gan wenu ar hwn a nodio ar y llall wrth iddyn nhw ddod i mewn a mynd i'w seddau. Gwyndaf Roberts oedd yr ieuengaf oedd yno, ysgrifennydd brwd yr Henaduriaeth, swyddog mewn llywodraeth leol ond wedi ymddeol yn gynnar, ac un o'r ychydig prin oedd yn cael mân reolau a gorchmynion y Cyfundeb yn ddiddorol. Roedd o'n gaffaeliad mawr i achos crefydd yn yr ardal.

Y trydydd oedd Gwallter P Davies, dyn tal, trwsiadus gyda mop o wallt du, yn gwisgo siwt dywyll a gwasgod ac fe eisteddodd ef yng nghongl y sêt fawr, ac felly gallai hanner edrych ar y gynulleidfa wrth iddi dreiglo i mewn i'r capel a meddiannu'r seti cefn. Fel arfer, roedd gagendor mawr rhwng y sêt fawr a'r gynulleidfa.

Pan oedd hi ar ben saith cododd y llywydd ar ei draed, ac ar ôl gair byr i groesawu pawb, galwodd ar Richard Griffiths, yr hynaf o'r tri blaenor, i ymgymryd â'r gwasanaeth dechreuol.

Un eiddil a gwantan iawn yr olwg oedd Richard Griffiths a barnai Ifan ei fod ymhell dros ei bedwar ugain, ond yr oedd ei lais yn gryf a soniarus wrth iddo ledio'r emyn cyntaf, un o emynau H T Jacob:

> O na ddôi'r nefol wynt
> i chwythu eto,
> fel bu'n y dyddiau gynt
> drwy'n gwlad yn rhuthro . . .

Roedd yna organ fawreddog yn y Tabernacl, a'r organyddes, un yr oedd Ifan yn ei lled-adnabod, yn un arbennig o dda, a phan grynodd nodau cyntaf y dôn 'Fflint', tôn fawreddog Joseph Parry, drwy'r adeilad, ni allai Ifan lai na theimlo peth o'r hen gynnwrf, yr hen orfoledd a fyddai'n mynd drwyddo weithiau pan oedd tôn soniarus a chanu grymus yn dwyn i gof y dyddiau da a'r mynd ar grefydd.

Doedd y canu ddim yn wael, er na allai gystadlu â sain yr organ, ac erbyn cyrraedd y pennill olaf,

> O na chaem brofi i gyd
> yr hen lawenydd . . .

roedd Ifan yn gallu ymuno rhyw gymaint yn y gân. Doedd yna ddim yn yr emyn oedd wir yn croes-ddweud ei ddaliadau, y syniadau y bwriadai eu cyflwyno y noson honno.

Yn rhyfedd iawn ac yntau wedi bod yn meddwl am hynny, dameg yr esgyrn sychion oedd y darlleniad ac roedd y weddi fel y byddid yn disgwyl yn llawn o ystrydebau'r dyheu am ddiwygiad, am gael prawf eto o nerth yr Ysbryd Glân a phethau cyffelyb, ond roedd rhywbeth cyfareddol yn llais yr hen Richard Griffiths, a'r cryndod henaint oedd ynddo yn ychwanegu rywfodd at y dweud ac yn tanlinellu'r hiraeth a deimlai ef ac amryw eraill oedd yno mae'n ddiau, yr hiraeth am y dyddiau golau pan nad oedd bod yn gefn i'r achos yn faich ond yn fraint, yn gynhaliaeth nid yn groes. A thrwy'r weddi bu Ifan yn hanner gwrando ac yn ystyried a dwyn i gof yr un pryd y cyfeiriadau yn y grefydd Gristnogol at gorwynt, at wynt, at awel, at anadl. Roedd hi'n ddelwedd hwylus i ddarlunio rhyferthwy a thynerwch, cyffro a thawelwch, grym a gras. Ac aeth ias drwyddo pan gofiodd hefyd am y corwynt yn yr eglwys yn La Clusaz.

Cafodd Gwallter P Davies gyflwyniad teilwng gan Gwylfa Lewis, ac fe esgynnodd i'r pwlpud i draddodi ei ddarlith.

Safodd yno am ennyd yn edrych ar ei gynulleidfa, gydag ymarweddiad un oedd yn haeddu capel llawn, yn dal ac urddasol a sicr ohono'i hun. A phan ddechreuodd arni roedd ganddo lais hawdd gwrando arno, heb fod yn rhy uchel i darfu ar neb nac yn gras i'r glust, heb fod yn rhy ddistaw chwaith nes bob pobl yn gorfod clustfeinio.

Wnaeth o ddim oedi gormod efo dechrau'r diwygiad a'r hanes adnabyddus am Evan Roberts yng nghapel Blaenannerch; aeth ati yn hytrach i ddarlunio effaith y diwygiad ar rannau arbennig o Gymru. A chan ei fod yn ddarlithydd prifysgol roedd ôl ymchwil fanwl ar ei ddarlith a'r cyfan yn ychwanegu at fwynhad neu ddiflastod y gwrandawyr, pob un yn adweithio yn ôl ei dueddiadau ei hun.

Tua'r diwedd yn unig y dadlennwyd peth o'i dueddiadau efengylaidd pan aeth i ryw fath o berorasiwn i fynegi dyhead, fel yn yr emyn a'r gwasanaeth dechreuol, am ymweliad arall yr Ysbryd Glân â Chymru'r unfed ganrif ar hugain.

A thrwy'r amser y bu wrthi, yn gefndir i'w anerchiad, roedd sŵn traffig yn dod o'r stryd, ambell floedd bell, trwst trwm mwy nag un awyren uwchben a churo caled trên disl ar y cledrau, a thra oedd hanner sylw Ifan ar y darlithydd a'i eiriau, roedd yr hanner arall yn cael ei dynnu allan i ganol y byd.

Roedd bywyd yn mynd yn ei flaen, cofio am y diwygiad neu beidio. Roedd yna boen a gwewyr a gofid ac ofn a llawenydd a gorfoledd ym mynwes y bobl oedd yn pasio heibio, yn byw yn y tai cyfagos, yn teithio mewn bws a thrên. Ac ym mhellafoedd byd, yn rhy bell i'r sŵn gario, roedd yna drais ac ymladd a thywallt gwaed yn Irac, yn y dwyrain canol, yn y Swdan; gwaedd y tlawd a'r anghenus mewn cynifer o wledydd y byd, miloedd yn diodde oherwydd anwadalwch dyn ac anwadalwch byd natur, ac yn y llefydd hyn i gyd roedd gwleidyddiaeth a chrefydd yn goctel marwol a'r marw hwnnw'n digwydd ymhlith pobl ddiniwed a phlant diymgeledd.

A oedd yna gymaint ag un gair o'r hyn a draddodwyd yn y capel y noson honno yn neges i fyd oedd yn griddfan, yn gwaedu? A fyddai dychweliad diwygiad tebyg i un 04-05 yn arbed bywyd un person yn y byd, yn cynnig gobaith i un fam ofidus, yn cynnig arweiniad i un gwleidydd hunandybus?

Na oedd yr ateb. Na pendant, sicr, disyfyd.

Onid oedd unrhyw sôn am achubiaeth personol, am edifeirwch, am ddychwelyd eneidiau at Dduw yn hunanoldeb llwyr yn wyneb y fath gyni? Onid oedd gwastraffu adnoddau ac amser wrth wthio'r rhaglen bersonol hon yn dwyn adnoddau gwerthfawr y gellid yn rheitiach eu defnyddio i wella'r byd? Gwir fod yna gasglu arian sylweddol at gronfeydd megis Cymorth Cristnogol bob blwyddyn, a hynny gan yr eglwys. Ble byddai'r byd heb yr eglwys fel yr oedd, beth allai'r byd fod gydag eglwys yr oedd ei gweledigaeth o gariad yn glir a'i holl adnoddau'n cael eu cyfeirio i'r diben hwnnw? Roedd yn bryd iddi dreiddio i berfeddwlad cyni yn hytrach na bodloni ar chwarae ar ffiniau cyfandir dioddefaint.

Cafodd Gwallter P Davies gymeradwyaeth gynnes ar ddiwedd ei ddarlith, darlith a gyflwynwyd yn raenus gan un a ddangosodd barch at ei gynulleidfa yn ei baratoi a'i gyflwyniad. A geiriau tebyg a lefarodd Gwylfa Lewis wrth ddiolch iddo a chyn taflu'r cyfarfod yn agored am gwestiwn neu sylw.

Rhag ei waethaf teimlodd Ifan ryw nerfusrwydd, rhyw ofn mawr yn dod drosto. Roedd y foment fawr wedi dod. Doedd o ddim wrth natur yn ddyn cyhoeddus; un o fanteision arwain mewn eglwys fechan oedd nad oedd raid iddo ddioddef straen siarad wrth gynulleidfa fawr, ac roedd ymladd sedd yn yr etholiad yn rhywbeth na fyddai byth wedi gallu ei wneud dan yr hen drefn o gyfarfodydd aml a lluosog. Dyn cyhoeddus o raid nid o ddymuniad oedd o.

Ond roedd yn rhaid iddo fanteisio ar y cyfle. Roedd yn rhaid iddo ymwroli. Roedd yna rym neu lais mewnol oedd yn ei yrru, yn sicrhau y gallai goncro ei nerfusrwydd, ac ar ôl i'r Parch. Edgar Williams, ffwndamentalydd digyfaddawd, rwdlan am ddeng munud am bechod ac edifeirwch a threfn y cadw a'r angen i ymostwng yn edifeiriol gerbron Duw, sef un o briodoleddau Evan Roberts, cododd yr Ifan arall ar ei draed.

Diolchodd i'r darlithydd am ei ddarlith ac yna aeth ati i ddweud yr hyn oedd ar ei feddwl ond gan gau ei lygaid yn dynn.

'Y mae yma heno ddyhead wedi ei fynegi am ddiwygiad arall tebyg i'r un a gafwyd gan mlynedd yn ôl. Wel, y mae diwygiad felly yn annhebygol ac fe ddywedwn i yn gwbl groes i'r hyn sydd ei angen. Ein trafferth ar hyd y blynyddoedd fu edrych yn ôl yn lle edrych ymlaen, addoli Duw na ddatgelwyd dim amdano ers dwy fil o flynyddoedd, a'r datgelu hwnnw yn ddim ond syniadau rhai pobl. Y mae gen i dystiolaeth sicr fod holl hanes croeshoeliad Crist, ei atgyfodiad, a'i esgyniad yn gelwydd. Cynllwyn oedd y cyfan i geisio profi ei fod yn Fab Duw. A ffars yw hanes y geni gwyrthiol, cynllwyn arall i geisio profi ei dduwdod. Ac ar sail y storïau tylwyth teg hyn fe grëwyd eiconau a delwau, yn Forwyn Fair a Chroes ac Allor a Bara a Gwin. Y mae gen i dystiolaeth fod y gwir ysbryd yn ffieiddio'r pethau hyn ac am weld eu dinistrio.'

Agorodd ei lygaid i edrych ar y gynulleidfa. Roedd pawb wedi troi i edrych arno, gan gynnwys y rhai oedd yn y sêt fawr, ac edrychai ambell un fel pe bai'n awyddus i dorri ar ei draws. Felly caeodd ei lygaid drachefn ac aeth ymlaen i siarad, gan deimlo nad oedd ganddo ef yn bersonol unrhyw reolaeth dros yr hyn a lefarai.

'Wna i mo'ch cadw chi, Mr Llywydd, ond gadewch imi nodi un neu ddau o bwyntiau yn fyr, a chroeso i chi wedyn fy holi yn eu cylch neu eu trafod. Yn gyntaf, nid gair Duw yw'r Beibl; gwaith dyn ydi o, ond y mae'n cynnwys gair Duw. Yn ail, y mae'r syniad o Dduw yn anfon ei Fab i farw dros bechodau'r byd yn syniad cyntefig am Dduw sy'n hawlio'i bwys o gnawd. Mae'r peth yn nonsens llwyr. Yn drydydd, roedd ceisio profi bod y bedd yn wag wedi'r trydydd dydd ac adrodd stori wirion am esgyniad yn rhywbeth dianghenraid beth bynnag gan fod pob bedd yn wag, a dim ond gweddillion dynol ynddo. Dyw'r bersonoliaeth ddim yno, dyw'r meddwl ddim yno, dyw'r enaid ddim yno. Does dim angen atgyfodiad i sicrhau anfarwoldeb; mae anfarwoldeb yn rhan ohonon ni i gyd.'

Arhosodd i dynnu ei wynt, a thaflodd gip ar y gynulleidfa. Roedd ambell un eisoes wedi decrhau colli diddordeb, un neu ddau yn edrych ar *Caneuon Ffydd*, rhai yn rhyw edrych ar ei gilydd. Oedden nhw'n deall beth roedd o'n ceisio ei ddweud? A oedd ei eiriau'n treiddio y tu hwnt i blisgyn tenau eu hymwybyddiaeth? Go brin, meddyliodd, a doedd fawr o bwrpas mewn cario mlaen. Ond penderfynu cario ymlaen wnaeth o. Daeth awyren isel heibio gan lenwi'r capel â'i sŵn. Arhosodd Ifan iddi gilio ac i'r sŵn bellhau cyn mynd ymlaen.

'Mae'n bryd i Gristnogion gallio a deffro a dechrau pregethu cariad Duw. Cariad yw Duw ac ar gariad y sefydlwyd y byd a'r greadigaeth, ac y mae disgrifio Duw fel barnwr neu frenin yn hawlio cosb a phris am bechod dyn, ac yna yn dangos ei gariad trwy greu cyfundrefn o haeddiant ei fab yn ein hachub ni i gyd, yn syniad cwbl chwerthinllyd. Pa fath o Dduw fyddai'n creu cyfundrefn er mwyn profi ei gariad? Y ffaith yw nad Duw a'i creodd. Ym meddwl dyn y ganwyd hi a thrwyddo ef y'i meithrinwyd. "Cariad yw Duw" meddai'r adnod, a honno yw'r unig adnod bwysig. Seiliwyd y cread a'r bydysawd ar gariad: dyna neges ganolog Cristnogaeth, ac angen mawr y byd heddiw, ei unig angen, yw cariad gweithredol yn cymodi pawb â'i gilydd.'

Arhosodd Ifan drachefn i gael ei wynt ato, a chododd ei ben drachefn i edrych ar y gynulleidfa. Roedd y rhan fwyaf yn dal wedi hanner troi i'w wynebu, gan gynnwys y rhai oedd yn eistedd â'u cefnau ato yn y sêt fawr. Ond rhyw olwg farwaidd ddihidio oedd ar y mwyafrif erbyn hyn. Doedd dim stêm yn codi, doedd dim angerdd i'w weld yn wyneb neb, doedd dim golau gweledigaeth newydd yn llygaid pŵl y saint.

Roedd yna ragor i'w ddweud, llawer rhagor, ond pan benderfynodd roi'r gorau iddi oherwydd difaterwch ei gynulleidfa, ni ddaeth llais o unman i'w atal, ac eisteddodd gan deimlo iddo fod yn fethiant llwyr.

'Diddorol iawn, diddorol iawn,' clywodd lais y Parch. Gwylfa Lewis yn ymateb, cyn mynd ymlaen i ddiffodd y fflam cyn iddi gynnau'n iawn. 'Mae Cristnogaeth yn grefydd ddigon eang, ddigon llydan i gofleidio pob math o syniadau, ac amrywiaeth o ddeongliadau. Oes yna rywun arall am ddweud gair?'

A gwenodd yn gyfeillgar ar y gynulleidfa.

Yr oedd un, y Parch. Edgar Williams, y ffwndamentalydd ifanc brwd.

'Mi garwn i ddweud un peth, Mr Llywydd, am y Beibl fel gair Duw. Gwir mai gwaith pobl, gwaith dynion ydyw, ond fe gafodd y rhai a'i sgrifennodd eu gweledigaethau oddi wrth Dduw. Fe ddefnyddiodd Duw hwy yn llestri etholedig i gyfleu ei feddwl a'i fwriadau, i gyfleu i ddynoliaeth bechadurus ei ryfeddol drugaredd a'i ras, a threfn y cadw, trefn oedd yn bod cyn bod y greadigaeth: trefn a ddisgrifiwyd mor fendigedig yn emyn Pedr Fardd:

> Cyn llunio'r byd, cyn lledu'r nefoedd wen,
> Cyn gosod haul na lloer na sêr uwchben,
> Fe drefnwyd ffordd, yng nghyngor Tri yn Un
> I achub gwael golledig euog ddyn.

Dyna'r sicrwydd i ni, dyna'r efengyl, dyna ein hiachawdwriaeth, waeth beth ddywed neb.'

Eisteddodd a daeth ton o flinder a syrffed dros Ifan. Doedd yna ddim gobaith. Doedd neb eisiau gwybod am ffordd amgenach, am ffordd ragorach, doedd neb eisiau gollwng yr hen gredoau ffals, doedd neb eisiau cofleidio'r newydd. Roedd y newydd yn iawn ym mhopeth arall, roedd yna dderbyn datblygiad ym mhob maes arall, boed gymdeithasol, boed dechnolegol, ond ym maes crefydd roedd eisiau i bopeth fod fel y bu. Roedden nhw'n derbyn ac wedi derbyn erioed Dduw yr Hen Destament, y Duw tu hwnt iddyn nhw; roedden nhw'n derbyn ac wedi derbyn erioed Dduw y Testament Newydd, y Duw yn eu plith, ond doedden nhw ddim am fentro ymlaen at y Duw oddi mewn, yn y galon ddynol, Duw oedd yn gariad i gyd.

Daeth y llywydd â'r cyfarfod i ben yn fuan wedyn a cherddodd Ifan yn benisel at ei gar yn y maes parcio yng nghefn y capel.

Bu'n rhaid iddo oddef sylwadau pobl wrth iddo wthio'i ffordd allan gan fod pawb eisiau gadael yr un pryd, a'r 'da iawn' a'r 'diddorol iawn' a'r 'chwarae teg i chi' yn gymysgedd syrffedlyd o ragrith pobl yn atseinio yn ei glustiau. Ond ar ôl iddo gyrraedd y tu allan, aeth heibio'r ddau neu dri oedd eisoes wedi tanio eu sigaréts, yn tynnu'n foddhaus arnyn nhw, ac yn sôn am y tywydd, a phlygodd ei ben wrth droi i wynebu'r gwynt a phrysuro i gefn y capel ac at ei gar, gan ddilyn dau oedd yn cerdded yr un ffordd ag ef, ac ychwanegwyd at ei ddigalondid pan glywodd hwy'n siarad.

'Pwy oedd hwn'na oedd yn siarad yn wirion?'

'Ifan Roberts, un o Glandŵr.'

'Ifan Roberts? Be oedd o'n ceisio ei neud, efelychu'r Evan Roberts arall a chreu diwygiad newydd?'

'Wel, faswn i ddim yn cyfadde wrth bawb, ond diwygiad ydi'r peth dwetha dwi ishio!'

'Finne hefyd!'

A chlywodd Ifan y ddau yn chwerthin wrth iddyn nhw droi'r gornel a diflannu i'r nos.

Aeth yntau i'w gar.

Roedd o wedi methu'n llwyr. Doedd ei ddatganiad ddim wedi peri unrhyw gyffro ac eithrio i Edgar Williams. Byddai'n rhaid iddo feddwl neu gael ei arwain i feddwl am ffyrdd eraill o ddatgan ei gred, ffyrdd a fyddai'n cyrraedd at fwy o bobl na'r llwyth cribinion o ddynoliaeth oedd yn bresennol y noson hon.

Taniodd yr injian a gyrrodd am adref trwy fwrllwch niwlog mis Mawrth.

*　　　　*　　　　*

Roedd car Aled ei fab y tu allan i'r drws ffrynt pan gyrhaeddodd adre, wedi galw ar ei ffordd o gyfarfod yn Wrecsam, ac roedd ef a'i fam yn eistedd yn y lolfa yn cael paned pan gerddodd i mewn i'r tŷ.

Dyma'r peth olaf roedd Ifan ei eisiau. Doedd ganddo mo'r awydd na'r nerth i ddal pen rheswm efo'i fab, i fynd drwy'r litani deuluol o holi am bawb, o gymryd arno ddangos diddordeb ym mynd a dod ei wraig a'i blant.

Ond doedd ganddo ddim dewis.

'Helô, Dad.'

'Helô, Aled.'

'Sut mae pethe efo ti y dyddie yma? Wyt ti'n well?'

'Dydw i ddim wedi bod yn sâl.'

'Wel, mae Mam yn cwyno'n arw amdanat ti bob tro mae hi ar y ffôn. Ddrwg gen i mod i wedi bod cyhyd cyn galw. Prysurdeb, dyna'r unig esgus am wn i.'

Roedd ei fab yr un ffunud ag o, yn dal a golygus, ond fod toriad ei wisg a thoriad ei wallt yn arwydd mai fersiwn ieuengach ohono ydoedd, a gwyddai fod ei osgo wrth eistedd neu hanner gorwedd ar y gadair gyfforddus o flaen y tân nwy yn union fel ei osgo ef wrth iddo eistedd.

'Mae 'na baned yn y tebot,' meddai Bethan ac aeth Ifan i dywallt un iddo'i hun a dod yn ei ôl i eistedd gyferbyn â'i fab.

'Sut mae pawb adre?'

'Iawn. Ac mae'r merched yn holi pryd ydech chi'ch dau'n dod draw? Dwyt ti ddim wedi bod ers y Dolig, Mam, a dwyt ti, Dad, ddim wedi gweld yr estyniad i'r tŷ yng Nghaernarfon.'

'O, mi ddaw pethe'n well ac mi fydd yn haws inni ddod cyn bo hir.'

'Sut aeth y cyfarfod?' holodd Bethan.

'Gweddol. Mi fethais i orffen yr hyn oedd gen i i'w ddeud.'

'A be oedd gen ti i'w ddeud? Roedd Mam yn deud dy fod yn gneud datganiad pwysig heno.'

'Dim ond gwrthwynebu rhai o gredoau sylfaenol yr eglwys.'

'Tebyg i be?'

'Crist yn marw troson ni, y bedd gwag, esgyn i'r nef, pethe felly.'

'Ie, wel, mi wyddost na fedres i erioed lyncu y rhan fwyaf ohonyn nhw.'

'Gwn, ond tria di ddeud wrth bobol. Does neb ishio gwybod. Roeddwn i'n meddwl y bydde heno'n gallu bod yn ddechre pethe, ond roced na thaniodd hi ddim oedd hi dwi'n ofni.'

'Faint oedd yno? Llond capel?'

'Llond capel? Be ti'n feddwl oedd o? Angladd? Na, rhyw ddeugain, a'r rheini'n hen. Dim y lle mwyaf delfrydol i dynnu sylw.'

Edrychai Bethan yn siomedig pan glywodd hi hyn. Roedd wedi gobeithio y byddai'r cyfarfod heno yn datrys problem Ifan a thrwy hynny ei phroblem hi, ac y byddai'n fwy bodlon ar ôl gwneud ei ddatganiad. Ond roedd hi'n ymddangos nad felly yr oedd hi i fod.

'Wyt ti wedi ystyried y wasg?'

'Y wasg?'

'Ie, llythyrau, erthyglau yn y papurau lleol a chenedlaethol. Dyna'r ffordd i gael sylw. Mae rhywrai'n siŵr o ymateb os gnei di hynny.'

'Neu sefyll fel pot ar gornel stryd yn pregethu,' ychwangeodd Bethan, gan roi llais i'w rhwystredigaeth efo'i gŵr.

'Wyt ti wir yn gallu 'ngweld i yn gneud hynny, neu bod yn sarcastig wyt ti?'

'Bod yn sarcastig. Paid cymryd sylw ohono' i. Ond os wyt ti o ddifri ishio tynnu sylw at yr hyn rwyt ti'n gredu ynddo fo, dyna'r ateb. Ond cofia, doedd Jeffrey Jones ddim yn meddwl fod dim arwyddocâd yn yr hyn welaist ti, ac nad oedd angen i ti neud dim yn ei gylch.'

'Dydw i ddim yn glir iawn be welaist ti na pha fath o weledigaeth gefaist ti, er bod Mam wedi ceisio esbonio sawl tro.'

'Do, mi ges i weledigaeth, neges os mynni di, neges mor rymus, mor bwerus fel nad ydi hi'n gadael llonydd imi a rhaid imi neud rhywbeth yn ei chylch.'

'Be oedd honno?'

'O, mae hi'n stori rhy hir i'w hadrodd rŵan. Ond rhaid imi neud rhywbeth neu ddrysu.'

Edrychodd Aled ar ei wats.

'Rhaid imi fynd neu mi fydd hi'n andros o hwyr arna i'n cyrraedd adre. Y wasg, dyna'r ateb i ti, Dad, y wasg. Tria hi.'

11

Bu Ifan wrthi'n brysur yn ystod yr wythnosau dilynol. Ysgrifennodd erthyglau, gwnaeth ddatganiadau, anfonodd lythyrau i'r wasg leol a chenedlaethol, yn Gymraeg ac yn Saesneg, yn ymosod ar gredoau'r eglwysi Cristnogol, eu dibyniaeth ar eiconau a symbolau a'u naïfrwydd yn derbyn y Beibl fel gair Duw, y geni gwyrthiol a'r croeshoeliad, yr atgyfodiad a'r esgyniad. Ond ni chyfeiriodd yn benodol at y ddogfen mwy nag y gwnaeth yn ei anerchiad yn y Tabernacl. Na, roedd o'n cadw'r wybodaeth honno ar gyfer amser mwy addas.

Pan oedd wrthi'n llythyru a chyfansoddi erthyglau aeth i'r swyddfa yn fwy cyson hefyd nag yn yr wythnosau blaenorol, fel tase ysgrifennu'n rhoi pwrpas i'w fywyd, yn therapi iddo, ac yn adfer rhyw gymaint o gydbwysedd rhesymol i'w fodolaeth. Yr adegau pan nad oedd o'n gwneud dim, a dim ganddo i'w wneud, oedd yr adegau anodd iddo, ac yn arbennig i'w wraig.

Atebwyd rhai o'i lythyrau yn y wasg gan rai oedd yn ei dyb ef yn gymysgedd o ambell lythyrwr cytbwys, ambell granc, ambell ffwndamentalydd unllygeidiog; gwelwyd ambell sylw doeth, ystyrlon, ambell un coeglyd, ambell un doniol, ambell un eithafol. Cafodd ei gyf-weld ar y rhaglen *Bwrw Golwg* ar fore Sul, a chyfweliad mwy estynedig ar *Dal i Gredu* cyn rhaglen Dei Tomos. Goroesodd ddeng munud o holi caled gan Gwilym Owen ar ei raglen ef amser cinio ddydd Llun, ac fe dderbyniodd, yn y man, lythyr gan ysgrifennydd yr Henaduriaeth ar ran y corff hwnnw, yn nodi eu bod yn bryderus am ei agwedd gan ei fod yn flaenor, ac yn ei wahodd i'r Henaduriaeth nesaf i esbonio'i safbwynt yn llawn.

Ac yna, ar ôl wythnos neu ddwy o sylw digon derbyniol pan oedd o'n amlwg yn y newyddion, yn ôl natur pethau gyda'r cyfryngau, fe dawelodd y sôn, ac yn fuan iawn roedd pawb wedi anghofio wrth i faterion eraill ddenu bryd darllenwyr a gwrandawyr. Os oedd o'n gobeithio creu diwygiad neu chwyldro, fe fethodd yn llwyr. Roedd hi'n ymddangos fod yr Ysbryd Glân, pan ddewisai weithredu, yn well cyfrwng cyfathrebu na holl ddatblygiadau technolegol yr oes.

Yna, amser te un dydd Iau yn nechrau Mai, daeth galwad argyfwng o Gaernarfon yn dweud bod Angharad, un o'r efeilliaid, yn sâl a bod Eleri'n methu trefnu neb i edrych ar ei hôl. Oni bai bod ei mam yn gallu mynd yno, byddai'n rhaid iddi golli amser o'r ysgol a hynny ar drothwy cyfnod prysur arholiadau. Doedd Bethan ddim yn gweithio ar ddydd Gwener, ac roedd hi'n hwylus iddi fynd. Felly, ar ôl i Ifan ei sicrhau na allai fynd efo hi ac y byddai'n iawn ar ei ben ei hun a bod digon o fwyd yn y tŷ, fe aeth am Gaernarfon, gan fwriadu aros hyd nos Sul o leia, a gweld sut byddai pethau erbyn hynny, ac fe ddichon mai'r penderfyniad i fynd i warchod, er ei fod yn ymddangos yn un mor ddiniwed ar y pryd, oedd y trobwynt pwysig yn hanes ei gŵr.

Wedi iddi fynd, ac yntau'n gwybod na ddychwelai am rai dyddiau, y sylweddolodd Ifan mor ddiffaith oedd y tŷ heb ei phresenoldeb. Roedd hi mor fywiog, mor brysur, fel gwenynen aflonydd yn gwibio o le i le trwy'r dydd. Roedd y tŷ'n llawn ohoni, a hithau'n llenwi'r lle.

Ni fyddai am gyfaddef hynny wrthi, ond roedd y tŷ yn wag hebddi. Crwydrodd o ystafell i ystafell, i'r lolfa eang foethus i ddechrau, lle'r oedd popeth mewn trefn, y cadeiriau a'r byrddau bach, y set deledu, y silffoedd llyfrau, y celfi a'r lluniau yn raenus ddi-lwch a thaclus. Aeth i'r gegin lle'r oedd pob llestr wedi ei gadw, a phob un yn lân. Ni fyddai angen iddo olchi'r un gwpan na'r un soser na'r un dilledyn tra byddai hi i ffwrdd. Aeth i'r cyntedd ac i fyny'r grisiau i'r llofftydd. Pob un yn berffaith. Edrychodd ar waliau'r llofft sbâr, y llofft orau fel y gelwid hi. Hon oedd y nesaf roedd angen ei phaentio a'i phapuro, a daeth drosto am ennyd y syniad y gallai wneud hynny tra oedd hi oddi cartref.

Ond syniad y funud oedd o. Doedd y papur wal na'r lliw ddim wedi eu dewis, a gwyddai o brofiad nad oedd fiw iddo eu dewis hebddi hi. A sut bynnag roedd ganddo bethau pwysicach ar ei feddwl, a phethau pwysicach i'w gwneud. Ond beth?

Beth oedd y cam nesaf? Roedd o wedi gwneud rhyw fath o ddatganiad digon carbwl yn y cyfarfod yn y Tabernacl, mewn ymateb i'r llais a glywodd yn ei annog; roedd o wedi ysgrifennu i'r wasg, ar awgrym Aled ei fab, wedi cael cyfweliadau, wedi cael ergyd rybuddiol gan yr Henaduriaeth. Ac yna, dim. Dim oll. Roedd y gyfundrefn eglwysig yn dal i rygnu'n araf ar ei thaith sicr tua difancoll.

Beth roedd o i'w wneud? A ddeuai iddo arweiniad pellach? Penderfynodd mai'r cam cyntaf fyddai ail-ddarllen yr hanes fel yr ysgrifennodd ef ar gyfer Jeffrey Jones, ac ailddarllen y ddogfen fel y cofnodwyd hi'n wyrthiol ganddo. Yr hanes a'r ddogfen oedd cychwyn y cyfan a byddai dychwelyd at y gwreiddiau fel petai, yn rhoi iddo ysbrydoliaeth.

Doedd o ddim yn un arbennig o dda am wneud bwyd iddo'i hun, ac eto, nid aeth erioed o gwmpas y lle yn honni diffrwythedd llwyr cyn belled ag yr oedd coginio'n bod, fel tase hynny'n rhywbeth i ymffrostio ynddo; na, gallai wneud mwy yn y gegin na berwi ŵy, felly cafodd swper digon rhesymol o gyrri a reis, o baced a chyda help y meicrodon mae'n wir, ond roedd o'n ddigon i'w gynnal.

Ar ôl swper daeth galwad ffôn gan Bethan i ddweud ei bod wedi cyrraedd yn saff, a bod popeth dan reolaeth ac Angharad yn well. Wedi dal rhyw feirws yr oedd hi, a gobeithiai'r meddyg y byddai'n holliach ymhen ychydig ddyddiau.

Yna, aeth Ifan ati i ddarllen ac ailddarllen ei hanes yn Ffrainc a'r ddogfen oedd yn cofnodi digwyddiadau'r wythnos fawr yn Jerwsalem. Ac wrth ddarllen daeth y cyfan yn ôl, y Tad Joshua, yr allor, y ddogfen o fewn yr allor, yr eiconau yn yr eglwys, ac yn arbennig y corwynt a hyrddiodd y cyfryw eiconau o'u lleoedd a'u malu'n yfflon. Cofiodd amdano'n swatio gyda'r Tad Joshua rhag rhyferthwy'r gwynt, cofiodd y dinistr, y sŵn wrth i bethau gael eu hyrddio o gwmpas y lle. Roedd o'n ail-fyw ei brofiadau wrth ddarllen, ac roedd o unwaith eto yn yr eglwys, yn teimlo'n anniddig, yn teimlo'n ofnus, wedi ei frawychu gan rym y weledigaeth. Roedd popeth mor real, allai o ddim bod yn ddychymyg; roedd y cyfan wedi digwydd yn union fel y cofnododd yr hanes.

Wrth ailddarllen teimlodd ei amrannau'n trymhau a chododd i edrych ar y cloc. Gwelodd ei bod yn hanner awr wedi un ar ddeg ac yn hen amser gwely.

Wrth ddringo'r grisiau, synhwyrodd fod y gwynt yn codi ac aeth i ffenest y llofft i edrych allan. Ond roedd pobman yn dawel fel y bedd a doedd dim awel yn ysgwyd y dail nac yn creu unrhyw gynnwrf. Noson olau braf oedd hi, noson dangnefeddus, lonydd, a chreigiau Eglwyseg draw ar y gorwel yn disgleirio'n llwyd wyn yng ngolau'r lleuad llawn, a'r Ddyfrdwy yn ddolen arian yn y dyffryn.

Ond nid oedd tangnefedd ym mron Ifan wedi iddo fynd i'w wely. Allai o yn ei fyw gysgu. Falle, meddyliodd, mai'r ffaith nad oedd Bethan yno efo fo oedd yn ei gadw'n effro, bob amser yn troi ac yn gafael amdano cyn cysgu ac yn rhoi iddo ryw sicrwydd fod popeth fel erioed a dim byd yn newid. Ond o flaen llygaid ei feddwl o hyd ac o hyd ymrithiai'r ddogfen hanesyddol a dynnwyd o'r sêff, y creigiau tal mawreddog uchben Col des Aravis a'r llanast yn yr eglwys a bygythiad gwirioneddol y corwynt, a'r cyfan yn un gybolfa yn ei ben.

Rywbryd ganol nos ac yntau'n hepian cysgu, clywodd lais yn siarad efo fo. Ai yr un llais ag o'r blaen? Ai ei lais mewnol ei hun neu a oedd ganddo ymwelydd? Roedd o'n swnio mor real, fel presenoldeb yn yr ystafell wely. Cododd ar ei eistedd mewn braw a throi'r golau ymlaen, ond yr oedd y llofft yn wag. Doedd neb yno. Diffoddodd y golau ond ni ddiflannodd y llais. Oddi mewn iddo yr oedd, ond ni chredai mai ei lais ei hun ydoedd. Roedd yn edliw iddo'i fethiant i gyflawni'r hyn y bwriadwyd iddo'i wneud, ac yn pwysleisio ei wendid a'i ymdrechion tila. Pwy yn ei iawn synnwyr fyddai'n dychmygu, yn y Gymru ddigrefydd hon, y byddai codi ar ei draed mewn cyfarfod eglwysig yn cael unrhyw effaith. Pwy yn ei iawn bwyll yn y Gymru ddiddarllen hon fyddai'n dychmygu y byddai llythyrau ac erthyglau yn y wasg yn creu chwyldro? A chreu chwyldro oedd yr angen, oedd y gofyn, a dulliau chwyldro yn unig a allai greu chwyldro, dim mwy, dim llai.

Cofiodd eiriau'r Tad Joshua yn yr eglwys yn La Clusaz: 'Bydd yn rhaid i chi aros i glywed y llais a gwrando arno.'

Ond troi ar ei ochr a chau ei glustiau a cheisio cysgu wnaeth o. Doedd o ddim eisiau clywed y llais yn ei atgoffa o'i fethiant. Ond roedd cwsg ymhell erbyn hyn a rhag ei waethaf fe'i cafodd ei hun dro ar ôl tro yn yr eglwys yn La Clusaz yn clywed geiriau'r offeiriad ac yna'n ail-fyw'r profiad cynhyrfus o weld y corwynt rhyfeddol yn dryllio'r eiconau.

Clywodd y llais yn siarad drachefn.

'Dyna'r ateb. Dyw ceisio pwysleisio agweddau newydd ar gred yn argyhoeddi neb, ond fe fyddai dryllio'r eiconau yn creu argraff, yn tynnu sylw, yn foddion creu chwyldro. Y mae creu chwyldro yn golygu hunanaberth a hyd nes y gwnei di hynny fydd yna ddim llonydd i ti, fydd yna ddim tangnefedd dan dy fron, fydd yna ddim bywyd cysurus yn y byd hwn. Yr wyt yn llestr etholedig a'th gyfrifoldeb yn fawr, ond mae'r cyfrifoldeb o wrthod y dasg, o fethu cyflawni, yn fwy. Ni fydd hedd na thawelwch meddwl, ni fydd bywyd normal yn bosib i ti nes y byddi wedi cyflawni'r gwaith a ymddiriedwyd i ti, ac nid oes unman y gelli ddianc iddo rhag y cyfrifoldeb hwn.'

Anaml erbyn hyn y byddai'n trafod unrhyw beth o bwys efo Bethan yn y bore; yn amlach na pheidio byddai ei feddwl ymhell a dim ond crensian tost a sŵn llwy yn troi te yn torri ar dawelwch y bwrdd brecwast. Ond y bore wedi'r llais hiraethai am gael dweud wrth rywun ac, wrth gwrs, doedd Bethan ddim yno. Roedd o'n ddigon call i sylweddoli efallai na fyddai hi'n awyddus i drafod tase hi yno, ond gan nad oedd, roedd yn ddiogel iddo allu meddwl hynny o leia. Roedd hunan-dwyll yn rhan o arfogaeth angenrheidiol pob un yn y pen draw.

Ond golau ddydd, brecwast neu beidio, doedd neges y llais ddim yn gadael llonydd iddo. Byddai'n rhaid iddo weithredu.

Roedd hi'n fore Sadwrn a'r swyddfa wedi cau. Wrth

gwrs fe allai fynd yno, Sadwrn neu ddim, ond fyddai hynny, fe wyddai, ddim yn ateb yr un diben. Yr un fyddai ei anniddigrwydd yno ag ydoedd gartref. Penderfynodd fynd allan, mynd am dro, i ddianc rhag y llais, i ddianc rhag clawstroffobia'r tŷ, a cherddodd i fyny'r llwybr ar ochr y Berwyn. Roedd hi'n fore cynnes, cymylog ond sych ac roedd bod allan yn fendith, yn iachâd. Cyrhaeddodd y fainc oedd ar ymyl y llwybr, wedi ei gosod mewn man strategol uwchben y dyffryn ac eisteddodd arni i gael ei wynt ato.

Oddi tano yr oedd Glandŵr, ac wrth iddo edrych ar y dreflan daeth pelydryn o haul o'r tu ôl i'r cymylau i oleuo rhan ohoni a'i dangos mewn golau newydd. Edrychodd Ifan yn fanylach a sylweddolodd mai'r rhan a oleuwyd oedd yr Eglwys Babyddol, a'r eiliad y sylweddolodd hynny clywodd gynnwrf rhyfedd yn cerdded ato, a chlywodd y llais mewnol yn sibrwd, 'Yr eiconau, Ifan, yr eiconau. Mae angen dryllio'r delwau mewn act ddramatig.'

Cododd o'i sedd yn gyffro i gyd. Nid damwain oedd y pelydryn, nid cyd-ddigwyddiad oedd y ffaith iddo ddisgleirio ar yr eglwys; na, neges ydoedd, neges o rywle. O ble, ni wyddai; roedd y dryswch hwnnw'n rhan ohono fel yr oedd pan oedd yn Ffrainc, pan oedd o'n gwrando ar y Tad Joshua yn adrodd am ei brofiadau. Ond roedd yn neges ddigamsyniol iddo, mor bendant â'r llais yn y nos, ac yn arwydd iddo pa lwybr i'w droedio a beth i'w wneud.

Cerddodd i lawr y mynydd yn gyflym ac ar hyd y stryd i ganol y dref. Aeth at yr eglwys ac i mewn iddi. Bu yno droeon o'r blaen dros y blynyddoedd, hyd yn oed mewn ambell wasanaeth, a gwyddai amdani'n dda; gwyddai ble'r oedd y Forwyn Fair, y fedyddfaen, yr allor a'r groes, ond nid oedd erioed wedi sylwi arni o safbwynt lleidr oedd â'i fryd ar dorri i mewn iddi. Aeth allan a rownd i'r cefn. Yno roedd festri fechan yn sownd wrth y prif adeilad, a ffenest o olwg y stryd yn yr adeilad hwnnw. Cyn belled ag y gallai Ifan weld doedd dim system larwm yn yr eglwys, nid y byddai hynny o bwys beth bynnag.

Y noson honno, tua naw o'r gloch, yn gwbl hunanfeddiannol, yn sicr ohono'i hun a'r cyfrifoldeb a ymddiriedwyd iddo, yn gwbl fwriadol dan rym y gyriant mewnol oedd yn ei reoli, torrodd i mewn i'r eglwys drwy ffenest y festri a chyflawnodd yr hyn y galwyd ef i'w wneud.

Hanner awr yn ddiweddarach, roedd o'n cerdded i mewn i'r orsaf heddlu fechan, oedd bob amser yn agored ar nos Sadwrn, i gyfaddef ei drosedd.

*   *   *

Roedd hi bron yn un ar ddeg arno'n dychwelyd adref, ar ôl dioddef arafwch a manylder swyddfa'r heddlu, ac er ei syndod gwelodd fod y golau ymlaen yn y tŷ, a char Bethan y tu allan i'r drws ffrynt.

Camodd i mewn i'r tŷ ac i'r lolfa ac yno yn eistedd o boptu'r tân yr oedd Bethan ac Angharad.

'Helô, Taid,' meddai honno'n siriol, gan neidio ar ei thraed i'w gofleidio, a sylwodd Ifan ei bod wedi tyfu ers iddo ei gweld ddiwethaf; roedd yn dal, yn denau, a'r gwallt brown tywyll tebyg iddo ef yn gwneud i'w hwyneb edrych yn llawer llwytach o'r herwydd.

'Mi wnes i ffonio, ond doedd dim ateb,' meddai Bethan, 'ond gan fod Angharad yn well roeddwn i'n meddwl mai'r cynllun gorau fyddai dod â hi adre efo fi am rai dyddiau.

Ond be sy'n bod arnat ti, rwyt ti'n edrych fel taset ti wedi gweld ysbryd!'

'Mi rydw i wedi gneud rhywbeth ofnadwy,' atebodd yntau. 'Ond doedd gen i ddim dewis, roedd yn rhaid imi.'

Edrychodd Bethan yn bryderus arno.

'Be wyt ti wedi ei neud?'

'Torri i mewn i'r Eglwys Babyddol a chreu llanast ynddi.'

Roedd Bethan wedi ei syfrdanu, a daeth drosti yr eiliad honno gymysgedd o bryder ac euogrwydd ei bod wedi mynd a'i adael ar ei ben ei hun.

'Torri i mewn i'r Eglwys Babyddol! Wyt ti'n dechre hurtio dwed?'

'Na, Bethan, dydw i ddim yn hurtio, rydw i'n hollol gall.'

'A be wnei di rŵan?'

'Dim. Mae'r heddlu'n gwybod; rydw i newydd ddeud wrthyn nhw. Bydd yn rhaid inni adael i bethau gymryd eu siawns. Ond doedd gen i ddim dewis, roedd yn rhaid imi neud yr hyn wnes i a dydw i ddim yn difaru.'

Pesychiad ysgafn atgoffodd y ddau fod Angharad yno, yn eistedd yn dawel wrth y tân ac yn edrych yn fwy gwelw hyd yn oed na chynt.

12

Teimlai Ifan fel pe bai o flaen ei well, a hynny yn ei gartref ei hun. Bethan, Aled a Gwyneth yn ei holi a'i groesholi fel pe bai'n ddrwgweithredwr, ac wrth gwrs, yn ei feddwl ei hun doedd o ddim.

Roedd Bethan wedi trefnu, yn wrthgefn iddo ef, i'r ddau ddod yno ar yr un pryd i drafod y sefyllfa ddifrifol yr oedd eu tad ynddo, yn dilyn ei ymosodiad ar yr Eglwys Babyddol yng Nglandŵr. Roedd hi wedi disgrifio i'r ddau orau gallai hi brofiad eu tad yn Ffrainc gan lenwi i mewn y bylchau yn eu gwybodaeth o'r digwyddiadau rhyfedd yno.

Blin oedd Aled, blin wrth ei dad am ddwyn gwarth ar y teulu, blin a digydymdeimlad. Cerddai yn ôl a blaen yn y lolfa fel teigr cynddeiriog, bygythiol a'i wyneb yn goch fel tân.

'Be ar y ddaear ddaeth dros dy ben di? Wnest ti aros i ystyried dy sefyllfa, wnest ti aros i ystyried Mam, i'n hystyried ni, dy blant a dy deulu? Naddo, mae'n amlwg, dim ond ymddwyn fel meddwyn, neu waeth, fel ynfytyn. Rwyt ti wedi creu digon o drafferth i bawb ohonom ers misoedd bellach, a rŵan, dyma goroni'r cyfan efo ymosodiad gwallgof ar yr Eglwys Babyddol.'

Arhosodd i dynnu ei wynt, ac yn yr egwyl daliodd Bethan ar y cyfle i dorri ar ei draws.

'Iste, Aled, a phaid â chynhyrfu gymaint. Rhaid inni drafod y sefyllfa yn dawel ac ystyrlon, nid bytheirio a gwylltio.'

'Yn hollol,' ategodd Gwyneth. 'Tyrd, iste ar y soffa 'ma inni gael meddwl be 'den ni'n mynd i'w neud.'

Eisteddod Aled yn anfoddog.

'Ond does yna ddim byd i'w drafod,' meddai Ifan. 'Roedd ymosod ar yr eglwys yn rhan o'r cynllun i danseilio sylfeini crefydd fel y maen nhw ar hyn o bryd ac i symud Cristnogaeth ymlaen, neu ddod â hi i'r ganrif hon.'

'A be sy'n dy neud di mor sbesial dy fod yn meddwl mai ti ydi'r un i neud y gwaith hwnnw, hyd yn oed tase angen ei neud o? Nefoedd wen, roeddwn i'n ystyried siarad mewn cyfarfod a llythyru yn y wasg yn weithredoedd normal, synhwyrol, ac roedd yr hyn roeddet ti'n ei ddeud yn swnio'n weddol gall i mi y noson y galwais i yma, ond ymosod ar eglwys o bob dim dan haul!'

Roedd Aled wedi tawelu ond roedd y gwawd yn amlwg yn ei lais.

'Does dim byd yn sbesial yno' i,' atebodd ei dad, 'dim ond mod i wedi fy newis i gyflawni'r gwaith. Paid â gofyn pam, dwi ddim yn gwybod. Falle am mai Ifan Roberts ydi fy enw i ac imi fynd i eglwys La Clusaz ar y nawfed ar hugain o Fedi. Wn i ddim. Y cyfan wn i ydi mod i'n gorfod dilyn y llais a gneud fel mae o'n deud.'

'Dilyn y llais, wir. Pa lais? Siarad efo ti dy hun wyt ti debyca, neu freuddwydio.'

'Dyden ni damed haws o fytheirio a gwawdio, fel dwi wedi deud o'r blaen,' meddai Gwyneth yn dawel, amyneddgar. 'Rŵan, Dad, pryd oedd y tro cynta i ti glywed y llais yma?'

'Cyn imi fynd i siarad yn y Tabernacl. Roeddwn i wedi bod yn aros amdano ers misoedd.'

'A sut y gwyddet ti ei fod o'n mynd i ddod?'

'Fe ddwedodd y Tad Joshua wrtha i yn yr eglwys yn Ffrainc. "Bydd raid i chi aros i glywed y llais a gwrando arno" oedd ei eiriau, a dyna dwi wedi'i neud. A phan ddaeth, roedd yn rhaid i mi weithredu.'

'O ble roedd y llais yn dod?'

'Wn i ddim. Ond mi clywes i o mor glir pan fu dy fam yn aros yng Nghaernarfon a minnau'n cysgu fy hun, nes imi ddychryn. Roeddwn i yn fy ngwely ac mi rois y golau ymlaen gan mod i'n meddwl fod rhywun yn y stafell wely. Ond doedd neb yno.'

'Falle mai o'r tu mewn i ti mae'r llais yn dod?'

'Falle wir.'

Neidiodd Aled ar ei draed pan glywodd o hyn.

'Ddudis i, do?' gwaeddodd. 'Ddudis i mai siarad efo ti dy hun oeddet ti. Dyna ydi o, dy lais dy hun a thithe wedi mynd i gredu bod rhywun arall yn siarad efo ti, wedi dechre drysu mewn geirie erill.'

'Aled, stedda a bydd dawel wir,' meddai Gwyneth. 'Rwyt ti cyn wirioned â dy dad bob blewyn.'

'Poeni am Mam ydw i. Yr holl mae hi wedi gorfod ei ddioddef yn byw efo dyn sy'n bopeth ond call. Wyt ti ddim yn poeni amdani?'

'Wth gwrs mod i. Yn poeni am y ddau ohonyn nhw. Dwi wedi bod yn ffonio dair a phedair gwaith yr wythnos ers wythnose lawer. Sawl tro wyt ti wedi ffonio, Aled?'

Fe'i lloriwyd gan ei chwestiwn.

'Wel, y, mi wyddost mod i wedi bod yn brysur yn ddiweddar efo'r tŷ a'r gwaith a phopeth. Ond mi alwais i yma un min nos.'

'Do, ar dy ffordd o rywle arall. Dydi galwad ffôn yn cymryd fawr o amser, a tase gen ti gonsýrn gwirioneddol amdanyn nhw mi faset wedi cysylltu'n amlach.'

Roedd min yn llais Gwyneth ac edrychodd hi a'i brawd ar ei gilydd fel dau geiliog yn bygwth ei gilydd ar y buarth.

Ond torrodd Bethan ar eu traws.

'Dech chi'ch dau yn ymddwyn fel dau blentyn. Dyn a ŵyr, dech chi wedi ffraeo digon pan oeddech chi'n blant, ond siawns nad ydech chi wedi tyfu a challio erbyn hyn. Awn ni ddim i unman wrth ffraeo fel hyn.'

Edrychodd Ifan ar ei wats.

'Wn i ddim faint hwy dech chi'n mynd i ddadle fel hyn, ond mae gen i bethe i'w gneud,' a hanner cododd o'i sedd.

143

'Aros di lle'r wyt ti,' meddai Bethan gan ei wthio yn ôl i'w gadair. 'Den ni ddim wedi trafod y peth pwysica eto.'

'Y peth pwysica? A be 'di hwnnw os ca i fod mor hy â gofyn?'

'Yr achos llys yn dy erbyn di, siŵr iawn.'

'Does dim i'w drafod. Mi dwi'n mynd i ofyn am i'r achos gael ei gynnal yn y llys chwarter. Mwy o gyhoeddusrwydd yn y fan honno nag yn y llys bach, ac mi rydw i'n mynd i bledio'n ddieuog.'

Dechreuodd y tri siarad ar draws ei gilydd nes i Bethan weiddi arnyn nhw i roi'r gorau iddi. Ac o dipyn i beth cafwyd trafodaeth weddol resymol. Roedd Ifan am bledio'n ddieuog er iddo fynd i swyddfa'r heddlu i gyfaddef, pledio'n ddieuog er mwyn i'r ffeithiau gael eu dadlennu yn y llys. Byddai hynny'n gyhoeddusrwydd iddo ac i'w achos. Doedd dim cyhoeddusrwydd mewn achos lle'r oedd y diffinydd yn pledio'n euog.

Roedd o hefyd am ei amddiffyn ei hun.

Ac er gwaetha pob ymresymu a dadlau doedd dim troi arno ar hyn nac ar y lleoliad. Yna, a'r trafod a'r dadlau yn dal ymlaen, torrodd Bethan allan i feichio crio a chododd Gwyneth a rhoi ei braich amdani.

'Alla i ddal dim mwy,' meddai rhwng hyrddiau o grio aflywodraethus. 'Alla i ddim. Mae'r cyfan yn ormod i mi. Wn i ddim be ddaw ohona i. Mae'r misoeodd dwetha 'ma wedi bod yn rhai anodd iawn i mi. Diolch fod gen i'r ysgol i fynd iddi, neu mi fyddwn wedi drysu.'

Safodd Aled ar ei draed am y canfed tro y noson honno, a phwyntiodd ei fys yn gyhuddgar at ei dad, oedd yn teimlo'n annifyr gan fod Bethan yn crio. Doedd o ddim wedi gweld ei dagrau ers blynyddoedd.

'Reit,' meddai. 'Dyna ddigon. Does gen ti ddim dewis

yn y mater, Dad. Llys bach os caniateir hynny, a chael rhywun i dy amddiffyn, ac mi gei di bledio'n ddieuog os mai dyna dy ddymuniad. Dyna'r cyfaddawd, dim mwy, dim llai. A waeth i ti un gair na chant, felly y bydd hi.'

'Cytuno,' meddai Gwyneth. 'Mae pethe wedi mynd yn rhy bell. Rhaid i ni ddechre rheoli'r sefyllfa.'

Yn wyneb pendantrwydd ei blant a dagrau ei wraig fe ildiodd Ifan, a threuliwyd gweddill yr amser yn cynllunio pethau a chytuno i geisio sicrhau gwasanaeth Robin Isaac, un o'r cyfreithwyr gorau yn y sir i'w amddiffyn.

A chyn ymadael y noson honno addawodd Aled i'w fam a'i chwaer y byddai'n ffonio o leia ddwywaith yr wythnos nes y cynhelid yr achos llys.

13

Roedd yr achos wedi denu llawer o sylw yn yr ardal, ac roedd yr oriel gyhoeddus fechan yn llawn gyda nifer o bobl eraill yn ciwio y tu allan yn y gobaith o gael mynediad neu o leia ryw achlust o'r hyn oedd yn digwydd oddi mewn.

O flaen y llys yr oedd Ifan Roberts, pennaeth cwmni cyfrifwyr siartredig llwyddiannus, blaenor a dyn cyhoeddus uchel ei barch, cyn-ymgeisydd Plaid Cymru yn etholiad y Cynulliad, ac yr oedd yn wynebu dau gyhuddiad – o dorri i mewn i'r Eglwys Babyddol yn y dref ac o achosi difrod troseddol.

Roedd o'n pledio'n ddieuog.

Doedd gan y rhai a fynychai'r oriel gyhoeddus fawr o ddiddordeb yn ffurfioldeb y gweithgareddau ar y dechrau, ond fu clerc y llys fawr o dro cyn rhoi trefn ar bethau a'r funud y cododd y twrnai oedd yn erlyn ar ran y Goron ar ei draed dyma bawb yn plygu ymlaen yn eiddgar i wybod manylion y cyhuddiadau.

Yn ei amlinelliad o'r achos dywedodd yr erlynydd fod y diffinydd, ar nos Sadwrn, Mai yr unfed ar hugain, dwy fil a phump, wedi torri i mewn i'r Eglwys Babyddol yng Nglandŵr drwy un o'r ffenestri ac wedi achosi difrod o fewn yr adeilad ei hun. Roedd y cerflun o'r Forwyn Fair a'i baban wedi ei dynnu o'i le ar y mur a'i ddisgyn ar y fedyddfaen a chracio honno yn ei hanner. Roedd y cerflun wedi ei falu'n deilchion, a'r un modd y cerflun o Grist ar y groes; roedd hwnnw wedi ei hyrddio i lawr ar ben yr allor nes hollti honno'n ddau. Er bod y rhan fwyaf o'r ffenestri lliw wedi cael llonydd, roedd tair wedi eu malurio – y tair oedd yn darlunio Crist yn cario'i groes, yn cael ei groeshoelio ac yna'r bedd gwag. Roedd y cwpan cymun a gweddill y llestri hefyd wedi eu fandaleiddio.

Aeth yr erlynydd, y Cyfreithiwr Michael Owen, ymlaen i ddweud bod Ifan Roberts yn ŵr a berchid yn fawr yn y dref, yn un o golofnau'r gymdeithas, yn weithgar gydag amryw byd o fudiadau dyngarol a diwylliannol. Ond, yr oedd yn ddiweddar, meddai, wedi datblygu rhyw obsesiwn rhyfedd ynglŷn â chreiriau ac eiconau'r eglwys, ac wedi bod wrthi'n datgan ar lafar ac yn y wasg nad oedd gan wir grefydd ddim i'w wneud â cherfluniau a symbolau, a bod y cerflun wedi dod yn bwysicach na chred, a symbol yn bwysicach na ffaith, a bod y cyfan yn seiliedig ar dwyll. Cytunodd fod unigolion o dro i dro yn cael syniadau rhyfedd, a bod crefydd yn gallu bod yn rhywbeth cynyrfiadol iawn, ond dyletswydd pob dinesydd oedd bod yn gyfrifol a gweithredu o fewn terfynau'r gyfraith waeth beth oedd y cymhellion.

Disgrifiodd yn ei erlyniad yr olygfa oddi mewn i'r eglwys

gan ddweud ei bod yn union fel pe bai wedi ei hanrheithio gan wallgofddyn. Ac eto, pwysleisiodd, nid un felly oedd y diffinydd o gwbl. Gŵr yn ei iawn bwyll ydoedd, gŵr oedd yn gwybod yn iawn beth yr oedd o'n ei wneud, oedd yn llwyr gyfrifol am y llanast ac ni allai'r amddiffyniad bledio ei fod, oherwydd unrhyw amgylchiadau anarferol, yn analluog i fod yn atebol am ei weithredoedd.

Cafodd y rhai oedd yn yr oriel gyhoeddus fodd i fyw pan ddaeth yn amser yr holi a'r croesholi.

'Dydych chi ddim yn gwadu i chi, ar noson yr unfed ar hugain o Fai, dwy fil a phump, dorri i mewn i'r Eglwys Babyddol yn y dref a chreu difrod troseddol iddi?' holodd yr erlynydd.

'Na, dydw i ddim yn gwadu hynny.'

'Ac eto rydych chi wedi pledio'n ddieuog?'

'Do.'

'Pam, os ydych chi yn awr yn cyfaddef ichi gyflawni'r drosedd, ac ichi yn wir gyfaddef hynny i'r heddlu ar noson y torri i mewn?'

'Nid gweithredu ar fy rhan fy hun yr oeddwn i, ac felly doeddwn i ddim yn gyfrifol yn bersonol am yr hyn wnes i.'

'Ond y chi wnaeth y weithred?'

'O ie.'

'Ar ran pwy oeddech chi'n gweithredu felly?'

'Wn i ddim. Duw efallai. Rhyw allu oedd yn fy ngorfodi. Rhyw lais yn fy nghyfarwyddo. Ac ar sail y weledigaeth gefais i, wrth gwrs.'

'Wel, allwn ni ddim yn hawdd alw Duw i gyfrif o flaen y llys yma, er mor ddiddorol fyddai hynny, rwy'n siŵr.'

Torrodd chwerthin allan yn yr oriel ar hyn a bu'n rhaid i'r cadeirydd geryddu'r bobl oedd yno a galw am ddistawrwydd a pharch i'r llys.

Aeth yr erlynydd yn ei flaen.

'Mi sonioch chi am weledigaeth?'

'Do, mi gefais i weledigaeth. Mi welais i yr union greiriau a ddifethais i yn yr eglwys hon yn cael eu malurio mewn eglwys arall.

'A ble'r oedd yr eglwys honno?'

'Yn La Clusaz, yn ne-ddwyrain Ffrainc.'

'A phwy oedd yn gyfrifol am y difrod yn y fan honno?'

'Wn i ddim, rhyw wynt nerthol ddaeth drwy'r drws, ysbryd efallai – neu yr Ysbryd Glân ei hun.'

'Yr ydych chi'n credu yn yr Ysbryd Glân felly?'

'Rydw i yn credu ym myd yr ysbryd, ydw.'

'Ac roeddech chi'n gweld yr hyn ddigwyddodd yn yr eglwys honno fel arwydd i chi wneud yr un peth?'

'Mi ddois i ddeall ei fod yn orchymyn i mi i weithredu'n debyg, do.'

'Pam?'

'Am fod yr eglwys ar hyd y canrifoedd wedi cael ei chamarwain, wedi ei chyflyru i gredu bod eiconau'n bwysig, bod symbolau'n bwysig ac am fod y pethau hyn yn cuddio gwir grefydd, yn cuddio Duw, yn bychanu'r Duwdod a dod â fo i lawr i lefel cerfluniau alabaster a ffenestri lliw. Am fod eisiau gwaredu'r eglwys a chrefydd o'r cerfluniau a'r eiconau a'r arteffactau hyn. Dyna pam y gweithredais i fel hyn, yn unol â'r neges a gefais. Ac am fy mod i eisiau tynnu sylw gwerin gwlad at hyn.

'Ydych chi o ddifri yn credu y gall gweithredu fel hyn mewn un eglwys, un eglwys allan o gannoedd, na, miloedd drwy'r byd, gyflawni'r hyn yr ydych chi am ei weld yn cael ei gyflawni?'

'Nac ydw, ond mi all fod yn gychwyn i hynny, ac yn symbyliad i eraill weithredu'n debyg.'

Arhosodd yr erlynydd am eiliad, gan gymryd arno edrych ar ei bapurau, ond eisiau meddwl am gyfeiriad newydd i'w holi yr oedd o.

Yna trodd at y cadeirydd ac meddai:

'Madam Cadeirydd, yn wyneb y ffaith fod y diffinydd wedi cytuno ei fod yn euog er ei fod wedi pledio'n ddieuog, does gen i ddim rhagor o gwestiynau i'w gofyn ar hyn o bryd.'

Tro yr amddiffyniad oedd hi nesaf, ac roedd hi'n amlwg oddi wrth gwestiwn cyntaf Robin Issac beth oedd llwybr yr amddiffyniad yn mynd i fod, a byddai'n rhaid iddo yntau fynd drwy'r rigmarôl o ateb pob cwestiwn ar sail geiriad y gofyn.

'Mr Roberts, rydych chi'n weithiwr caled a chydwybodol?'

'Rydw i'n hoffi meddwl fy mod i, ydw.'

'Pa mor aml fyddwch chi'n mynd ar wyliau?'

'Byth.'

'Ond mi fuoch chi yn Ffrainc fis Medi y llynedd?'

'Do, mynd oherwydd bod fy ngwraig angen gwylie oeddwn i. Ond dyna'r tro cyntaf ers inni briodi inni fynd dros y môr.'

'Dydych chi ddim yn ddyn sy'n hoffi gwyliau?'

'Nac ydw.'

'Fyddwch chi'n cymryd gwyliau gartref?'

'Ychydig iawn.'

'Sawl awr fyddwch chi – fyddech chi – yn eu gweithio bob dydd, Mr Roberts?'

'Oriau arferol swyddfa ac yna mynd â gwaith adref efo fi ar gyfer gyda'r nos.'

Torrodd yr erlynydd ar ei draws.

'Madam Cadeirydd,' meddai gan annerch y fainc. 'Alla

i ddim gweld bod y math yma o holi am arferion gwaith y diffinydd yn berthnasol i'r achos dan sylw.'

'Madam Cadeirydd, ceisio dangos yr ydw i fod y diffinydd dan straen oherwydd gorweithio,' atebodd y cyfreithiwr dros yr amddiffyniad.

'Ewch ymlaen am y tro,' gorchmynnodd y cadeirydd.

'Diolch, Madam. Mi rydych chi hefyd, Mr Roberts, yn flaenor yn y capel?'

'Ydw.'

'Yr unig flaenor?'

'Ydw.'

'Ac ysgrifennydd?'

'Ie.'

'Rydych chi'n cario'r capel ar eich cefn?'

'Wnes i erioed edrych arno fel baich.'

'Mi fuoch chi hefyd yn ddiweddar yn ymgeisydd am sedd yn y Cynulliad?'

'Do, y llynedd.'

'Ac mi wnaethoch chi ymladd brwydr galed?'

'Dwi'n hoffi meddwl hynny. Mi wnes i 'ngorau o leia.'

'Dydech chi ddim wedi bod yn mynd i'r swyddfa yn rheolaidd iawn yn ddiweddar. Ai oherwydd straen?'

'Ie, mae'n bosib.'

'A chyn i chi ymosod ar yr eglwys ar yr unfed ar hugain o Fai fe gawsoch chi ail weledigaeth debyg i'r gyntaf?'

'Do, rhyw ailymweliad o'r un weledigaeth falle.'

'Ailymweliad. Diddorol iawn.'

Aeth yr holi ymlaen fel hyn am beth amser cyn i'r cyfreithiwr droi at y fainc a dweud:

'Mae'n gwbl amlwg beth sydd wedi digwydd yn yr achos yma. Gorweithio a gorflinder sy'n gyfrifol am ymddygiad y diffinydd. Dydi o ddim wedi gwadu iddo dorri i mewn i'r eglwys, dydi o ddim wedi gwadu iddo wneud difrod iddi, ond mae'n gwbl amlwg nad oedd ganddo feddiant llawn ar ei gynheddfau, a bod ei gydwybod arferol a'i synnwyr o chwarae teg fel dinesydd cyfrifol wedi ei adael, ac yntau wedi ei wanio gan ei gyflwr, cyflwr o bosib a achosodd yr ailweledigaeth y tybiodd iddo ei chael. Mae'n bwysig eich bod yn cymryd hyn i ystyriaeth wrth ddod i benderfyniad.'

Aeth yr achos yn ei flaen, gyda thystiolaeth feddygol ysgrifenedig yn cael ei chyflwyno i brofi bod y diffinydd yn ddyn oedd yn ei lawn bwyll ac mai fel drwgweithredwr a dim arall y dylai'r fainc edrych arno ac ystyried eu dyfarniad. Yna daeth yr offeiriad Pabyddol ymlaen i roi ei dystiolaeth a disgrifio'r dinistr yn ei eglwys, ac aeth y cyfreithiwr dros yr erlyniad ymlaen i'w holi ymhellach.

'A fyddech chi'n ystyried yr hyn a wnaed yn eich eglwys yn fater difrifol?'

'Byddwn yn bendant. Fe halogwyd mangre gysegredig, fe halogwyd creiriau ac eiconau sanctaidd sy'n mynd yn ôl mewn gwirionedd i gyfnod sefydlu'r eglwys hon bron i bedwar can mlynedd yn ôl, ac ymhellach na hynny i darddiad y ffydd Gristnogol ei hun ddwy fil o flynyddoedd yn ôl – dros ugain canrif erbyn hyn.'

'Y mae'r eiconau a'r symbolau hyn yn bwysig i chi?'

'Yn bwysig i mi'n bersonol ac yn ganolog i'r ffydd Gristnogol.'

'Sut oeddech chi'n teimlo pan welsoch chi'r llanast yn yr eglwys?'

'Yn flin iawn i ddechre. Yna, o wybod be ddigwyddodd, yn drist.'

'Beth yw gwerth yr hyn a gollwyd?'

'Yn nhermau cred, amhrisiadwy.'

'Dim rhagor o gwestiynau, Madam Cadeirydd.'

Cododd twrnai yr amddiffyniad ar ei draed.

'Mi ddwetsoch eich bod yn drist o ddeall beth oedd wedi digwydd yn yr eglwys, a phwy oedd yn gyfrifol. Pam yn drist?'

'Yn drist am fod aelod parchus o gymdeithas yn methu gweld pwysigrwydd yr hyn a faluriwyd ganddo fo.'

'Mae'r Eglwys Babyddol yn golygu llawer i chi?'

'Y cyfan. Dyma ganolbwynt fy mywyd.'

'Ac eto allwch chi ddim gwadu nad yw'r eglwys honno, yr eglwys yr ydech chi mor ffyddlon iddi, yn gyfrifol am weithgareddau erchyll yn y gorffennol, am ladd a chosbi ac arteithio?'

'Nid yr Eglwys Babyddol sydd o flaen ei gwell heddiw.'

'Tybed!'

Eisteddodd y twrnai a theimlodd pawb oedd yn bresennol ei bod yn bryd bellach i'r achos ddod i ben, a bod y cyfan yn dechrau llusgo.

Gofynnodd y cadeirydd i'r ddau ynad o boptu iddi a oedd ganddyn nhw gwestiynau i'w gofyn, ond nid oedd cwestiwn nac ymholiad o unrhyw fath, felly aeth y tri allan i ddarllen y papurau perthnasol cyn dod i ddyfarniad, a phan ddaethant yn ôl ymhen hanner awr dywedodd y cadeirydd fod y fainc, yng ngoleuni'r hyn a ddigwyddodd a'r dystiolaeth a roddwyd, yn gorchymyn cael adroddiad seciatryddol ar y diffinydd cyn penderfynu ar y ddedfryd.

Roedd llawer yn siomedig o glywed hyn. Roedd y cyhoedd oedd wedi dod yno i fwynhau drama yn siomedig fod y cyfan wedi darfod mewn ffordd mor ddi-ffrwt. Roedd y twrnai dros yr erlyniad yn siomedig na chafwyd penderfyniad pendant yn hytrach na dirwyn y mater ymlaen. Roedd Ifan Roberts, oedd wedi ystyried gofyn am i'r achos gael ei glywed yn Llys y Goron, yn siomedig y byddai diweddglo fel hyn yn tynnu cyn lleied o sylw at yr hyn yr oedd o'n ceisio ei wneud a'i ddatgan.

Ond roedd ei dwrnai wrth ei fodd, ac felly ei deulu, ac yn gweld yn y gorchymyn obaith y gallai'r cyfan ddod i ben yn fanteisiol iawn iddyn nhw a heb wneud gormod o niwed i'r diffinydd ei hun.

Ar ôl rhai wythnosau, yn dilyn y gorchymyn, cafwyd adroddiad seiciatryddol oedd yn datgan na ellid gweld unrhyw beth o'i le ar y diffinydd, ei fod yn berson cytbwys a doeth oedd, mae'n amlwg, wedi cael rhyw fath o weledigaeth neu rithwelediad, ac wedi penderfynu y dylai weithredu yng ngoleuni'r hyn a gafodd.

Dedfrydwyd Ifan Roberts felly i gan awr o wasanaeth cymunedol, gorchmynnwyd ef i dalu hanner can punt tuag at gostau'r llys, a gorchmynnwyd iddo ymhellach, gan ei fod yn berson yr oedd ganddo'r adnoddau ariannol, i dalu'n llawn y gost o adfer y difrod a wnaed yn yr eglwys.

Roedd Bethan, Aled a Gwyneth wrth eu boddau gyda'r penderfyniad i beidio â'i anfon i garchar, ond doedd dim modd dweud beth oedd adwaith Ifan ei hun, gan na ddangosai unrhyw emosiwn.

Treuliodd y can awr o waith cymunedol yn ystod Awst a Medi yn Lerpwl, yn gweithio gyda phlant yr oedd eu cartrefi wedi chwalu, a phlant oedd wedi cael eu cam-drin yn rhywiol gan aelodau o'u teuluoedd. Gobeithiai Bethan y byddai hynny'n dod â fo at ei goed ac yn dangos iddo efallai lwybr ei genhadaeth yn y gymdeithas, yn hytrach na'i fod yn gwneud datganiadau crefyddol syrfdanol ac yn gwneud ffŵl ohono'i hun. Ond gwaethygu'r sefyllfa wnaeth ei wasanaeth yn Lerpwl, nid ei wella.

14

Doedd Ifan Roberts ddim yn mwynhau ei swper. Roedd naw o'r gloch y nos yn rhy hwyr i fwyta. Byddai ei stumog yn gweithio trwy'r nos i dreulio'r bwyd ac yn ei gadw'n effro. Nid bod cysgu noson gyfan yn rhywbeth yr oedd o'n arfer efo fo'n ddiweddar. Roedd o'n troi a throsi'n ddiddiwedd, yn creu brawddegau a datganiadau, ei feddwl wedi ei feddiannu'n llwyr gan ddamcaniaethau a gosodiadau a rhethreg.

Ond swper hwyr oedd hi y noson hon, swper ar ôl iddo fod yn y cyfarfod gyda rhai o hoelion wyth yr Henaduriaeth. Roedd wedi bodloni i fynd yn y gobaith ofer y gallai hyrwyddo ei genhadaeth ymhellach, ond allai o ddim meddwl am fwyta dim cyn y cyfarfod, a doedd o fawr o eisiau bwyd ar ei ôl chwaith. Eisteddodd Bethan ac yntau gyferbyn â'i gilydd wrth y bwrdd a'r tawelwch rhyngddyn nhw fel tawelwch rhwng dau ddieithryn, Ifan yn ail-fyw'r drafodaeth neu'r dadlau yn y cyfarfod a Bethan yn ceisio meddwl beth i'w ddweud. Fyddai o eisiau adrodd am y cyfarfod? Oedd o eisiau siarad o gwbl? Ond roedd parhau mewn tawelwch annaturiol yn amhosib. Felly mentrodd ofyn:

'Sut aeth pethe heno? Gefaist ti wrandawiad teg?'

Ac fe atebodd, diolch byth!

'Do, mi aeth pethe'n well na'r disgwyl. Roedd Edgar Williams wrthi wrth gwrs, yn union fel yr oeddwn i wedi meddwl y byddai, ond roedd y lleill yn iawn.'

'A be fydd yn digwydd rŵan?'

'Wn i ddim. Mi ddois oddi yno ar ôl gneud fy natganiad ac roedden nhw'n aros ar ôl i benderfynu. Mi ga' i wybod yn y man mae'n siŵr. Ond wnaiff o ddim gwahaniaeth i mi. Roeddwn i'n falch o gael y cyfarfod a deud y gwir.'

'Oeddet m'wn, er mwyn cael pregethu dy bregeth iddyn nhw, debyg.'

'Nage, er mwyn imi sylweddoli'r pellter sy rhwng byd crefydd a'r byd go iawn tu allan. Taset ti wedi gweld yr hyn welais i yn Lerpwl, ac wedi clywed cynrychiolwyr yr Henaduriaeth wrthi heno mi faset tithau'n sylweddoli bod yna ddau fyd cwbl wahanol i'w gilydd yn bodoli ochr yn ochr.'

'Mi wn i hynny erioed, ac mi wyddost ti hefyd.'

'Ond mae 'na wahaniaeth rhwng gwybod a sylweddoli. Angen mawr plant Lerpwl a phlant pob man arall ydi parch a chariad, nid rhyw rwdl am eni gwyrthiol a chroes a bedd gwag. Rhaid dileu'r syniade yna unwaith ac am byth. Rhaid imi fynd ymlaen i neud yr hyn sy ei angen, costied a gostio.'

'Mae gen inne a'r plant anghenion hefyd cofia, ac nid i ti yn unig y mae o'n costio.'

'Be wyt ti'n feddwl, anghenion, a nid i mi yn unig?'

'Ryden ni angen cariad hefyd, y cariad yr wyt ti'n barod i gydnabod ei angen ar bawb ond dy deulu. A dwyt ti ddim wedi ystyried yn ystod yr holl fisoedd ei fod o'n costio i mi hefyd? I mi ac i'r teulu i gyd? Sut wyt ti'n meddwl dwi'n teimlo wrth dy weld di wedi newid, wedi colli pob diddordeb yn dy waith, yn dy deulu, yn dy gapel a'th gymdeithas, ym mhopeth ond yr obsesiwn gwirion yma efo crefydd a dehongliad yr eglwys ohoni!'

'Ond dwyt ti ddim yn deall. Rydw i'n cael fy ngyrru gan ryw bwerau na alla' i mo'u rheoli, gan ryw wynt nerthol sy'n fy mhlygu fel corsen ysig o'i flaen. Mae yna lais yn fy nghymell, yn fy ngorfodi. Does gen i ddim

155

dewis. Rydw i yng ngafael rhyw fath o hunlle neu raid na allaf ei reoli. Mae yna nerthoedd y tu allan i mi, y tu hwnt i'r byd materol hyd yn oed, yn fy ngyrru.'

'Dwyt *ti* ddim yn deall chwaith, gymaint yr ydw i'n gresynu imi dy berswadio i fynd ar ein gwylie i Ffrainc. Dyna oedd cychwyn y cyfan, yr eglwys yna yn La Clusaz. Mi fase'n fendith tasen ni wedi aros gartref.'

Chwaraeodd Bethan efo'i bwyd â blaen ei fforc. Doedd yr un o'r ddau yn bwyta fawr ddim, ac roedden nhw'n siarad efo'i gilydd fel tasen nhw heb erioed adnabod ei gilydd yn iawn. Roedd y misoedd diwethaf wedi eu dieithrio bron yn llwyr.

'Wel, mynd wnaethon ni,' meddai Ifan, 'ac mi gefais innau'r weledigaeth, mi gefais y profiade sy wedi chwyldroi fy mywyd. Pwy a ŵyr nad oedd o wedi ei drefnu ein bod i fynd. Pwy a ŵyr nad oeddet ti'n offeryn yn llaw Duw i'm harwain i'r fan lle y cawn i weld y berth yn llosgi.'

'Ifan, rwyt ti'n siarad yn wirion, yn hollol groes i dy ddaliade rŵan. Yn sôn am rymoedd y tu hwnt i ti a thithau'n bytheirio am yr eglwys oherwydd ei bod yn coleddu syniade od am Grist a Christnogaeth, syniade y mae wedi eu coleddu erioed.'

'Na, i fod yn gywir, dydw i erioed wedi gwadu bodolaeth byd yr ysbryd; i'r gwrthwyneb, dwi'n credu'n gryf ynddo fo, ac yn credu mai wedi colli'r ffordd i fyd yr ysbryd y mae'r eglwys drwy roi sylw i greirie a thraddodiade a cheisio profi rhyw drefn achubiaeth nad yw'n bod, a gorddibyniaeth ddybryd ar wirionedd ffeithiol y Beibl. Y cariad sy ynon ni ydi'r Duw sydd yn y byd, a gweithredu'r cariad hwnnw yw'r unig ofyn, yr unig angen.'

'Ie, wel. Paid â dechre pregethu eto heno wir. Dydw i ddim eisie dadle efo ti. Mae'r peth yn prysur fynd yn ormod i mi, yn fy nrysu'n lân, ac mae o'n prysur fynd yn ormod i tithe hefyd. Ddaw dim daioni o hyn i gyd, gei di weld.'

Fe aethon nhw ymlaen i fwyta'n dawel am beth amser, i gnoi eu bwyd fel tasen nhw'n cnoi papur llwyd, y ddau yn brysur efo'u meddyliau: Ifan yn dal i ail-fyw y cyfarfod efo cynrychiolwyr yr Henaduriaeth, a'r dadleuon ynddo, a Bethan yn ystyried yn ddwys a ddylai ddweud wrtho am ei phrofiad hi yn yr eglwys yn La Clusaz.

Roedd hi erbyn hyn yn gwybod holl fanylion yr hyn a welodd ei gŵr, neu yr honnai iddo'u gweld yn yr eglwys, a'i holl brofiadau yno. Doedd hi ddim wedi gweld y dogfennau anfonwyd at y Parch. Jeffrey Jones; fe barchodd ddymuniad Ifan iddyn nhw fod yn gyfrinachol ac nad oedd neb ond y cyn-weinidog i'w gweld nes y byddai wedi penderfynu beth i'w wneud a sut i ymateb iddyn nhw. Ond roedd Ifan wedi dweud wrthi am y sgroliau y credai ef eu bod yn y blwch o dan yr allor yn y capel bach, a'u bod yn ddogfennau pwysig. Fe wyddai hefyd am y gwynt a ddaeth i mewn i anrheithio'r lle, ac fe wyddai am y Tad Joshua.

Ond fe ddaeth ei phrofiad hi yn yr eglwys y diwrnod hwnnw yn fyw i'w chof hefyd, ac roedd hi'n gallu cofio'r holl fanylion.

Cofio Ifan yn mynd i orwedd ar y gwely a chysgu'n drwm drwy'r pnawn tan y min nos. Hithau'n mynd allan i orffen siopa a gadael nodyn i ddweud ble roedd hi wedi mynd.

Cofio mynd yn ôl i'r sgwâr pan oedd cymylau storm yn bygwth, ac i mewn i'r eglwys, a gweld y cyfan oedd ynddi; popeth yn ei le fel y dylai fod, y cerflun o'r Forwyn

Fair yn ei le uwchben y fedyddfaen, y Crist ar ei groes ar y wal uwchben a thu ôl i'r allor, a'r allor ei hun gyda'r cerfiad o'r swper olaf arni yn berffaith yn ei lle. Roedd pob ffenest yn gyfan: eglwys daclus, hardd, gymen oedd hi, heb ddim arwydd o unrhyw gorwynt wedi bod drwy'r lle na dim difrod wedi ei achosi.

Cofio cyfarfod y Tad Sebastien, y Sbaenwr ifanc gyda gwallt du fel y frân, un oedd yn offeiriad yn yr eglwys ers tair blynedd. Ei gofio yn mynd â hi i weld y capel bach, ac i ddangos yr allor gyda'r cwpwrdd cadarn tebyg i sêff oedd yn rhan ohoni, a'r blwch o'i fewn, blwch oedd yn cadw trysor amhrisiadwy, sef gem gwerthfawr.

Yr oedd yr hyn a welodd ei gŵr yn gwbl wahanol os oedd coel ar yr hyn ddywedodd o. Na, roedd yn rhaid iddi beidio dechrau ei amau, roedd o'n credu yn yr hyn welodd o mor sicr ag yr oedd hi yn credu yn yr hyn welodd hi.

Onid oedd yn ddyletswydd arni i ddweud wrtho ei bod wedi mynd i'r eglwys y pnawn hwnnw a gweld y lle yn berffaith fel y dylsai fod a'i bod wedi siarad efo offeiriad gwahanol iawn i'r offeiriad welodd o?

Onid cam ag o oedd celu hyn oddi wrtho, ei dwyllo, gadael iddo feddwl fod yr hyn welodd o yn wir?

Bu bron iddi ddweud wrtho. Roedd y geiriau ar fin dod allan, ond ataliodd rhywbeth hi. Yr olwg yn ei wyneb efallai. Roedd pethau wedi mynd yn rhy bell iddi allu tanseilio ei ffydd yn yr hyn welodd o. A phe bai hi'n dweud y cyfan wrtho, prin y byddai'n ei choelio. Byddai'n mynnu mai'r hyn a welodd *o* oedd yn gywir, a'i bod hi wedi breuddwydio iddi fod yn yr eglwys.

Ond beth fyddai'r cam nesaf iddo fo? Beth fyddai diwedd y daith? Roedd o wedi gwneud ei safiad trwy ysgrifennu yn y wasg, ymosod ar yr Eglwys Babyddol, gwneud datganiad mewn cyfarfod cyhoeddus, ac ymddangos gerbron pwyllgor yr Henaduriaeth. Beth fyddai'r cam nesaf? Roedd y cwestiwn yn achosi pryder mawr iddi ac yn gwneud ei dyfodol yn un cwbl ansicr a sigledig.

Roedd yr un cwestiwn yn achosi noson ddi-gwsg i Ifan hefyd. Beth fyddai'r cam nesaf? I ble roedd o'n mynd o hyn allan? Roedd pawb yn ei ddifrïo, yn credu iddo gael rhyw ffit neu freuddwyd neu rywbeth, ac yn ceisio bychanu ei brofiad. Doedd fawr neb, os oedd unrhyw un, yn credu yr hyn welodd o yn yr eglwys na chwaith yn credu ym modolaeth y sgroliau.

Drannoeth, ar ôl noson anghyfforddus o droi a throsi a'r llais mewnol yn ymresymu ag o, fe gododd Ifan Roberts a golwg benderfynol ar ei wyneb. Dywedodd amser brecwast nad oedd ond un llwybr yn agored iddo. Roedd yn rhaid iddo ddychwelyd i La Clusaz, dychwelyd i'r fan lle y cafodd o'r weledigaeth yn y lle cyntaf, dychwelyd i weld yr eglwys, i siarad efo'r offeiriad, i gael sicrwydd neu gadarnhad nad breuddwydio a wnaeth, i ailadeiladu twr ei argyhoeddiad oedd yn cael ei siglo gan wyntoedd croesion beirniadaeth ac amheuon, ac, yn bwysicach efallai, i geisio cael gafael ar y sgroliau o'r blwch o dan yr allor a'u dwyn yn ôl gydag o i Gymru, er mwyn profi'n derfynol ddilysrwydd ei achos.

Ac yr oedd yn rhaid iddo ddychwelyd ar ei ben ei hun. Byddai'n rhyw fath o bererindod iddo, nid fel gwyliau, nid mynd er mwyn ei iechyd, er mwyn ymlacio, ond mynd i bwrpas arbennig, mynd i weld drosto'i hun. Mynd, nid fel pererin Pantycelyn i grwydro yma a thraw ond i le penodol, i fangre yr edrychai arni bellach fel mangre gysegredig.

Ac unwaith yr oedd wedi penderfynu ar ei lwybr, doedd dim troi arno.

Ceisiodd Bethan ei berswadio i beidio mynd, neu o leiaf i aros tan y gwanwyn.

'Wyt ti'n sylweddoli y bydd hi'n aeaf yno, y bydd y tywydd oer wedi dod a'r eira'n isel ar y mynyddoedd?'

'Mi ddyle'r pentref ei hun fod yn iawn; ddaw'r eira ddim i fanno tan ddiwedd Tachwedd, ac os bydd o yno, dydi o ddim yn broblem i bobl Alpau Ffrainc fel y mae o i ni. Mae o'n ffordd o fyw iddyn nhw ac mae traffig yn symud o gwmpas mor normal ag arfer. Dyna sy'n digwydd ym mhob gwlad sy'n cael eira ond ein gwlad ni.'

'Os wyt ti wirioneddol wedi penderfynu mynd, yna mi ddof i efo ti. Dwyt ti erioed wedi bod dros y môr dy hun, a chei di ddim mynd dy hun. Rhaid i mi ddod efo ti.'

'Na.' Roedd ei 'na' y datganiad mwyaf penderfynol a wnaeth erioed. Yn atseinio drwy'r tŷ. Yna tawelodd. 'Rhaid imi fynd fy hun,' meddai. 'Does gen i ddim dewis. Nid rhyw daith fach gyfleus, gyfforddus mewn bws gwylie fydd hyn; y mae yna aberth ym mhob pererindod, y mae yna bris i'w dalu, y mae'n golygu ymdrech a hunanymwadiad.'

Ac nid oedd troi arno.

*   *   *

'Mi ddylet ti ddeud wrtho fo, Mam.'

'Mae'n hawdd deud hynny, Gwyneth. Ond does gen i ddim calon.'

Roedd y ddwy'n siarad ar y ffôn ddiwrnod cyn i Ifan adael am Ffrainc, ac roedd Bethan wedi dweud wrth ei merch am yr hyn a welodd hi yn yr eglwys yn La Clusaz.

'Ond falle y base deud wrtho fo yn newid ei feddwl, ac yn ei gadw gartref.'

'Dim peryg. Ei neud o'n fwy penderfynol fase hynny. Wnâi o ddim gwahaniaeth i'w gynllunie fo i fynd.'

'Pam nad wyt ti am ddeud wrtho fo 'te?'

'Dwi ddim eisiau ei siomi.'

'Ai dyna'r unig reswm?'

'Nage, a deud y gwir. Mae'r holl beth wedi gneud i mi ame hefyd. Pwy gafodd y weledigaeth, Gwyneth, y fo neu fi? Pwy welodd yr eglwys fel yr oedd hi, y fo neu fi?'

'Wel, ti debyg iawn. Mae hynny'n amlwg.'

'Ydi o? Be ydi'r gwir? Be ydi'r gwirionedd?'

'Mam bach, paid ti â dechre athronyddu wir. Mae cael un yn y teulu yn ddigon. Ond pam ei fod o mor awyddus i fynd yn ei ôl?'

'Ie, wel, anodd deud. Er mwyn cael cadarnhad am wn i iddo gael gweledigaeth a bod y sgroliau yn real, yn bod mewn gwirionedd.'

'Wyt ti wedi darllen yr hyn sgwennodd Dad?'

'Nac ydw, ddim eto. Ond mae o wedi rhoi copïau i mi i'w ddarllen ar ôl iddo gychwyn am Ffrainc, copi o'r hanes a chopi o'r hyn sy yn y sgroliau. A mi dwi wedi addo aros tan hynny cyn edrych arnyn nhw.'

'Ble mae o'n aros yn Ffrainc?'

'Yn yr un gwesty ag y buon ni ynddo am wyliau. Y fi ffoniodd i sicrhau stafell iddo. Roedd o am gymryd ei siawns y byddai lle heb iddo fwcio ymlaen llaw. Meddylia!'

'A does dim modd i ti ei berswadio i adael i ti fynd efo fo?'

'Dim ar unrhyw gyfri. Mae o'n gwylltio dim ond wrth imi grybwyll y peth. Na, rhaid iddo fynd ei hun medde fo, a rhaid i mi fodloni i hynny, gan obeithio y bydd yr ymweliad yn ddiwedd ar y busnes yma i gyd.'

'Ond ym mha ffordd, dyna'r cwestiwn?'

'Wn i ddim, Gwyneth, mae'r holl beth yn bryder mawr i mi. Croesa dy fysedd nad aiff dim o'i le.'

* * *

Blaen y Wawr
Glandŵr
Sir Ddinbych
Hydref 30 2005

Annwyl Jeffrey

Maddeuwch y cyfarchiad, ond teimlo bod Jeffrey Jones mor ffurfiol erbyn hyn, rywsut, a ninnau wedi siarad ar y ffôn a llythyru gymaint, heblaw ein bod yn adnabod ein gilydd ers y dyddiau pan oeddech chi'n weinidog arnon ni. Ac er nad oedden ni'n sylweddoli hynny ar y pryd, roedden nhw'n ddyddiau eitha da, on'd doedden nhw? Tipyn gwell na'r presennol.

Mae gen i gyfaddefiad mawr i'w wneud. Mi fethais ddweud wrth Ifan am fy mhrofiad i yn yr eglwys yn La Clusaz, er eich bod wedi fy annog i wneud hynny, a minnau wedi penderfynu hefyd y gwnawn. Roedd o ar flaen fy nhafod i sawl tro, ond eto fedrwn i ddim: fedrwn i ddim tanseilio ei ffydd ag un ergyd, fel petai. Falle na fyddai hynny wedi gweithio beth bynnag ac na fyddai'n fy nghredu. A rŵan mae o wedi dychwelyd yno. Rheidrwydd meddai ef oedd iddo fynd yn ôl fel pe bai'n mynd ar bererindod, i gael cadarnhad o'r hyn welodd o a'r profiadau gafodd o. Rwy'n ofni mai ei siomi gaiff o, ond gwell iddo weld drosto'i hun nag i mi ddweud wrtho. Hwyrach mai hyn fydd y waredigaeth.

Rydw i'n anesmwyth yn ei gylch hefyd, yn gofidio imi adael iddo fynd ar ei ben ei hun. Mi ddylswn i fod wedi mynd efo fo, ond roedd o'n benderfynol o fynd ei hun. Mi wyddoch ei fod

162

bob amser yn hoff o'i ffordd ei hun ac yn eitha digyfaddawd, ond mae o wedi mynd tu hwnt i hynny erbyn hyn ac wedi styfnigo'n arw. Wn i ddim be fydd diwedd y daith i'r ddau ohonon ni; mae'r dyfodol yn edrych yn dywyll iawn ar y funud. Mae o wedi ei osod ei hun yn berson sy'n benderfynol o newid meddwl a meddylfryd yr eglwys a fedra i yn fy myw weld fy hun yn ei gefnogi. Ei gefnogi fel gŵr ydw, ond ei gefnogi fel rhyw fath o chwyldroadwr? Wel, mae hynny'n fater gwahanol. Dydi o ddim yn chwyldroadwr wrth natur beth bynnag. Act annaturiol ar ei ran o ydi'r cyfan dwi'n ofni. Na, dwi'n annheg, nid act cyn belled ag y mae *o*'n bod, ond sefyllfa go iawn a chenhadaeth bendant.

Fe adawodd o gopïau i mi o'r hyn sgrifennodd o ar eich cyfer chi, ac fel chi, rwy'n cael cynnwys y sgroliau y daeth o hyd iddyn nhw yn yr eglwys yn rhai amheus iawn. Rydw i bron wedi fy argyhoeddi mai ffrwyth ei ddychymyg ei hun yw'r cyfan.

Dwi'n hynod o ddiolchgar am gael cysylltu â chi fel hyn. Mae hi gymaint haws mynegi rhai pethau trwy lythyr yn hytrach na thros y ffôn.

Cewch wybod beth sy'n digwydd ac anfonaf *progress report* wedi iddo ddychwelyd adref.

Cofion gorau – ac at Mrs Jones,

Bethan.

15

Disgynnodd yr awyren yn raddol o'r uchelderau i gyfeiriad llyn Genefa a'r maes awyr. Gallai Ifan weld y golofn ddŵr enwog yn saethu i fyny i'r awyr wrth iddi droi a pharatoi i lanio.

Roedd yr awyr yn las a'r eira'n gwynnu'r mynyddoedd, ac eisoes yn ymddangos fel pe bai wedi cyrraedd i lawr yn weddol isel ar y tir mewn rhai mannau. Ond roedd Genefa ei hun yn glir, diolch am hynny. Doedd o ddim yn ffansïo cerdded trwy eira gwlyb fyddai'n slwj o dan ei draed ac yn treiddio i mewn i'w esgidiau. Doedd dim byd tebyg i ddŵr eira am dreiddio i mewn i ledr a gadael rhimyn gwyn hyll ar ei ôl.

Roedd Ifan yn ceisio'i orau i ganolbwyntio'i feddwl ar fanion dibwys bywyd bob dydd er mwyn ei gadw rhag ei gynhyrfu ei hun gyda thrybestod ac ofn ac arswyd ei wir feddyliau. Dechreuodd feddwl am ei wyrion, y pedwar ohonyn nhw, Angharad a Gwawr, yr efeilliaid, Dewi, yr unig hogyn, a Modlen, babi'r teulu. Roedd o wedi eu hesgeuluso yn ystod yr wythnosau, y misoedd diwethaf, wedi colli eu gweld yn newid, yn tyfu, yn datblygu, ac ar yr adegau prin pan oedd wedi eu gweld neu wedi bod ar y ffôn efo nhw, wedi dangos diffyg amynedd tuag atynt am fod ganddo bethau eraill ar ei feddwl.

Gan ei fod yn deithiwr dibrofiad, cafodd foment o banig pan glywodd sŵn rhygnu oddi tano wrth i'r olwynion gael eu gollwng i lawr yn barod am y glanio, a phanig mwy wrth weld adenydd yr awyren yn siglo o ochr i ochr wrth i'r ddaear ruthro tuag ati. Ac yna clywodd sgrech y cyswllt rhwng teiars a tharmac cyn i'r awyren deithio'n gyflym ar hyd y lanfa, troi i'r chwith, arafu a llithro'n dawel araf tuag at y man glanio. Roedd y daith ar ben, a'r teithwyr i gyd, meddyliai Ifan, yn rhoi ochenaid fach o ryddhad. Un arall o anturiaethau bywyd wedi dod i'w therfyn a phawb yn ddianaf, a chynnwrf mewnol hedfan yn cilio'n sydyn o'r cylla.

Yn awr gan fod y daith drwy'r awyr drosodd,

dechreuodd hen gramp gwahanol fath o ofn ac amheuaeth afael yn ei ymysgaroedd. Ond roedd pethau pwysig i'w gwneud o hyd: mynd trwy'r tollau, aros wrth y carwsel i'w fag ymddangos ac yna dilyn yr arwyddion i'r fan lle'r oedd y tacsis a chael ei yrru oddi yno i'r orsaf.

Cafodd drên gweddol hwylus i Annecy, yr orsaf agosaf i La Clusaz, a chyrhaeddodd y dref yn hwyr y prynhawn a hithau'n nosi'n gyflym. Doedd yr eira ddim wedi cyrraedd y tir isel; roedd o'n dal yn eitha uchel ar y mynyddoedd.

Wrth gerdded o'r orsaf at yr orsaf fysiau teimlai Ifan yr awel oer, finiog fain yn treiddio trwy ei ddillad ac yn llosgi ei wyneb. Mor wahanol i'r awelon cynnes, poeth yn wir, oedd yn yr ardal pan oedd yno ar ei wyliau. Lapiodd ei got yn dynnach amdano a phlygodd ei ben fel pe bai i herio'r gwynt oer.

Roedd hi'n dywyll fel y fagddu wrth i'r bws lusgo'i ffordd yn araf i fyny'r cymoedd ar y fforrd droellog gul i La Clusaz, trwy bentrefi bychain, o dan greigiau oedd yn gorhongian dros y ffordd ac ar hyd ymylon ceunentydd dyfnion nes dod i bentref Thônes a throi'n siarp i'r chwith a dringo'r cwm i gyfeiriad La Clusaz. Roedd yr eira yn is ar y mynyddoedd yma er bod y ffordd ei hun yn glir, ond sylwodd Ifan fod ambell rimyn gwyn ar ymyl y ffordd: blaenffrwyth gaeaf eisoes wedi cyrraedd, llatai'r tywydd oer wedi dod yno efo'i neges.

Wrth edrych drwy'r ffenest gallai Ifan weld goleuadau'r tai yn wincio ar y llethrau yma a thraw. Edrychai ambell un yn hynod o uchel, bron fel pe bai'n hofran rhwng daer a nef. Darlun da ohonof fy hun, meddyliodd. Rhyw fywyd felly oedd ei fywyd wedi bod ers y profiadau rhyfedd yn yr eglwys. Rhyw fyw mewn deufyd, gyda throed yn y naill a'r llall ond yn colli ei falans wrth geisio bod felly.

Yn bodoli mewn rhyw dŷ hanner ffordd nad oedd na gwynfyd nac uffern, na breuddwyd na realaeth.

Meddyliodd am yr hyn oedd o'i flaen. Oedd o'n mynd i weld yr eglwys yn llanast fel y gadawodd hi'r diwrnod hwnnw dros flwyddyn yn ôl? Fyddai hi yn ôl fel yr oedd cyn y dinistr erbyn hyn tybed? Ac os byddai wedi ei hadfer, a fyddai yna unrhyw olion o'r llanast a fu i gadarnhau ei brofiad, i ailddatgan mai felly y bu? Oedd y Tad Joshua yn dal yno? Fyddai o'n ei gofio? Wel, byddai, siŵr iawn, doedd dim byd sicrach na hynny. Ond ai rhith a welodd o y diwrnod hwnnw? Ai gwelediaeth gafodd o neu a brofodd o wirionedd? Oedd hynny o bwys? Beth, wedi'r cyfan, meddyliodd, yw realaeth? Onid yw'n bod ar fwy nag un lefel, yn bodoli ym mhawb ac yn ddylanwad ar bawb? Y teimlad yna mae rhywun yn ei gael, na ellir ei esbonio – dychmyg, rhith neu gip ar fodolaeth ar wastad arall? Onid oedd yna fwy i fywyd na'r hyn y gellid ei brofi a'i dderbyn trwy'r pum synnwyr? Onid dyna brofiad yr artist, y llenor, y gweledydd ym mhob oes?

Trodd y bws i mewn i orsaf fysiau La Clusaz a chamodd Ifan ymhlith hanner dwsin o deithwyr eraill allan ohono ac ymlwybro i fyny'r ffordd i gyfeiriad y gwesty, heibio'r cwrs golff giamocs lle y cafodd o a Bethan orig ddifyr un min nos pan oedden nhw ar eu gwyliau, cyn y welediaeth yn yr eglwys, cwrs oedd wedi ei gynllunio gyda phob math o rwystrau ynddo i atal y bêl rhag teithio ar lwybrau diymdrech i'r tyllau. Digon tebyg oedd cwrs ei fywyd yntau erbyn hyn, bywyd a grëwyd gan rywun i fod yn llawn rhwystrau a phroblemau iddo. Bu adeg pan oedd bywyd yn syml, os prysur: cyfnod magu plant, gweithio'n galed, ymaflyd i fywyd y capel a'r Blaid, derbyn popeth ar ei lwybr yn ddigwestiwn, ddifeirniadaeth, dilyn ei ddiddordebau ei hun. Ond yn awr doedd o ddim mor siŵr. Roedd o wedi troi'n wrthryfelwr, yn ddrwgweithredwr a faluriodd eglwys, yn berson gwallgof oedd yn gwneud pob math o ddatganiadau tramgwyddus, ond datganiadau nad oedd neb yn cymryd fawr o sylw ohonyn nhw chwaith. Roedd y dyfodol yn annelwig, yn ansicr, yn dywyll.

Wrth gerdded yn awel oer min nos ddechrau gaeaf a golau'r pentref yn disgleirio ar yr eira ar y llethrau uwchben, gwelodd Ifan dŵr yr eglwys yn codi'n gysgod tywyll tua'r nen, yn sythu'n uwch na phob adeilad arall oedd yn y cyffiniau. Pan oedd o yma ym mis Medi y llynedd, roedd y tŵr wedi ei oleuo bob nos. Ond nid heno. Am eiliad teimlodd Ifan fod y cysgod du hir yn edrych yn ...? Yn beth? Am funud ni allai feddwl pa air a'i disgrifiai orau, yna fe'i cafodd. Bygythiol. Dyna ydoedd, bygythiol. Ond bygythiol i bwy? Iddo fo?

Cyrhaeddodd westy Alpen Rocs a theimlo'n ddiolchgar o allu troi ymaith o dywyllwch ac oerni'r ffordd i'r cyntedd cynnes golau. Roedd hi'n llawer rhy hwyr y noson honno iddo feddwl mentro allan i gyffiniau'r eglwys, felly bodlonodd ar roi caniad sydyn i Bethan i ddweud ei fod wedi cyrraedd yn ddiogel a'i sicrhau ei fod yn iawn, yna aeth i'r bwyty i gael pryd o fwyd.

Wnaeth o ddim bwyta llawer, rhyw chwarae efo'i fwyd a'i droi o gwmpas ei blât fel yr oedd wedi gwneud mor aml yn ddiweddar. Roedd ei deulu i gyd o'r farn ei fod wedi teneuo dros yr wythnosau a'r misoedd diwetha, a rhai o'i gymdogion yn maentumio ei fod yn edrych yn ddrwg. Roedd fel pe bai llif cyson rhyw lifeiriant yn ei ddwyn gydag ef ac yntau'n brwydro'n ofer i'w atal, llifeiriant oedd yn ei ddwyn ymlaen fel tamaid o froc môr i rywle. Dim ond gobeithio y glaniai yn y man ar draeth meddal, caredig. Tybed a fyddai ei sgwrs efo'r Tad Joshua yn rhyw fath o ddistyll ton iddo gan ei fod, yn y bôn, yn chwyldroadwr anfoddog ac anniddig iawn.

Cyn mynd i'w wely y noson honno ceisiodd roi trefn ar ei feddyliau. Blêr ac ar chwâl fuo fo yn ystod y misoedd diwethaf, yn torri i mewn i eglwys, yn gwneud datganiadau byrbwyll yn y wasg ac ar goedd, mewn llys a phanel ac, mae'n fwy na thebyg, yn ei groes-ddweud ei hun ar fwy nag un achlysur yn ystod y cyfnod. Beth oedd ei ddaliadau mewn gwirionedd? Beth oedd o'n ei gredu? Beth oedd y weledigaeth a gafodd o yn yr eglwys, a'r profiad o ddarllen y sgroliau, wedi eu gwneud iddo? Roedd yn bryd iddo hoelio ei ddaliadau ar ddrws eglwys gadeiriol ei gred, er y byddai hynny'n golygu ailadrodd rhai datganiadau a wnaeth o'r blaen.

A hwn oedd y cyfle, yma yn La Clusaz, wedi iddo ddychwelyd i'r fan lle y cafodd o'r weledigaeth, a chyn iddo ailymweld â'r eglwys ei hun. Roedd y lleoliad yn iawn, a'r amgylchiadau'n berffaith heb na gwraig na theulu na chydnabod i darfu arno.

Dechreuodd ysgrifennu, ysgrifennu'n gyflym i ddechrau fel pe na bai yfory'n bod, ysgrifennu maniffesto ei gred yn glir a diamwys, yn bendant a chryno.

'Fe gredodd yr eglwys ar hyd y canrifoedd bod eiconau a symbolau yn bwysig. Fy nghred i yw eu bod yn cymylu ffydd, yn cymryd lle gwir gred ac nad oes eu hangen nac ychwaith le iddyn nhw mewn diffiniad modern o Gristnogaeth.

Fe gredodd yr eglwys ar hyd y canrifoedd fod y Beibl yn ddadleniad terfynol o ewyllys a bwriadau Duw. Fy nghred i yw fod oes newydd yn gofyn am ddehongliad newydd er mwyn cynnal a chadw'r gwirionedd.

Fe gredodd yr eglwys fod gweithgareddau a geiriau Iesu wedi eu croniclo'n gywir a ffyddlon yn y Beibl. Fy nghred i yw mai cynnyrch y cof, cynnyrch ailadrodd a chynnyrch profiad cymdeithas yn ogystal â chynnyrch cynllwynio a chynllunio yw geiriau'r Efengylau.'

Da iawn. Roedd y gwaith yn hawdd, yn enwedig gan ei fod wedi penderfynu defnyddio'r un ffurf i bob datganiad. Doedd o ddim yn siŵr a oedd y drefn yn gywir, ond mater bach fyddai cywiro hynny ar ôl iddo orffen. Ysgydwodd y llaw yr oedd yn ysgrifennu efo hi rhag iddi gyffio, cododd a cherdded unwaith neu ddwywaith o gwmpas yr ystafell, gan feddwl am effaith yr hyn a ysgrifennai ar y teulu bychan yn y capel gartref. Pobl gyffredin yn byw bywydau cyffredin oedden nhw a'u cred yn un syml. Prin y bydden nhw'n ystyried darllen yr hyn a ysgrifennodd o heb sôn am ei ddeall. Prin y bydden nhw'n croesawu i'w bywydau gael ei gymhlethu gan ddamcaniaethu diwinyddol amherthnasol i'w problemau nhw. Ond amherthnasol i'w bywydau nhw a phawb arall oedd pob damcaniaeth ddiwinyddol beth bynnag. Ac roedd yn bwysig ei fod yn cofnodi ei gredo, felly dychwelodd i'w sedd ac aeth ymlaen i ysgrifennu.

'Fe gredodd yr eglwys fod Duw yn anfeidrol, yn holl wybodus, ac yn bodoli y tu allan i'w gread. Fe gredaf i mai'r presenoldeb dwyfol yn y greadigaeth yw Duw.'

Beth fyddai Aled yn ei feddwl o'r datganiad yna tybed, ac yntau'n athro ffiseg a'i brif ddiddordeb mewn gwyddoniaeth? Doedd ganddo ddim syniad, er ei fod yn dad iddo. O feddwl, doedd o erioed wedi trafod ffydd a chredo efo'i blant, dim ond sicrhau eu bod yn mynychu'r capel, yn cael y fagwraeth orau bosib, yn cael yr addysg orau bosib a phob cyfle i ddod ymlaen yn y byd. Ac roedden nhw yn eu tro yn trosglwyddo'r un gwerthoedd, yr un syniadau, yr un arferion i'w plant hwythau. Ond tybiai, o'r ychydig sylwadau y clywodd ei fab yn eu gwneud o dro i dro, y byddai'n cytuno.

Darllenodd ac ailddarllenodd y datganiad dwethaf. Doedd o ddim yn dweud y cyfan, ond doedd o ddim eisiau bod yn or-eiriog. Roedd hi'n bwysig crynhoi. Ac eto, roedd cwtogi yn golygu bod yn anghyflawn. Roedd cymaint i'w ddweud, cymaint o waith esbonio a chyfiawnhau ei ddaliadau. Aeth ymlaen.

'Fe gredodd yr eglwys i Dduw anfon ei fab i lawr i'r byd ac iddo esgyn o'r byd i fyny i'r nefoedd. Fe gredaf i mai ymgais yw hyn i ddarlunio ac esbonio presenoldeb Duw yn trigo yn ei fyd, ymhlith ei bobol.

Fe gredodd yr eglwys yng nghywirdeb llythrennol adroddiad y Beibl o enedigaeth Iesu, iddo ddod i lawr o'r nefoedd a chael ei genhedlu mewn morwyn – y Forwyn Fair. Fe gredaf i i'r adroddiad am enedigaeth Crist gael ei lunio er mwyn ceisio tanlinellu ei natur ddwyfol.'

Tybed beth fyddai barn Gwyneth o'r datganiad diwethaf yna? A oedd hi erbyn hyn, fel cynifer o ferched, yn cymryd stori'r geni gwyrthiol yn ysgafn gan awgrymu mai ffordd o geisio esbonio gweithred rywiol yr oedd gan Mair gywilydd ohoni oedd y stori am yr Ysbryd Glân yn ei beichiogi? Mae'n sicr fod ei blant yn gallach na fo, yn debyg o fod yn cwestiynu'r hyn gawson nhw, yn lle bod fel y fo, yn derbyn popeth heb amau, heb geisio eglurhad na dehongliad. Derbyn yn ddigwestiwn, yn ddi-feirniadaeth, clefyd mawr yr eglwys a'i haelodau dros y canrifoedd. Credu mewn rhyw Siôn Corn dwyfol.

Estynnodd ei hances a sychu'r chwys oddi ar ei wyneb. Roedd hi'n boeth yn yr ystafell a'r gwres canolog yn un na allai ei reoli. Nefoedd, faint rhagor o ddatganiadau fyddai'n rhaid iddo'u gwneud? A phwy fyddai'n eu darllen beth bynnag? Ac eto roedd yn rhaid iddo ddweud, doedd dim pwrpas mewn peidio. Roedd hi'n ddyletswydd arno i ddatgan ei gred yn gyhoeddus bendant. Roedd fel pe bai rhyw ewyllys arall, ewyllys gryfach na'i ewyllys ef yn ei orfodi i ysgrifennu, i ddatgan. Ac felly ymlaen yr aeth.

Fe gredodd yr eglwys fod bedd gwag ac atgyfodiad yn ganolog i'r ffydd. Fe gredaf i mai gwag yw pob bedd am fod pob person yn fwy na chorff, yn fwy na meddwl, yn rhan o fyd yr ysbryd, o fyd sy'n goroesi wedi marwolaeth y corff.'

Roedd ysgrifennu'r datganiadau hyn yn ei flino, yn ei flino'n afresymol, a bu'n rhaid iddo orwedd ar ei wely cyn mynd ymlaen. Gorweddodd a'i ddwylo y tu ôl i'w ben yn edrych ar y nenfwd fel pe bai'n chwilio yno am ysbrydoliaeth, neu wyrth. Ond y cyfan a welodd o oedd pry copyn yn dod allan o dwll yng nghornel y nenfwd, yn cerdded yn gyflym nes ei fod bron ar y canol cyn sefyll yn union uwch ei ben. Dychmygai Ifan ei fod yn edrych arno, yn ei astudio, yn meddwl – os oedd pryfaid cop yn gallu meddwl. Falle'i fod o, oherwydd fe benderfynodd nad oedd dim o werth i gymryd ei sylw yn yr ystafell y noson honno, a dychwelodd yn gyflym ar draws y nenfwd ac yn ôl i'w wâl.

Na, nid meddwl ond greddf oedd yn arwain y pry copyn, rhyw rym anesboniadwy oedd yn ei yrru, yn penderfynu ei lwybr, ei fwriadau. Onid oedd o yn debyg i'r pry copyn? Bellach doedd ganddo fawr o reolaeth ar ei fywyd ei hun, doedd o ddim wedi bod â rheolaeth arno ers ei ymweliad cyntaf â'r eglwys. Grym a llais grymus o'r tu allan iddo, yn gweithredu yn ei feddwl oedd yn ei reoli. A beth oedd pen draw rheolaeth y grymoedd hynny? Ai ei arwain i wynfyd neu wae, i fywyd neu farwolaeth? Ni wyddai: y cyfan a wyddai oedd fod yn rhaid iddo bellach ufuddhau yn ddigwestiwn.

Cododd ar ei eistedd. Oedd o wedi dod i'r pen? Hen bryd, meddai wrtho'i hun, gan ei fod wedi diffygio bron yn llwyr ar ôl straen y daith hirfaith ar ei ben ei hun a'r ymdrech feddyliol i groniclo'i gred fel hyn, yn gryno. Ond yr oedd yna ddau ddatganiad terfynol yr oedd yn rhaid iddo'u gwneud.

'Fe gredodd yr eglwys mai trefn anfeidrol Duw i achub a chadw pechadur oedd dyfodiad Iesu i'r byd, i brofi cariad Duw ac i wneud iawn am ei bechodau. Fy nghred i yw mai Duw cariad yw Duw, ac nad oes angen darlun celwyddog neu drosiadol o'r fath i gyfleu ei gariad, ac i ddatgan bod cariad yn rym a all, os caiff y cyfle, ddwyn cymod i'r byd.'

'Fe gredodd yr eglwys mewn Duw pell y tu allan i'w greadigaeth, Duw yr Hen Destament; fe gredodd mewn Duw ymhlith ei bobl, Duw y Testament Newydd; fe gredaf i mewn Duw yn gariad yn y galon ddynol, Duw'r unfed ganrif ar hugain.

Ac fe ochneidiodd Ifan ochenaid laes o waredigaeth wrth ddod i derfyn ei ddatganiadau. Yna, darllenodd ac ailddarllenodd yr hyn a ysgrifennodd. Roedd pethau'n dal yn ddryslyd, ac roedd o'n amau a oedd y datganiadau yn gwbl ffyddlon i'r weledigaeth a gafodd, ond o leia roedd yna ryw bethau'n dod i'r amlwg yn ei ymresymu, petai ond y ffaith ei fod yn gwrthod dogmâu sylfaenol yr eglwys ac yn ceisio dehongliad newydd, mwy rhyddfrydol ohonyn nhw.

Yn derfynol felly roedd yn rhaid i'r eglwys ymwrthod â'r groes fel canolbwynt y ffydd a'r Crist croeshoeliedig fel prif symbol crefydd. Cariad oedd y peth sylfaenol, cariad yn cael ei weithredu gan ddynion, gan bobl, cariad oedd yn rym mwy pwerus na chasineb, yn fwy pell-gyrhaeddol, yn fwy parhaol. Yr unig rym yr oedd ei angen mewn bywyd oedd cariad a chredu mewn cariad oedd yr unig gred angenrheidiol. Dyna ddatgelodd gweledigaeth yr eglwys iddo. Dyna ddatgelodd y dogfennau iddo ac ar yr un pryd blannu ynddo amheuon am ddilysrwydd yr hyn a dderbyniwyd ar hyd y canrifoedd fel ffaith, fel gwirionedd, fel gair Duw.

Ac yfory, yn yr eglwys, fe gâi gadarnhad o hyn oll. Byddai gweld yr eglwys ar ei ffurf ddrylliedig heb ei heiconau yn ddigon o brawf o hynny; byddai siarad â'r Tad Joshua yn dangos unwaith ac am byth ei fod ar y llwybr cywir a bod ganddo genhadaeth i'w chyflawni i oleuo'r bobl o'i gwmpas a'u dwyn o dywyllwch eu cred draddodiadol ddigwestiwn i oleuni gweledigaeth newydd: *paradigm* neu fodel newydd ar gyfer oes newydd.

Teimlai'n unig yn ei wely y noson honno. Doedd Bethan ddim yno, i afael amdano a'i ddarbwyllo fod popeth yn iawn a bod grym arferiad yn sicrwydd. Roedd o'n bell o gartre, yn anesmwyth, yn filwr unig mewn brwydr dyngedfennol. Teimlodd ei lygaid yn llenwi â dagrau.

16

Ni lwyddodd blinder y daith na llafur yr ysgrifennu i ddenu cwsg, a threuliodd Ifan Roberts noson anesmwyth effro, a'i feddwl yn troi ac yn trosi. Yn y bôn, dyn y grefydd syml a'r bywyd syml ydoedd, un fu'n gweithio'n galed yn ei gymuned, gweithio'n galed yn ei waith, yn Gymro o argyhoeddiad a Christion trwy rym arferiad. Ond roedd y pethau hyn wedi gorfod cilio i wneud lle i feddyliau dieithr, ac yr oedd y meddyliau hynny'n ei adael yn ansicr, yn anfodlon, yn anhrefnus, yn anghyflawn.

Roedd o'n falch o weld golau ddydd yn ymwthio heibio ymyl y llenni i mewn i'r ystafell a chododd i'w hagor. Roedd caenen denau o eira wedi cyrraedd La Clusaz, ond buan y diflannodd oddi ar y ffyrdd a thoeau'r tai pan wenodd pelydrau gwannaidd yr haul arno, gan aros yn unig i wynnu'r coed a'r llethrau.

Ar ôl ei orfodi ei hun i fwyta peth brecwast, ac oedi'n ddiamynedd nes ei bod yn ddeg o'r gloch, cychwynnodd ar ei siwrnai fer i'r eglwys. Ni wyddai beth oedd ei horiau agor ond barnai y dylai fod yn agored erbyn deg os oedd hi'n agor o gwbl yn ystod y gaeaf.

Ac yr oedd. Y drysau mawr yn wal ddiffenestr y talcen wedi eu cau gan ei bod yn dywydd oer, ond heb eu cloi, a cherddodd i mewn i'r cyntedd yn teimlo'n gynhyrfus ddisgwylgar, ond heb fod yn ymwybodol o'r teimladau rhyfedd a gafodd y tro cynt.

Cerddodd i mewn i brif adeilad yr eglwys, a chafodd sioc. Roedd popeth yn ei le, yn union fel y gwelodd hwy gyntaf pan gamodd i mewn iddi dros flwyddyn yn ôl. Fe ddisgwyliai weld olion yr anhrefn a greodd y corwynt ac aeth yn nes at y cerflun o'r Forwyn Fair a'r fedyddfaen i edrych yn fanwl arnyn nhw. Doedd dim marc i'w weld ar yr un ohonyn nhw, nac ychwaith ar y cerflun o Grist na'r allor. Cododd ei olygon at y ffenestri: roedd pob un yn gyfan! Doedd dim arwydd o ddinistr yno o gwbl; roedd pob dim yn ddilychwin, lân a syber.

Ni theimlodd yr ias fygythiol a brofodd y tro cyntaf y

daeth i'r eglwys, ni theimlodd ddim ond siom, siom oedd fel ergyd yn ei stumog. A olygai hyn nad oedd o wedi profi'r hyn y tybiodd iddo ei brofi? Ai rhith neu freuddwyd neu hunlle oedd y corwynt a ddrylliodd y lle? Oedd o wedi gwneud ffŵl ohono'i hun, wedi gwirioni'n lân? Ai peth fel hyn oedd gorffwylledd crefyddol? Ai gwres yr haul yn y sgwâr a barodd iddo weld yr hyn a welodd? Teimlo yr hyn a deimlodd? Gwneud yr hyn a wnaeth?

Doedd ond un person allai roi'r ateb iddo – y Tad Joshua. Aeth i chwilio amdano yn ei swyddfa.

Cnociodd yn betrus ar y drws

'*Entrez*' meddai llais o'r tu mewn ac agorodd Ifan y drws a chamu i mewn.

'*Bonjour, monsieur*,' meddai'r offeiriad a eisteddai wrth ei ddesg.

'*Bonjour, monsieur*,' atebodd Ifan gan sylwi yn syth nad y Tad Joshua oedd yno. Roedd hwn yn iau, yn Sbaenwr o ran ei bryd a'i wedd, a chafodd gadarnhad o hynny ar unwaith.

Estynnodd yr offeiriad ei law. 'Padre Sebastien,' meddai.

'Ifan Roberts,' atebodd y llall. 'Ond roeddwn i'n disgwyl gweld y Tad Joshua yma.'

'Y Tad Joshua?' holodd y llall yn ddryslyd. 'Y Tad Joshua? Does neb o'r enw yna yma. Y fi ydi'r unig offeiriad parhaol sydd yma, er bod eraill yn dod i helpu o dro i dro, yn enwedig ar adegau prysur. Ond does yr un ohonyn nhw â'r enw Joshua.'

Teimlodd Ifan y lle'n troi a phwysodd ar y ddesg. Gwelodd y Tad Sebastien fod rhywbeth yn bod ac estynnodd gadair iddo a'i osod i eistedd arni.

'Maddeuwch i mi. Rydw i wedi cael tipyn o sioc. Disgwyl gweld y Tad Joshua yma. Achos dech chi'n gweld, pan ddois i yma flwyddyn yn ôl mi ges i sgwrs hir efo fo am yr eglwys ac am y trysor gwerthfawr sydd yn y sêff dan yr allor yn y capel bach.'

'O, y gem gwerthfawr ydych chi'n ei feddwl?'

'Gem, gem? Nage'n wir, y sgroliau.'

'Sgroliau? Pa sgroliau?'

Roedd pethau'n mynd o ddrwg i waeth.

'Oes gennych chi amser i wrando ar fy stori?'

'Oes, wrth gwrs. Does dim byd yn galw y bore 'ma.'

Adroddodd Ifan y cyfan wrtho, y cyfan ddigwyddodd yn yr eglwys pan ymwelodd â hi dros flwyddyn yn ôl a gwrandawodd y Tad Sebastien yn astud ar ei stori, heb grychu ael na dangos unrhyw emosiwn.

Pan orffennodd, eisteddodd Ifan yn ei ôl wedi ymlâdd, ac edrychodd yr offeiriad arno am hir heb ddweud yr un gair.

Yna meddai:

'Chlywais i erioed sôn am y Tad Joshua. Y fi oedd yr offeiriad pan ddaethoch chi yma y llynedd er na welais i mohonoch chi, wel hyd y cofiaf i beth bynnag. Rydw i yma ers pedair blynedd a welais i erioed olion unrhyw anrheithio na fandaliaeth yn y lle.'

'Be am yr ogof i fyny yn y Col des Arivas?' holodd Ifan.

'Chlywais i erioed sôn am ogof, er efallai fod un yno cofiwch,' atebodd yntau. 'Ond yn sicr does yr un Tad Joshua yma, does yr un sgrôl werthfawr yn yr eglwys chwaith. Ond mae gen i record o'r rhai fu'n offeiriadon yma dros y blynyddoedd.'

Aeth i ddrôr yn y cabinet a thynnu ffeil drwchus allan. Byseddodd ei ffordd drwy'r papurau nes dod ar draws rhestr o gyn-offeiriadon. Rhedodd ei fys i lawr y rhestr ac yna stopiodd.

'Rydw i wedi dod o hyd iddo,' meddai. 'Y Tad Joshua. Fe fu yma am flwyddyn yn unig.'

'Dyna chi,' atebodd Ifan. ' Y fo oedd yma pan alwais i o'r blaen. Dwi ddim wedi dychmygu'r peth felly.'

'Rydw i'n ofni eich bod chi,' atebodd y llall. 'Roedd o yma am flwyddyn yn 1904.'

'1904!' meddai Ifan yn anghrediniol. 'Dros gan mlynedd yn ôl. Mae'n rhaid eich bod wedi gwneud rhyw gamgymeriad.'

'Na, dyma'r rhestr i chi ei gweld drosoch eich hun.'

'Ond doedd yr eglwys ddim yma gan mlynedd yn ôl.'

'Nac oedd. Doedd hon ddim. Ond roedd yna eglwys ar yr un safle nes iddi gael ei difetha yn y rhyfel. Roedd yr ardal yn llawn gwrthwynebwyr i deyrnasiad yr Almaenwyr ac fe ddigwyddodd un o'r brwydrau ffyrnicaf ar y gwastadedd uchel uwchben pentref Thônes. Ond bu llawer o drais yn y pentref hwn hefyd ac un noson fe ffrwydrodd bom enfawr yn y sgwâr yn ymyl yr eglwys nes ei dinistrio bron yn llwyr. Dyna'r unig ddinistr gafodd yr eglwys, dim byd arall, dim corwynt, dim.'

Prin y cofiai Ifan Roberts weddill y sgwrs rhwng y ddau na'r daith araf yn ôl i'r gwesty. Pan gyrhaeddodd ei ystafell eisteddodd ar ei wely a'i ben yn ei ddwylo. Ac yno y bu am amser hir.

Beth oedd yn digwydd iddo? Beth oedd wedi digwydd iddo? Oedd o wedi gweithredu yn ystod y flwyddyn ddiwethaf ar sail rhyw freuddwyd neu hunlle'n unig? Onid oedd y neges a gafodd yn bwysicach na hynny, yn sylfaenol i'r ffydd Gristnogol wirioneddol? Roedd yr hyn a brofodd o yn yr eglwys mor real, allai o ddim bod yn ddychymyg, yn rhyw fath o storm ymenyddol. Rhaid ei fod yn wir.

Ac yna, wrth iddo eistedd felly yn ei ystafell fe

wawriodd arno ei fod yn dyst i gynllwyn. Doedd cynllwynio a ffugio ddim yn rhywbeth dieithr i'r eglwys ac i ddilynwyr Crist. Onid oedd y sgroliau'n adrodd am dwyll yn amser Crist ei hun? Bellach roedd Ifan yn dyst i dwyll arall. Roedd yr hyn welodd o'n digwydd yn yr eglwys yn tanseilio'r Eglwys Babyddol yn llwyr; heb eiconau a symbolau, heb ddim fyddai ei hanes hi. Ac felly, pan ddigwyddodd y chwalfa ryfeddol y bu ef yn dyst iddi, yr hyn a wnaeth arweinwyr yr eglwys oedd cuddio'r cyfan, adfer yr eglwys i'r hyn ydoedd cyn yr ymosodiad a chymryd arnyn nhw nad oedd dim wedi digwydd. Ie, dyna oedd yr ateb. Twyll i gelu'r gwir oedd y cyfan. A chyn belled ag yr oedd enw'r Tad Joshua yn bod, wel, mor hawdd oedd llunio rhestr ffug a gosod y Tad Joshua yn ddigon pell yn ôl. Ac mor hawdd hefyd oedd dinistrio'r sgroliau a chymryd arnynt nad oedden nhw erioed wedi bodoli.

Beth oedd o i'w wneud? Roedd yn rhaid iddo feddwl, a meddwl yn ddwys.

*   *   *

Roedd o'n gorwedd ar ei wely yn y gwesty yn chwilio am ei lwybr ynghanol drain a mieri dryslyd ei feddwl pan ganodd y ffôn, a phan gododd i'w ateb, clywodd yn glir o'r pen arall, fel pe bai yn yr ystafell agosaf ato, lais ei wraig.

'Wyt ti'n iawn?'

'Ydw, diolch.'

'Fuost ti yn yr eglwys?'

'Do.'

'A . . . ?'

'A, be?'

'Be welaist ti?'

'Y lle fel yr oedd o.'

'Be ti'n feddwl fel yr oedd o?'

'Popeth yn ei le.'

'Dim llanast?'

'Na, dim byd. Y tacle ystrywgar. Enghraifft o rym yr Eglwys Babyddol, wedi dileu'r olion i gyd, wedi cuddio'r ddogfen a gwneud i bopeth edrych fel tase dim wedi digwydd. Mi aethon nhw i drafferth fawr, mae'n rhaid, i adfer popeth i'r hyn ydoedd. Tebyg iddo gymryd misoedd iddyn nhw.'

Roedd tawelwch ben arall y ffôn.

'Bethan wyt ti yna? Bethan?'

'Ydw, rydw i yma.'

'Rwyt ti'n ddistaw iawn, roeddwn i'n meddwl ein bod wedi cael *cut off.*'

'Na rydw i'n dal yma.'

'Rwyt ti'n ddistaw iawn.'

Daeth saib arall cyn iddo glywed llais petrus ei wraig drachefn.

'Wn i ddim sut i ddeud hyn wrthot ti, Ifan, a dwi ar fai, dwi'n gwybod, na faswn i wedi deud ynghynt.'

'Deud be?'

'Wyt ti'n cofio'r diwrnod pan est ti i'r eglwys a chael y profiade rhyfedd yna?'

'Sut allwn i fyth anghofio.'

'Wel, y pnawn hwnnw tra oeddet ti'n cysgu yn y gwesty mi es i am dro i'r eglwys hefyd.'

Teimlodd Ifan rhyw gyffro rhyfedd yn ei gerdded. Roedd ganddo dyst arall i'r hyn ddigwyddodd.

'Ac mi welaist tithau'r llanast a'r anhrefn oedd yno yn

dilyn y corwynt!' Roedd o'n baglu dros ei eiriau yn ei gynnwrf a'i frwdfrydedd.

'Naddo, Ifan.'

'Naddo? Be ti'n feddwl? Oedd yr eglwys wedi ei chloi? Oedd debyg, yr awdurdode wedi ei chau yn syth rhag i neb weld y difrod ynddi.'

'Na, Ifan, roedd hi'n agored, ac mi es i mewn a chael popeth mewn trefn yno, dim llanast, dim difrod, popeth yn berffaith, a'r offeiriad ifanc, y Tad Sebastien yn garedig a chroesawgar iawn.'

'Welaist ti'r sêff? Soniodd o am y ddogfen?' Roedd Ifan yn gweiddi i lawr y ffôn.

'Do, mi welais i'r sêff, ac mi soniodd am rywbeth gwerthfawr iawn oedd ynddi.'

'Do, mae'n siŵr. Y ddogfen.'

'Nage, nid dogfen, gem gwerthfawr, oedd, meddai ef, yn ôl traddodiad beth bynnag, y gem oedd gan y pedwerydd gŵr doeth, ac y prynodd o ryddid y gaethferch efo fo.'

'Dim sôn am ddogfen?'

'Dim, ac mae'n ddrwg iawn gen i na wnes i ddim deud ynghynt. Ond doedd gen i ddim calon. Ac roeddwn i'n meddwl ar y pryd falle mai fi oedd wedi cael y weledigaeth fod popeth yn iawn tra dy fod ti wedi cael y profiad gwirioneddol. Jeffrey berswadiodd fi i ddeud wrthot ti.'

Roedd Ifan yn fud: allai o ddim meddwl am ddim i'w ddweud, na chwestiwn i'w ofyn. Roedd ei fyd yn deilchion. Roedd o wedi gwneud ffŵl ohono'i hun.

'Ifan, wyt ti yna? Ifan?'

Clywodd lais ei wraig yn gweiddi arno ar y ffôn.

'Ydw, rydw i yma.'

'Tyrd adre. Tyrd ar yr awyren nesa fedri di. Wyt ti eisiau i mi neud ymholiade i ti a dy ffonio di efo'r manylion? Does dim pwrpas iti aros yna ddim rhagor. Mae popeth ar ben. Tyrd, ac mi ddof i dy gyfarfod di os mynni di, i rywle lici di.'

'Na, rhaid imi gael amser i feddwl. Mi ffonia i yn nes ymlaen – heddiw neu fory.'

A chyda hynny rhoddodd y ffôn i lawr, cerddodd unwaith neu ddwy yn ôl a blaen at y ffenest, ac yna eisteddodd ar ymyl y gwely a rhoi ei ben yn ei ddwylo.

Roedd yr hyn a ddywedodd Bethan yn wir; roedd popeth ar ben a doedd dim pwrpas iddo aros yno ddim rhagor. Siwrnai seithug gafodd o, ac ymlid y cysgodion roedd o wedi ei wneud am flwyddyn gron, gyfan: blwyddyn o wastraff, blwyddyn o'i amser prin ar y ddaear wedi mynd i ddilyn ffiloreg, i ddilyn mympwy, i ddilyn rhith oedd yn ddim mwy nag effaith haul ar ymennydd anghyfarwydd.

Ac yna, clywodd drachefn yr islais fu'n gydymaith cyson iddo, ei lais ei hun neu lais ei gydwybod yn dal i'w arwain, yn dal i'w reoli.

'Y mae'r cyfan yn gynllwyn yn dy erbyn,' meddai'r llais. 'Y mae'r cyfan yn llawn dichell i'th rwystro rhag bod yn llestr etholedig, yr un ddewiswyd i gyflawni bwriadau Duw. Y mae'r ysbryd drwg yn ymyrryd, yn gwyrdroi gwirionedd a chyfiawnder, yn mynnu llesteirio popeth, yn mynnu bod y gwir yn cael ei guddio. Ond fe elli di, gyda grym dy ewyllys, ddod yn goncwerwr, yn orchfygwr dros bwerau'r fall. Mae'r llwybr yn glir i ti, mae'r dyfodol yn olau, wedi ei lunio ar dy gyfer.'

'Ydi o?' Siaradodd Ifan yn uchel a swniai ei lais fel pe bai'n llefaru'r geiriau mewn gwacter mawr.

'Ydi, does ond un ateb. Rhaid i ti ddod o hyd i'r ogof y treuliodd y ffoadur o Balesteina weddill ei fywyd ynddi, yr ogof lle crëwyd y sgroliau. Yno y mae'r allwedd aur i agor y drws ar obaith newydd, ar fyd newydd, ar grefydd newydd fydd yn foddion achubiaeth i'r byd.'

A phan glywodd Ifan y llais yn datgan mor gryf, mor bendant, dychwelodd y teimlad fod y bererindod yn ddilys, ac fe droes taith i'r ogof yn rheidrwydd – fe droes yn genhadaeth.

17

Ni wyddai Ifan Roberts beth oedd yn ei wynebu, dim ond fod rheidrwydd yn ei yrru, neu yn ei ddenu, ei orfodi ar daith na allai ymwrthod â hi. Doedd hi mo'r amser gorau o'r flwyddyn i gerdded i ben y creigiau uchel uwchben y col, a doedd Ifan ddim yn gerddwr mynyddoedd profiadol o gwbl. Dim ond ar lwybrau gweddol esmwyth y panorama uwchben Llangollen a'r llwybr i Gastell Dinas Brân, a llwybrau creigiau Eglwyseg y bu ei gerdded hyd yn hyn.

Ond efallai fod yna amddiffynfa mewn diniweidrwydd, ac fe gredai hefyd fod y pŵer neu'r pwerau a'i harweiniodd hyd yn hyn yn bownd o'i arbed, yn sicr o'i lapio yng nghocŵn diogelwch.

Aeth i un o'r siopau dringo yn y pentref a phrynodd yno esgidiau cerdded cryfion a sanau tewion, dillad addas i'w gwisgo dros ei ddillad ei hun, cap tew a gogls, a ffon.

Penderfynodd mai'r amser gorau i fynd oedd ar ôl cinio cynnar pan fyddai'r tywydd a'r golau ar eu gorau.

Ceisiodd ddwyn i gof y creigiau fel y gwelodd hwy y tro diwethaf y bu i fyny cyn belled â'r col, a barnodd y cymerai awr iddo gyrraedd y top, awr i edrych am yr ogof ac awr arall neu lai i ddychwelyd. O gychwyn am un byddai'n ei ôl erbyn pedwar o'r gloch, mewn digon o bryd cyn iddi dywyllu, felly daliodd y bws hanner awr wedi hanner dydd o'r stop gyferbyn â'r gwesty.

Teimlai ryw orawen neu hoen ryfeddol wrth feddwl am y daith o'i flaen. Roedd o bellach yn gwybod beth roedd o'n ei wneud: chwilio am brawf nad fel y tybiodd yr eglwys ar draws y canrifoedd yr oedd pethau mewn gwirionedd. Gwyddai, er gwaetha profiadau ei wraig, mai cuddio'r hyn ddigwyddodd trwy ddirgel ffyrdd wnaeth awdurdodau'r eglwys, cuddio'r ffaith i'r eglwys yn La Clusaz gael ei dinistrio. Ond pam yr eglwys honno yn hytrach nag unrhyw eglwys arall? Am ei fod o, Ifan Roberts, yno, yn Gymro ar y nawfed ar hugain o Fedi yn y flwyddyn 2004, am fod yr holl elfennau angenrheidiol i gael gweledigaeth wedi dod ynghyd fel pe bai holl gynhwysion rhyw drwyth arbennig wedi eu cynnwys yn y mesuriadau iawn i greu rhyw gyfanwaith neu ganlyniad delfrydol.

Ond er mor rymus y pwerau a'i gyrrai, grymusach hyd yn hyn bŵer yr eglwys Gristnogol, yn enwedig y gangen Babyddol ohoni, oedd yn barod i fynd i unrhyw eithafion i guddio'r gwir, fel y buon nhw dros y canrifoedd yn poenydio pobl oedd yn credu'n wahanol iddyn nhw ac yn fygythiad iddyn nhw. Fe gafodd Anghydffurfiaeth ei chyfle i dorri'n rhydd oddi wrth bwysleisiadau crefydd gyfundrefnol a'r hyn a wnaeth oedd dileu addurniadau rhwysgfawr ond cadw'r symbolau, wedi eu glastwreiddio beth mae'n wir; dim cerflun o'r Forwyn Fair ond dal i ganu'r Magnificat; dim allor, ond dal i arddel bwrdd y cymun, dim cerfluniau o groesau pren, ond croesau mewn paent ar furiau. Troi eu hanghydffurfiaeth yn ddynwarediad llwydaidd o'r fam eglwys wnaethon nhw yn hytrach na chreu chwyldro a dilyn llwybr hollol wahanol, radical.

Ni sefydlwyd Anghydffurfiaeth ar gariad, ond ar gredo ffals a drodd yn gaethiwed. Doedd yr un eglwys wedi ei sefydlu ar gariad, dyna'r gwir, ond ar gelwydd a thwyll, ac roedd gwaed ar byst ei phyrth. Roedd angen ailddiffinio perthynas dyn â'r duwdod yng ngoleuni goruchafiaeth derfynol cariad ar ddrygioni, y cariad oedd wedi ei blannu mewn dynoliaeth, yn Dduw yn y galon. Dyna oedd ei neges, dyna oedd ei weledigaeth, a lledaenu'r weledigaeth honno oedd ei genhadaeth yn y byd bellach.

Ac er mwyn lledaenu'r neges honno roedd yn rhaid iddo wrth y prawf fod y ffoadur o Balesteina wedi cyfansoddi'r sgroliau yn yr ogof uwchben y col, y prawf terfynol o'r twyll a gynlluniwyd ac a weithredwyd arno yng Nghanaan. A doedd ond un ffordd o gael y prawf hwnnw – dod o hyd i'r ogof a'i thystiolaeth gadarn ddiwyro.

Roedd dringwyr a cherddwyr eraill ar y bws, pawb wedi eu gwisgo ar gyfer tywydd caled y mynydd, ac yntau yn ei ddillad newydd yn barod ar gyfer yr antur fawr. Daeth drosto bang o gydwybod pan gofiodd nad oedd wedi dweud wrth Bethan beth oedd ei fwriadau, na dweud am ei gynlluniau yn y gwesty chwaith, ac roedd ei ffôn bach yn ddiwerth am nad oedd wedi ei haddasu ar gyfer gwlad dramor.

Roedd y byd yn wyn ar ben y col, byd gwyn ac awyr las, a doedd dim cyfuniad mwy cyfareddol i'w gael. Pe bai gan Ifan lai ar ei feddwl fe fyddai'n mwynhau'r profiad. Byddai'n sicr – hyd yn oed y fo, y gŵr na chredai mewn mynd ar wyliau – yn dechrau profi swyn a thynfa gwledydd eraill a phrofiadau na allai eu cael yn ei wlad ei hun.

Ond roedd pethau eraill yn llenwi ei feddwl, yn dwyn ei fryd, a chododd ei galon pan welodd fod llawer o bobl ar y mynydd y diwrnod hwnnw, gan nad oedd hyd yn oed ei benderfyniad a'r grym oedd yn ei yrru yn dileu o'i feddwl bwysau unigrwydd y mynydd.

Roedd yr eira'n ymestyn at y ffordd fawr, er bod honno'n glir, ac ar y llethrau isaf roedd pobl o bob oed yn mwynhau campau'r gaeaf, yn sledio, yn sgïo, yn taflu peli eira at ei gilydd, yn adeiladu cestyll yn union fel y bydden nhw, pan ddeuai'r haf, yn codi cestyll tywod ar y traeth.

Cododd Ifan ei olygon a gwelodd fod ambell un yn cerdded i ben y col, ac wedi llunio llwybr amlwg drwy'r eira at y creigiau. Ni fyddai dringo felly yn dasg anodd nac yn dasg unig. Roedd y creigiau ar ben y col yn glir o eira, yn torsythu'n llwydaidd gadarn uwchben y gwynder.

Ystyriodd Ifan fynd i'r caffi am baned o goffi cyn cychwyn, ond drwy'r ffenest gallai weld tân coed braf yn y grât anferth a barnai y byddai'n llawer anoddach wynebu'r oerni a'r gwynder pe bai wedi bod yn mwynhau cynhesrwydd cartrefol y tân hwnnw cyn cychwyn. Felly i ffwrdd â fo, yn styfnig benderfynol o gyrraedd y copa, o ddringo'r mynydd ar ei liniau os byddai raid, yn sicr heb ddiffygio. Dringo a dringo er mwyn cyrraedd y nod, yr ogof yn y graig a'r siambr fewnol ynddi fyddai'n cadarnhau stori'r dringwyr am y meudwy a drigai ynddi. Oedd hi'n bosib, tybed, fod olion yno na ddaethant hwy o hyd iddynt? Oedd yna bosibilrwydd y gallai dreiddio yn ddyfnach i ddirgelion yr ogof a gwneud darganfyddiadau newydd sbon? Oedd yna bosibilrwydd y byddai rhyw ymyrraeth yn ei arwain i'r union fan, yn datgelu dirgelion pellach iddo fel y datgelwyd iddo gan yr ymyrraeth yn yr eglwys?

Roedd y posibilrwydd a'r syniad a'r gobaith yn sbardun iddo, yn ei annog ymlaen, yn rhoi grym yn ei draed a nerth yn ei gyhyrau wrth iddo ymlwybro i fyny'r llethr graddol, ymhlith rheng o bobl oedd i bob ymddangosiad ar yr un perwyl ag yntau – cyrraedd y top. Ond gwyddai fod ei fwriad o yn un gwahanol iawn i weddill y criw, unwaith y byddai wedi cyrraedd y copa. Ar dro byddai ambell unigolyn yn mynd heibio i'r prif reng, a phawb yn gorfod sefyll naill ochr i wneud lle iddo. Dro arall byddai ef a rhai eraill yn pasio ambell un mwy araf. Ychydig iawn o siarad oedd yna, pawb yn cadw ei anadl ar gyfer y dringo, dim ond ambell *bonjour* wrth gerddwr oedd ar ei ffordd i lawr.

Wrth fynd yn uwch ac yn uwch roedd niferoedd y cerddwyr yn lleihau. Rhai yn aros i gael gorffwys, rhai yn troi o'r prif lwybrau i fynd i fannau eraill ar y llethrau, rhai yn troi yn eu holau cyn cyrraedd y copa.

Erbyn iddo gyrraedd llinell derfyn yr eira wrth odre'r graig lwyd ar ben y col, doedd fawr neb arall o gwmpas. Yr eira oedd yn bwysig ac unwaith y darfyddai hwnnw, roedd pobl yn colli diddordeb ac yn troi yn eu holau. Er bod y graig yn edrych yn serth ac yn amhosib ei thramwy o'r gwaelod, ac Ifan wedi bod yn meddwl sut y byddai'n ymgodymu â'r rhwystr hwnnw, canfu erbyn iddo gyrraedd fod yna lwybr yn mynd i fyny'r graig, dipyn yn fwy serth na'r troedio ar lethrau'r eira, ond yn weddol hawdd ei ddringo wrth sgrialu ar ei bedwar mewn ambell fan mwy serth na'i gilydd.

Ac yna, wedi'r ymdrechu a'r ymlafnio, roedd o ar y copa, yn sefyll yn yr awyr glir, denau, oer, dros saith mil o droedfeddi o uchder, yn sefyll yn uwch ar y ddaear nag a wnaeth y rhan fwyaf o'i gyd-Gymry erioed.

O'r gwaelod edrychai'r graig yn un weddol fach, ond o'i chyrraedd fe sylweddolodd Ifan fod yna waith chwilio mawr yn ei aros; roedd haen ar ôl haen o graig o'i flaen, a llwybrau bychain yn arwain i wahanol gyfeiriadau.

Dechreuodd chwilio am geg yr ogof, ymhlith cerrig mawrion, ymhlith y tyfiant blêr di-siâp oedd yno. O leia doedd dim eira yno i lesteirio'r chwilio a chuddio'r olion: roedd y gwynt wedi chwythu pob llwchyn ymaith oddi ar y graig ac roedd hynny'n gwneud pethau'n llawer haws iddo.

Ymhell islaw iddo gwelai'r plant a'r bobl yn chwarae ar y llethrau. Ac yna'n is i lawr y traffig yn ymlwybro'n araf a gofalus o gyfeiriad La Clusaz i ben y col, ac o'r cyfeiriad arall o'r Gorges de l'Arondine a Fumet.

Ar y dechrau roedd ei chwilio yn wyddonol, neu'n fathemategol o leia. Cychwyn mewn un man a symud ymlaen i fan arall, yn rheolaidd ac yn llawn cynllun a siâp. Ond fel yr oedd yr amser yn cerdded ac yntau'n methu canfod unrhyw beth, aeth y chwilio'n fwy gwyllt, yn fwy gorffwyll. Roedd pob gewyn ar waith ganddo, pob synnwyr yn effro i unrhyw bosibilrwydd. Roedd o'n ffroeni, yn teimlo, yn edrych, yn chwilio am unrhyw arwydd o'r ogof. Ceisiodd ganolbwyntio ei feddwl arni a cheisio tynnu o'r tu allan iddo'i hun rywsut ryw adnoddau fyddai'n ei alluogi i'w gweld, rhyw alluoedd fyddai'n ei datgelu iddo.

Ond roedd pobman yn dawel, mor dawel ag y gallai fod yn y fangre unig honno, a doedd o ddim yn ymdeimlo ag unrhyw brofiad pen y mynydd. Roedd o'n uchel rhwng daer a nef ac eto roedd y tragwyddol ymhell rywsut. Yna fe'i ceryddodd ei hun am feddwl felly, fel pe bai'r tragwyddol a'r byd arall i fyny yn yr awyr yn rhywle. Roedd yntau'n gaeth i draddodiad a heb ysgwyd llwch y traddodiadau hynny'n glir oddi ar ei esgidiau.

Ni wyddai am faint y bu yno gan iddo golli pob synnwyr o amser, a bu'n hir hefyd cyn sylweddoli bod y gwynt yn codi a bod cwmwl trwchus yn dynesu tua'r copa. Roedd yr awyr las yn diflannu a thywydd mwy bygythiol yn crynhoi. Edrychodd ar ei wats. Roedd hi'n hanner awr wedi pedwar. Roedd o wedi llawn fwriadu bod yn ôl wrth y ffordd ar ben y col erbyn hynny, yn ôl cyn iddi dywyllu.

Beth wnâi o? Nid oedd llais mewnol yn ei gyfarwyddo; na, roedd hwnnw wedi distewi, fel pe bai wedi gorffen ei waith wrth ei berswadio i ddringo i chwilio am yr ogof. Beth wnâi o? Yma byddai'r tywyllwch yn disgyn bron yn ddisymwth, ac roedd hi'n hanfodol iddo fod mor agos i'r ffordd fawr ag oedd modd cyn iddi dywyllu'n iawn. Fyddai yna fawr o fin nos yn y lle hwn, nid fel gartref.

Gartref! Pam ar y ddaear nad oedd o yno? Yno'n gweini cariad ymarferol, y cariad yr oedd Bethan wedi dannod iddo ei fod mor brin o'i rannu efo'i deulu. Yno, mewn cysur efo'i wraig, yno'n aros yn ddisgwylgar i rai o'r tylwyth alw heibio, neu yn ei waith yn y swyddfa foethus yn y dref. Beth ar y ddaear roedd o'n ei wneud yn y lle digysur hwn, dyn yn ei oed a'i synnwyr, yn dilyn rhyw drywydd oedd wedi hen oeri fel nad oedd sawr dim ond eira a niwl yn ei ffroenau?

Un olwg arall y tu hwnt i'r esgair draw acw, meddai wrtho'i hun. Ac yna i lawr yn ôl, i lawr i ddyffryn siom a rhwystredigaeth, yn fethiant llwyr, yn gyff gwawd. Crafodd ei ffordd ar ei bedwar i fyny'r greigle serth a'r cerrig mân yn bowlio wrth iddo eu rhyddhau o'u lle. Ac yna roedd o ar ben y pinacl uchaf un a'r niwl yn ymgordeddu o'i gwmpas fel dillad llac rhyw ddawnsiwr ystwyth.

I'w glustiau daeth rhu o ryw dragwyddoldeb pell. Rhu oedd yn cynyddu. Ai hwn oedd yr arwydd, a oedd yna wedi'r cyfan latai a'i harweiniai i'r ogof ac at ddarganfyddiad arall?

Sylwodd fod y niwl yn ymdroelli'n fwy gwallgof o'i gwmpas a theimlodd y gwynt yn codi, yn chwythu'n syth i'w wyneb fel anadl fygythiol bwystfil o ryw ddyfnderoedd anweledig, a'r niwl yn chwyrnellu'n gynt a chynt nes ei feddwi, a'r gwynt yn chwythu'n gryfach ac yn gryfach nes bron ei daflu oddi ar ei draed. Yn gryfach ac yn gryfach, ac yntau'n brwydro i gadw ei gydbwysedd, i gadw ar ei draed, gan ymgrymu i'r dymestl, i'r dymestl oedd erbyn hyn fel pe bai'n benderfynol o'i lorio, o gael y gorau arno. Ac yna, wrth iddo geisio ymryddhau o afael dieflig y niwl a'r corwynt llithrodd ei droed a disgynnodd dros ddibyn serth a trybowndian i lawr fel un o'r cerrrig oedd yn bowlio o'i gwmpas. Disgyn a disgyn i waelod y clogwyn a gorwedd yno, ei ben ar ongl, ei draed a'i ddwylo ar led, a'i gorff yn llonydd, llonydd. A rhuodd y gwynt ei gnul uwch ei ben a dawnsiodd y niwl ddawns angau o gwmpas ei gorff.

Epilog

Doedd Mynwent Bethel ddim y lle gorau yn y byd i fod ynddo ar bnawn Mercher oer yng nghanol mis Tachwedd. Roedd hen awel fain yn chwipio rownd corneli'r hen gapel ac yn chwythu dafnau pigog o law i wynebau'r rhai oedd yn disgwyl yno, yn aros i'r gwasanaeth ddod i ben, rhai yn ceisio ymwthio i gyntedd y capel, rhai'n cysgodi yng nghysgod yr adeilad, ambell un yn crwydro'n ddiamcan o gylch y cerrig beddau, pawb yn cau eu cotiau yn dynnach amdanynt a gwargrymu yn wyneb miniogrwydd y gwynt.

Y rhai a ddaeth yn ddigon cynnar i gael lle yn y capel a gafodd y fargen orau, er bod hynny'n golygu aros am dros awr cyn i'r gwasanaeth ddechrau. Roedd y capel wedi ei dwymo ers yn gynnar y bore hwnnw, ac erbyn hyn roedd o'n ddiddos braf.

Roedd nifer o weinidogion yn y sêt fawr, a phob un, gan gynnwys y Parch. Gwylfa Lewis, Llywydd yr Henaduriaeth, yn ddiolchgar mai'r Parch. Jeffrey Jones, y cyn-weinidog, oedd yn gyfrifol am y gwasanaeth. Roedd o'n ffefryn mawr yn y fro a'i ymadawiad i'r de rai blynyddoedd cyn hynny wedi siomi pobl yn ddirfawr, pobl oedd wedi meddwl y byddai efo nhw hyd ei ymddeoliad. Ni fu erioed weinidog mwy poblogaidd yn y dyffryn, er nad oedd yna fwy o aelodau yn dod i wrando arno ef yn pregethu nag ar unrhyw un arall.

Yn ei goffâd fe soniodd Jeffrey Jones am weithgarwch Ifan Roberts yn ei ardal, yn ei gapel, ei onestrwydd yn ei waith bob dydd a'i safiad dros Gymreictod. Bu'n sgilgar yn delio â'r hyn oedd wedi digwydd iddo yn ystod y misoedd diwethaf a'r newid a ddaethai drosto ym mlwyddyn olaf ei fywyd. Ceisiodd ei ddarlunio fel un oedd â chonsýrn gwirioneddol am ddyfodol yr eglwys, fel un a gafodd weledigaeth o sut i symud ymlaen, fel un yr oedd ei farwolaeth gynamserol yn drasiedi, nid yn unig i'w deulu, ond i'w genedl gan fod ganddo weledigaeth newydd, gweledigaeth nad oedd wedi ei datblygu na'i mynegi'n gwbl glir a chywir, ond un fyddai o bosib wedi gweddnewid pethau yng Nghymru.

Dychwelodd at y thema honno ar ddiwedd y coffâd a therfynu gyda geiriau cofiadwy:

'Y tristwch yw i Ifan Roberts gael ei gymryd oddi wrthym cyn cyflawni ei addewid, ei lawn botensial. Doedd pawb, o bell ffordd, ddim yn cytuno â'r hyn wnaeth o ac â'r hyn a lefarai, ond does dim dwywaith nad oedd ganddo'r weledigaeth a'r gallu i greu fframwaith newydd i gredo, ac fe fydd y datganiadau adawodd o ar ei ôl yn y gwesty yn La Clusaz yn sail, gobeithio, i feddylfryd newydd y mae mawr angen amdani yn y dyddiau hesb hyn pan mae pawb yn edrych yn ôl, yn hiraethu am yr hyn a fu ac am gael tywalltiad eto o'r Ysbryd Glân. Ond ddaw o ddim, bobol, ddim fel y daeth o o'r blaen. "Ni ddaw i neb ddoe yn ôl", ac nid dyna ein hangen chwaith. Mae hi'n oes newydd, mae'r byd wedi symud yn ei flaen, mae Duw wedi symud yn ei flaen a dyna oedd gweledigaeth sylfaenol Ifan Roberts. Yr hyn a gollwyd eleni yw, nid dyn da yn unig, nid gweledydd craff yn unig – na, mae ein colled yn fwy na hynny. Ym marwolaeth Ifan Roberts yn nwy fil a phump, gan mlynedd ar ôl i'r Evan Roberts cyntaf danio'r bobloedd, fe gollodd y genedl un yr oedd ynddo bosibiliadau diwygiwr.'

Y tu allan i'r capel roedd y gwynt yn codi'n gyflym, ac erbyn yr emyn olaf roedd yn hyrddio yn erbyn y ffenestri.

Wrth gerdded y siwrnai fer o ddrws y capel i lan y bedd, roedd yn rhaid i bawb godi eu coleri a lapio'u cotiau'n dynnach amdanynt a phlygu pen i wynebu rhyferthwy'r corwynt neu droi cefn arno. Ar y blaen yr oedd y Parch. Jeffrey Jones; yn ei ddilyn, yr arch a'r cludwyr, yna Bethan a'r plant a'r wyrion a gweddill y teulu, yn drist a phendrwm, ac yna'r dyrfa, tyrfa fawr o bell ac agos, yno i dalu'r gymwynas olaf i Ifan Roberts.

Fel yr oedd y cludwyr yn gollwng yr arch yn araf ofalus i'r pridd dan gyfarwyddyd yr ymgymerwr, daeth hwrdd cryfach o wynt nes ei chipio o'u gafael, bron, gwynt a barodd i'r dyrfa orfod chwilio am gysgod yn rhywle – yn erbyn ei gilydd, yn erbyn y cerrig beddau, yn erbyn y coed, yn erbyn wal y capel, unrhyw fan oedd yn cynnig y mymryn lleiaf o nodded rhag y storm. Ac i gyfeiliant symffoni fawreddog y gwynt hwn y daearwyd gweddillion dynol Ifan Roberts, gwynt oedd yn ôl llawer un yn ganlyniad uniongyrchol y cynhesu byd-eang neu, efallai, yn un o nerthoedd y tragwyddol ysbryd. Pwy a ŵyr!